閣老的糟糠妻

4 完

香拂月 著

風文創 639

目錄

第八十九章 005
第九十章 013
第九十一章 023
第九十二章 033
第九十三章 043
第九十四章 051
第九十五章 059
第九十六章 067
第九十七章 077
第九十八章 089
第九十九章 099
第一百章 107
第一百零一章 117
第一百零二章 127
第一百零三章 135
第一百零四章 145
第一百零五章 155
第一百零六章 163
第一百零七章 173
第一百零八章 183
第一百零九章 191
第一百一十章 199
第一百一十一章 209
第一百一十二章 217
第一百一十三章 225
第一百一十四章 235
第一百一十五章 243
第一百一十六章 251
第一百一十七章 263
第一百一十八章 275
第一百一十九章 285
第一百二十章 295
第一百二十一章 305
第一百二十二章 315

第八十九章

潔白的宣紙上，墨色的字跡映入眼簾，正是他自己熟悉的筆跡，上面所寫的就是此次外面傳揚考題策論的策問。

君主如舟，庶民似水，水載舟行。利水之本，在於勤耕農灌，五穀豐倉。

但是他清楚地記得從未寫過這樣的字，也沒有和別人說過這樣的話。

「你可看清楚，是你寫的嗎？」頭頂上傳來祁帝冷凝的聲音。

文沐松遍體生寒，腦子裡快速地思考著，究竟是誰仿了他的字？

抵賴是抵不過去的，就在殿上的這會兒工夫，洪少卿已經派人去查抄文家租住的院子，從書房中搜得紙稿若干，兩相一比，字跡相同，事實不言而喻。

他伏在地上，連連磕頭。「陛下，是學生糊塗，方才一時沒有想起來。事情正如沈舉子所說，學生的家人每年確實會押題，且十有九中。學生此次進京，為免生事，從未向旁人透露過。也是某天多飲兩杯，和沈舉子說起春闈之事，趁著酒意寫的。誰能想到沈舉子竟能想到以此謀利，實在是出乎學生意料。」

祁帝看向沈舉子，沈舉子也伏地磕頭請罪。「陛下，是學生千不該萬不該，起了貪心。學生也是聽文四爺說文家押題精準，才會動了心思，千算萬算沒有料到竟被別人傳成是真正的考題，學生罪該萬死，請陛下責罰。」

祁帝的目光冰冷，深不可測地俯視他們，又掃過跪著的胡大學士和姜侍郎，胡大學士跪著的雙腿都在發抖。別人不知道，他是最清楚不過的人，文沐松口口聲聲說是文家自己押的題，卻實實在在是今年的考題。

若是沒有傳出來還好，一旦傳出來，考題又是真的，陛下會作何想？肯定會認為是他洩漏出去的。

他百思不得其解，自己分明沒有向太子透露出真正的考題，太子是從哪裡知道的，莫非是有人想陷害他？

姜侍郎神色不變，任由他隱晦的目光打量著。

祁帝冷哼一聲，視線轉向垂首立在一旁的洪少卿。

「洪卿以為此事如何處置？」

洪少卿往前一步。「回陛下，微臣以為，文某和沈某雖是無心之失，且不論考題真假與否，都在舉子間產生極大的惡劣影響，一定不能姑息。」

祁帝沈思半晌。「此次洩題引起的禍事雖不是你們的本意，但罪責難逃。你們身為舉子，一個醉心杯中之物，酒後失言，為官場大忌，若真的步入朝堂，恐會惹來更多事端。另一個利慾薰心，太過鑽營，我們祁朝不需要貪官污吏。你們二人，不配為官。傳朕旨意，剝奪科舉資格，永不錄用，但念在你們寒窗苦讀，保留功名。」

沈舉子千恩萬謝，文沐松呆若木雞。不能科舉，他如何能再次振興文氏家族？他多年的蟄伏打磨又是為了什麼？

祁帝已經拂袖退朝，他還伏在地上，半天都直不起身。

他失魂落魄地走回自己租住的院子。文思晴正關著門在屋裡哭，孫氏手足無措地站在院子中。

不久前，一群官差闖進來，二話不說就直奔書房，胡亂地翻了一通後離開。她和文思晴嚇得不輕，此刻看到老爺歸來，她的心一沈。

老爺這副模樣，她從未見過，彷彿遊魂一般。

「老爺，發生何事？方才有官差來翻東西。」她關切地問著，小心翼翼地察看文沐松的臉色。

屋內的文思晴聽到動靜，急切地開門出來。「四叔，發生了什麼事？怎麼會有人闖進我們家？還在你的書房翻走不少東西，你們是不是在外面惹事了？」

文沐松淡淡看她一眼，沒有說話。他一路上都在想是誰仿了自己的字跡，他懷疑過孫氏，孫氏是他最親密的人，可是看到孫氏關切的眼神，他在心裡否認。孫氏跟了他多年，對他一片癡心，不可能受別人唆使來陷害自己。自己是她的天，她不可能聯合外人來害他。再說孫氏的字都是他教的，不像是會模仿自己筆跡的樣子。

那麼對他的筆跡一清二楚的外人，就只剩下趙書才。他曾在趙書才手底下當了六年師爺，若是趙書才拿出他以前寫過的紙稿，請高人仿照，也不是沒有可能。

趙書才這麼做的原因，十分清楚。他和胥家可是姻親，這次洩題一事，陛下如此震怒，他大膽猜測只怕是千真萬確的考題。能拿到考題的人，毫無疑問正是胥家……

他目光陰冷。自己的計劃被破壞，說不定就是胥家做的手腳。想不到胥良川心機如此之深，竟能拿到真正的考題，使出反擊之策，將他打得毫無還手之力。

不，他還沒有敗，不到最後，誰也不知鹿死誰手。

旁邊院子裡的沈舉子也回了家，兩家人隔牆相望，又互相別開。

沈舉子不過是別人的棋子，他真要怪，也怪不到沈舉子的頭上。沒有沈舉子，還會有其他舉子。胥良川存心要對付他，總會尋到適合的棋子。

文思晴見孫氏還杵在這裡，怒喝一聲。「還站在這兒做什麼？不知道我四叔從早上出門就沒吃東西嗎？」

孫氏唯唯諾諾，忙和自己的丫頭去燒水做飯，文沐松則將自己關在書房裡。眼下唯有一條路可以走，那就是緊緊攀著太子，只要太子登基，他得到重用，文家還有翻身之日。

隔壁，沈家人在收拾東西回鄉，孫氏想了想，剛才老爺和沈公子的臉色都很怪，說不定沈公子知道發生的事情。

她抽空去找沈夫人。沈夫人拉著她的手，再三地求情。「孫妹子，我是真不知道發生何事。妳前次交給我的字，竟成了洩題的證據，現在我家相公被取消科舉的資格，妳家的老爺也一樣。相公不能參加考試，我們正準備收拾東西返鄉。」

孫氏大驚，往後退了一步，驚疑地望著沈夫人。這麼多年來，她常常一人待著，閒來無事就在老爺的書房練字，無人知道她會仿寫老爺的字，連老爺自己也不知道。

沈夫人抹著眼淚。「孫妹子，這次是我對不住妳。不過妳讀的書多，應該知道禍福相倚的道理。你們老爺不能出仕為官也好，他不就可以只守著妳，妳就能和現在一樣管著他的後院，妳說是嗎？」

孫氏的眼睛直直地，一眨不眨地看著她。好半晌，慢慢低下頭去。「沈夫人，您方才在說什麼？妾可沒有交給您什麼字，您莫不是記錯了，我們家老爺被人陷害，和你們有什麼關係？你們要回老家，妾也沒有什麼可送的，祝你們一路順風。」

「看我這記性，老是忘東忘西的，這男人們的事情，我們婦道人家哪裡清楚？孫妹子，妳是個好女人，以後就好好和你們老爺過日子。」

孫氏默然不語，目送著沈氏夫婦離開巷子。

不一會兒，文齊賢也回來了，可能是聽到外面的傳聞，一語不發地朝書房走去。書房的門很快被關上，叔姪二人不知在裡面說些什麼。

她看著院子，又望一下頭頂的天，慢慢地朝灶下走去。

此次科舉，曲折頗多，考題必定是要重新出的。胡大學士被祁帝狠狠訓斥過，卻沒有免去主考一職。外面傳得滿天飛的考題，為免再起禍端，只能說是文家押題。押題而已，尚不能處置胡大學士，至少現在不能處置。

考題一事，祁帝心知肚明。文家真有十押九中的本事，為何還會沒沒無聞地偏居在滄北？分明是有人將考題透露給他，至於是誰，他的心裡也有數。

他坐在金殿中，望著下面站著的太子。

對於這個兒子，他傾注的心血最多。他登基後沒多久，就立了太子，太子是長又是嫡，早立早穩固人心。

「堯兒，對於此次考題被人猜中一事，你有何想法？」

太子身子微向前傾，十分恭敬，道：「不過是僥倖而已，被沈舉子之流有心利用，才會引起亂事。父皇英明，對於此等害群之馬，就是應該嚴懲不貸。」

「堯兒能這般想，父皇很欣慰。天下之事，唯正道可行，存身立正才是根本。就是因為身正，才不能冒行不義之事，以免失足成千古恨。」

「是，父皇教誨，兒臣謹記於心。」

「你記得就好。朕聽聞你最近冷落太子妃，你母后都管不了，是何原由？」

太子微垂眼皮，恭敬地站著，心中十分惱怒。平湘仗著是母后姪女，三天兩頭去德昌宮訴苦，害得母后訓誡過他幾次。現在還鬧到父皇這裡，真是個悍婦，哪裡堪配太子妃的身分。

「父皇，兒臣並未有意冷落她，而是兒臣最近學業頗多，有些顧不及。再說兒臣是太子，怎能天天在後宮陪她喝茶閒聊？」

祁帝的臉色變得緩和一些，語氣平淡。「你自己有分寸就好。」

太子告退後，祁帝望著他的背影，臉上神色複雜難辨。堯兒為何要針對胥家？胥家歷來只忠心正統，堯兒將來繼位，以胥家的忠心，定會全力扶持他。

莫非……堯兒莫不是聽到什麼不該聽的，才想著自己培植勢力？他的眼瞇起來，更加莫測。

文沐松被剝奪科舉資格的事情傳到雉娘耳中，她側過頭，看一眼手捧著書，端正地坐在桌前的丈夫，抿嘴一笑，放下手中的東西，輕手輕腳地走到他跟前，將頭湊在他耳邊。

「夫君，是你幹的吧？」

溫熱清香的氣息噴在胥良川耳後，他的身體似輕顫一下，長睫毛微微抖動，體內有什麼巨獸被喚醒。他深吸一口氣，從書中抬起頭，認真地看著她，露出笑意。原本清冷的臉上，如冰川遇豔陽一般，折射出耀眼奪目的光芒。

「以子之矛，攻子之盾而已。」

他將手往邊上一放，雉娘順勢坐在他懷中，他的身體一僵，她臉上一熱。他們之間除了之前新婚時夜裡放肆，其餘時間都是比較規矩的。她顧忌古人愛矜持，不敢在白日裡隨意摟抱親吻，像這樣的舉動還是頭一回。

她想起身，誰知男子的大手環上她的身，將她抱坐著。她扭了扭身子，就覺得有些異樣，不敢抬頭去看。

胥良川被她身上的體香擾得心神大亂，雙臂不自覺收緊。前世裡，何曾有過這樣不受控制的情愫，彷彿有一頭凶狠的猛獸，要從體內橫衝出來。

他努力平復體內奔騰的血湧，默唸幾句清心經。

雉娘感覺到他的異動，臉上的熱潮更洶湧，她調整呼吸道：「莫非他動手在先？」

胥良川讚許地看她一眼。文沐松確實先動手，確切地說，是他等文沐松先動手的。之前鬧出的賣題之人，那張舉子就是文沐松安排的人，李舉子則是他識破文沐松的計謀後，再安排的人。

文沐松的打算是考前賣題，等考完後再揭發，讓自己無法撇清，就算不能扳倒自己，也會讓自己吃個悶虧，損了名聲。只不過他沒料到張舉子貪財，差點逼死孟舉子，還讓李舉子給鬧出來。而自己立即去宮中請罪，將事情原委道出；不過是押中大題，陛下怎麼可能會降罪？

隨後真正的考題被洩，陛下才會勃然大怒。陛下奪了文沐松的科舉資格，文沐松此生都別想光明正大地躋身朝堂。

他猜測以文沐松的城府一定不會善罷干休，太子就是他唯一的希望。

事實也確實如此，文沐松並沒有離京的打算。他不能下場，文齊賢卻是可以的。同是文家人，要是姪子能有機會嶄露頭角，他再從旁協助，文家未必沒有重振輝煌的一天。

他沈寂不出，伺機再動。

第九十章

因為官府的插手，買賣考題的事情很快平息下去，舉子們個個明哲保身，不敢隨意談論此事，就怕受到牽連，也被奪去功名。

同樣是買賣押題，文沐松和沈舉子雖不能再參加科舉，卻沒有被剝奪功名。而前次事發的段鴻漸和張舉子等人，不但被取消永世科舉的資格，而且還被奪去功名，貶為白身。

張舉子和孟舉子之流，身無倚仗，哪裡敢說半個不字？但段鴻漸不服氣，段大人被他鬧得沒有辦法，他雖然官至四品，但身為太常寺少卿，也不過就是管些皇家祭祀冊封相關的雜事，沒有真正的實權。加上從前年到現在，陛下對他越發冷落，他哪裡敢去陛下面前求情？

他頻頻用眼神暗示趙氏，示意趙氏去找皇后娘娘求情。趙氏有些遲疑。前次因為燕娘之死，她這心一直提著，就怕皇后找自己算帳。眼見自燕娘死後，日子一天天過去，皇后那邊都沒有動靜，她心裡就越發不踏實，總覺得有什麼懸在頭頂，一不注意就會砸下來，頭破血流。

她面露難色，段大人的臉也變得不好看起來。這趙氏，嫁進段府多年，未曾生下一兒半女，他看在皇后的面子上，一直對她敬重有加，不僅沒有納小，還將府中所有事情都交給她打理。眼下鴻哥兒出事，正是用得著她的地方，她怎麼還推三阻四的？

趙氏氣苦。終於，她妥協了，命人往宮中遞牌子，但德昌宮派一個小太監出來，說皇后娘娘身體微恙，近日不會召見命婦。

趙氏聽聞，心裡一緊。皇后娘娘莫不是在怪罪她？

燕娘的死，常遠侯推出兩個丫頭糊弄過去，皇后會不會責怪她沒有去侯府替燕娘出頭？可是大哥他們去了，還不是不了了之，她一個做姑姑的，還能大得過當父親的？

段大人在一旁唉聲嘆氣，心中對趙氏有些埋怨。說不定自己高估了趙氏在皇后娘娘心中的分量。他就一個兒子，要是兒子斷了仕途的路，那可怎麼辦？

他心裡暗罵兒子糊塗，卻不忍心去指責兒子。出了這檔子事，最傷心難過的還是鴻哥兒。

段鴻漸借酒澆愁，趁著酒意在屋裡發脾氣，那嬌滴滴的小妾在一旁哭哭啼啼，他被哭得心頭火起，拉開簾子就衝出去，直接衝進趙鳳娘的房間。

趙鳳娘正坐在榻上做女紅，見他闖進來，對身邊的嬤嬤和丫頭使眼色，讓她們退出去，屋裡只剩下兩人。

「妳說，你們這是怎麼回事？說好只是讓我出去找幾個舉子們喝喝酒，怎麼就變成倒賣考題，那考題可不是我要賣的，我也是從文公子那裡知道的。現在我功名被奪，還一輩子不能參加科舉，都是妳招來的禍事！妳說說看，要怎麼辦？」

趙鳳娘將花繃子放進籮筐中，慢條斯理道：「表哥，你怎麼這般沈不住氣？書中有云，忍一時之氣，換半生榮華。你的委屈，殿下都看在眼裡，等日後想要恢復你的功名，那還不是輕而易舉的事？」

「哼，說得好聽，事情成了，倒也說得過去。現在事敗，誰還會在意我的委屈？」

「殿下會記得，我也記得。」

段鴻漸看著她。她坐在那裡，舉止嫻靜，溫婉美好。這麼一個女子，明明是他的妻子，心裡卻想著另外一個男人，而自己像個傻子一樣，還幫他們瞞著，甚至被他們使喚得團團轉。

「那如果萬一有什麼變故，我怎麼辦？」

趙鳳娘霍地站起來，臉色嚴肅。「表哥你在說什麼，什麼萬一？太子是長又是嫡，哪來的萬一？」

段鴻漸欺身上前。「世事難料，就像陛下，從前在潛邸時，誰能料到最後承繼大統的會是他？」

他的氣息噴在趙鳳娘的臉上，帶著酒味，她厭惡地皺眉。

「那是因為先帝沒有嫡子，皇子們都是庶出，才會自相殘殺。如今不一樣，太子是皇后嫡子，名正言順。」

「是嗎？既然名正言順，以後這大祁的江山都是太子的，他又為何要如此操之過急？」

趙鳳娘被段鴻漸問得臉色丕變，目露冷光。

段鴻漸退後一步，軟下口氣。「罷了，你們記得我的委屈就好，方才我也是擔心，才會口不擇言。」

趙鳳娘冷冷地看著他，他乖乖地退出房間。

一出門，段鴻漸就覺得背後冒冷汗。以前他從沒有想過其他可能，剛才自己脫口問出的話，放在心裡仔細一想，卻覺得很有可能。

太子為何急著拉幫結派，培植自己的親信？按理來說，他只要當好他的太子，等陛下傳位給他即可，何必私下動作？莫非他的太子之位並沒有想像中的那麼穩？

可是陛下膝下僅二子，太子和二皇子都是皇后所出，二皇子沒有道理會威脅到太子的位置……不對，自古天家無父子，更何況是兄弟？

段鴻漸腦子清明起來，涼風一吹，打了個寒戰。

那邊，趙鳳娘等他一走，立即梳妝打扮，急急地出門。

段鴻漸還站在園子的假山後，看到她窈窕的背影，思緒複雜。

趙鳳娘先是在城中一間茶樓停留片刻，也不知見的人是誰。然後命車夫調轉馬車，直接去胥府。

雉娘聽到門房來報，說趙鳳娘上門，她和胥良川相視一眼，兩人交換一個心照不宣的眼神。

趙鳳娘被請進府來，按照禮節先去見過胥老夫人和胥夫人，然後才在胥府下人的帶領下，來到雉娘的院子。正好碰到出門的胥良川，她低頭見禮，胥良川冷著眉眼，淡然自若地從她身邊經過。

冷如冰玉的五官，氣質出塵的身姿。行走如松柏，傲然似雲峰。

她袖中的手捏緊。姊妹三人就數雉娘嫁得最好。她和燕娘，命運交錯，燕娘已死，她卻還在為前程謀劃。

丫頭們在前面打簾子，趙鳳娘隨後進入雉娘的屋子，雉娘從榻上站起來，親迎上前。

今日趙鳳娘衣著素淨，素色的衣裙，連半朵繡花也沒有；臉上是淡雅的妝容，眉宇間帶著憂色，竟另有一種悽苦的美。而雉娘，因為有孕，穿得很隨意，但絕美的容顏如飽滿多汁的果子，粉白中透著嫣紅，讓人移不開眼睛。

趙鳳娘的心似被針扎了一下。

雉娘語氣親熱地招呼她。「大姊，今日怎麼會想到來看我？」

「三妹，大姊來得唐突，實在是於心不安。前次表哥酒後胡言，竟招來賣題的風言風語，差點就連累胥大公子。還好陛下英明，未曾追究大公子的罪責。我在家中思來想去，覺得還是要親自登門當面和你們致歉。」

「這事與大姊夫無關，不過是有心之人挑起事端，誰知惹得陛下動怒，奪了大姊夫的功名，大姊夫肯定備受打擊。」

雉娘請趙鳳娘坐下，趙鳳娘臉有憂色，嘆了口氣。

「十年寒窗苦，就為一朝成名天下知。表哥心中自是難受，意志消沈。我看在眼裡，也為他難過。但錯就是錯，他買賣考題，還和別人說是真題，差點就連累到胥家，算是罪有應得。」

雉娘垂眸，飲了一口蜜水。「事情已經過去，大姊無須再自責。」

趙鳳娘點頭，神色惆悵。「自過年以後，事情一齣接著一齣。先是燕娘枉死，接著又是科舉風波，表哥被除功名，讓人措手不及。」

她的傷心不像作偽，提到趙燕娘時並無異色，若不是城府極深，就是燕娘之死與她無關。

但雉娘不是第一天認識她，就算相處時間短，也能感覺她是個頗有心機之人。

「大姊，二姊的頭七已過，魂魄應該已墮入輪迴。只是我看常遠侯府似還有所隱瞞，只怕凶手另有其人。我曾聽聞含冤之人不肯轉世輪迴，終日在陰陽交界處遊蕩。」

趙鳳娘似打了個冷顫，冰涼的手指端起桌上的茶，輕輕抿一口。杯子中，茶水蕩起細小的波紋。

「燕娘死得也不算冤，有因必有果，她若不為難別人，又怎麼會招來殺身之禍？那替別人背罪的兩個丫頭也在下面，想必她忙於應付，哪有空出來閒蕩？」

她說著，別有深意地看雉娘一眼。雉娘似有所感一般，唏噓不已。因果循環，趙燕娘縱使是被人害死的，死得也不算冤。

趙鳳娘收回眼神，慢慢放下杯子。「妳看我，和妳說這些做什麼？逝者不可憶，生者還得為前途奔波。表哥現在情緒低落，我想著也不能讓他這麼下去，不能出仕，還可以另尋出路。」

雉娘看著她，靜聽她的下文。

趙鳳娘這人，無事不登三寶殿。她打著來請罪的名義，怕是另有圖謀吧。

「三妹，我聽說胥府和韓王府頗有交情，那韓王世子對妳也是以表姊相稱。大姊有一事相求，希望妳能幫忙。表哥不能出仕，可多年苦讀不能白費。我想著，是不是給他謀個差事？近日韓王在給世子物色幕僚，不知妳是否可以引見一番。妳放心，表哥經此一事，定會事事小心，不會再飲酒誤事。」

趙鳳娘竟然在打韓王府的主意，還想將段鴻漸那種斯文敗類塞進韓王府，這又是要算計什麼？

雉娘為難起來。「大姊，我不過是個深宅女子，韓王世子也是看在胥家的面子上，才會喚我一聲表姊。我自己是什麼分量，還是清楚的，不能因為別人客氣幾句就腆著臉上門。大姊夫真有才情，必不會被埋沒，妳不妨讓他自己去韓王府一試？」

趙鳳娘一把拉起她的手，眼神中帶著祈求。「雉娘，我知道以前因為我生母的事，妳對燕娘不滿，可能對我也沒有什麼感情。但我們始終是姊妹，現在都已各自成親，正是應該相互扶持的時候。表哥也是妳的表哥，他現在落難，更怕他人非議，也怕被人拒絕。我來求妳，只是想讓妳和韓王世子通個氣，韓王世子看在妳的面子上，一定會用表哥，妳表哥有事做，慢慢就會從失去功名的痛苦中走出來。這事對妳而言，不過是一句話的事，算是大姊求妳，妳就幫幫表哥吧！」

雉娘認真地看著她，心中一直暗思，趙鳳娘此舉意欲何為？

為了讓表哥進韓王府，趙鳳娘竟然放低姿態求她？韓王是陛下的皇兄，在朝中的分量舉足輕重。難道太子要走曲線救國的道路？段鴻漸進了韓王府，就好比一根釘子，太子不會是打這個主意吧？

「大姊，妳真是在為難我。妳不知道我的處境，自嫁入胥府以來，我一直恪守本分，生怕說錯一句話。我們趙家家世低微，能攀上胥家，說句難聽的話，那是高嫁。我上頭還有兩代婆婆，哪裡敢逾越，插手男人們的事情？」

她垮著臉，咬著唇，一臉羞愧。

趙鳳娘盯著她，半晌後，道：「是大姊強人所難了，妳有妳的難處。此事我們再另想法子。」

「還是大姊心善，體諒我的苦處，我不比大姊過得自在。段府可是姑姑作主，妳又是在姑姑跟前長大的，自然體會不到新媳婦的難處。」

趙鳳娘嗯了一聲。她又不是新媳婦，哪裡知道新媳婦的難處。

「只是妳表哥這段日子大受打擊，都不肯出門。要他自己去韓王府一試，就怕他連門都不出。」趙鳳娘臉上的憂色更重。「如果有個事情讓他分神，他或許就不會自怨自嘆。可他一個書生，除了做幕僚，還能幹什麼？」

雉娘聽出她話裡有話，不好接話，想轉個話題。

還未來得及開口，就聽趙鳳娘接著道：「也就只能做些和書打交道的活兒，好像胥府是有書坊的吧，不如妳和大公子說說，讓表哥去胥府書坊做個抄謄的人，一來不用見人，二來也可以忘記傷心。這個妳總能辦到吧？」

雉娘啞然失笑，趙鳳娘果然是有備而來。先是讓她去韓王府搭線，想來這事的難度大一些，料定她不會同意，馬上拋出想進胥家書坊的請求。書坊是胥家的，比起進韓王府容易太多。

要是她因為之前沒有幫到人而內疚，聽到這麼一個簡單的要求，肯定會忙不迭地應承。但趙鳳娘是誰？她不可能僅是為了幫助表哥，一定還有其他圖謀。

朝堂之事，她知道得不多，也比不上趙鳳娘的見識。趙鳳娘在京中多年，常出入宮廷，對於朝事想必知之甚多。

「這個……我倒是可以向夫君提一提，看看書坊是否還缺人？」

趙鳳娘鬆口氣般地笑一下。「我就知道三妹心善，這事肯定能成。」

「我不敢保證，男人們的事情，我一個婦道人家不敢隨口承諾。」

「三妹能開口一試，大姊就很感激。我們是姊妹，胥大公子看在妳的分上，也會同意的。」

趙鳳娘的目的達到，拉著她的手，很是誇讚一番。雉娘聽著她的讚美，也只是笑笑。待她一走，雉娘臉上的笑就隱沒不見。

趙鳳娘這人，還真讓人喜歡不起來，除了算計，似乎就沒有別的事情。以前還好，有縣主的身分撐著，不屑於做些小動作，現在越來越露骨。

難道權勢就那麼重要，值得她如此不顧一切地為太子謀劃？她這般幫太子，太子真的事成，她又以何種名義伴在太子身邊？

雉娘暗自想著，起身去尋胥良川。

胥良川聽出她話語的擔心，淡然一笑。「她既然相求，妳應下便是。」

「應下？萬一段鴻漸在書坊使什麼陰招，那不是累及我們胥家嗎？」雉娘有些不解，明知他們不安好心，為何還要招惹？

「我就是想要看看，他們還有什麼招數？」他說得平靜，卻帶著凜然。

第九十一章

段鴻漸對趙鳳娘沒有經過他的允許就給自己尋差事，很是不滿，可不知趙鳳娘是如何勸的，三天後，段鴻漸出現在胥家書坊中。

胥家人都沒有將這當成一回事，又過了幾天，雉娘想著現在胎象應該已顯現，於是請大夫再次診脈。

不出所料，果然是喜脈，而且大夫還隱晦地透露，脈象呈陽而浮，弦中帶澀，是男胎之相。

胥老夫人很高興，為免驚了胎神，暫且不將喜訊公布出去，僅家中人知曉。

晚上，胥良川回來，交給雉娘一張房契。雉娘展開一看，臉上變換著表情。

「這不是我娘家租的院子嗎？你何時買下的？」

「一直租住，倒不如買下來。」

雉娘心下感動，她半點也沒有想起這事。房契上寫的是娘的名字，心道還是他心細，面面俱到。

過兩天，她挑了個大晴天，帶上青杏、烏朵和海婆子，主僕一行回了趙宅。

鞏氏小心翼翼地扶著她，仔細詢問最近的飲食起居，可有什麼不舒服的地方，又關心她腹中的孩子，有沒有請大夫號過脈？雉娘含笑一一回答，待說到大夫診定是男胎時，鞏氏臉上的表情明顯更加高興。

「雖然先開花後結果也是好的，但頭胎產子，是每個女人都盼望的。誰不想第一胎就在婆家站穩腳跟。」

「兒子也好、女兒也罷，都是我的孩子，我都會同樣疼愛的。」雉娘自己倒是無所謂，她肯定不止生一胎，後面還會接著生，生兒生女都一樣。無論男女，都是她僅有的親人。

但古人更重傳承和血脈，頭胎能產子，相對的壓力要小不少。

鞏氏欣慰地笑著點頭，女兒能這樣想開，當然最好，是兒是女都是自己身上掉下來的肉，只可惜……

她憶起自己早逝的孩子，眼中泛起淚光，連眨幾下，將淚意忍下去，扶著女兒坐在屋內的靠榻上，背上墊起軟枕。蘭婆子端來幾盤點心果子，齊齊擺放在榻上的小桌上。

「前兩日鳳娘回來過一次，又提到妳大哥親事。」

雉娘捏點心的手停住，鳳娘究竟要搞什麼把戲，怎麼老想抓著大哥的親事不放手。

「她提的是哪家姑娘？」

鞏氏的臉色難看起來，很是不喜。「妳怕是都想不到，她提的居然是方靜怡。方家現在眼高心大，都有人在私下傳方靜怡怕是要被納入東宮，哪裡會看得上我們趙家小門小戶？之前他們想嫁方靜然進來，我們沒有回話，要是再去向方靜怡提親，別人會怎麼想我們趙家。鳳娘也不知是怎麼想的？」

「那您和父親沒有同意吧？」

鞏氏笑一下。「自是沒有，妳爹不同意。還是原來的話，等妳大哥考完後再議。我看鳳娘似是很不高興，怕是覺得折了面子。」

雉娘將點心放進口中，慢慢咀嚼。趙鳳娘最近太奇怪，不知是想要謀劃什麼？前幾日才把段鴻漸塞進胥家書坊，又想幫大哥決定親事，她這麼做是為什麼？

就方靜怡那高傲的性子，能看上大哥嗎？趙鳳娘明知這點，還慫恿娘去方家提親，難道鳳娘是不想方靜怡進東宮，所以才想讓大哥求娶？太子肯定是要有側妃的，弄走方靜怡，還會有其他女人，鳳娘難道都要插一手嗎？

鳳娘已經嫁給段鴻漸，再怎麼樣也不可能另嫁他人，而且對方還貴為太子。

「隨她吧，前幾日她到胥府看我，說表哥被奪功名後意志消沈，想給表哥謀個差事，聽聞胥家有書坊，央我把表哥弄進去。」

鞏氏沒有得到消息，不知道還曾發生過這事。想著鴻哥兒的樣子，還有守哥兒說過的話，再加上前段時日的賣考題風波，有些憂心。

「鴻哥兒去胥家書坊，不會有什麼麻煩吧？」

雉娘想起夫君說過的話，寬慰鞏氏。「放心，有人看著的。」

鞏氏鬆口氣。「那就好。」

雉娘拿出那張房契，交到鞏氏手中，鞏氏吃驚地抬頭。「這……這是什麼？」

「娘，這是院子的房契。你們要常住京中，哪能一直租住著，索性就買下來。也是我這個做女兒的粗心大意，還是夫君想得周到。」

鞏氏不肯收。「姑爺買的，我哪裡能收？」

雉娘將地契塞到她手中，按著不肯她再還回來。「娘，他是您的女婿，他的孝敬您哪裡不能收？這房契寫的是您的名字，就是您的私產。」

鞏氏感動得淚水漣漣。還是女兒貼心，她本來是由妾升妻，沒有半點嫁妝。雖然現在有皇后撐腰，但總覺得矮人一頭。

她默默地將房契收好。

雉娘看著她收妥房契，和她話起家常。母女一段時日沒見，圍繞著雉娘肚子裡的孩子，閒聊起來。

許是自己也即將要為人母，雉娘對鞏氏更多了一分親近，就算鞏氏不是親娘，但她養育原主多年，投注的感情不比親娘少。

鞏氏心情很好，留雉娘用過晚膳，看到胥姑爺來接人，才依依不捨地看著女兒離開。

臨近三月，柳條抽芽，草木發綠。雉娘命丫頭們將厚重的衣服慢慢往箱子裡收，新做的衣裙終於能穿出來，鬆鬆的腰身，遮住開始微隆的腹部。

某一日，許久不見的梁纓上門作客，一臉興致勃勃。她身著棗紅束腰窄袖及踝六幅裙，顯得人十分俏麗。

她一進胥府，先去拜見胥老夫人。老夫人很高興，年紀大了，就愛看爽朗愛笑的姑娘，或是如大孫媳婦那樣軟嫩嬌美可人的姑娘，對於那些冷豔高貴、知書達禮的女子反倒沒有以前那般喜歡。

梁纓見過胥老夫人後，就直奔雉娘的院子。雉娘熱情地招待她，今日的雉娘穿的正是新做的襦裙，呈散花般從胸口一直往下，腰身處並未束腰，行動起來飄逸靈動，因為才將將不到三個月，外人還瞧不出來端倪。

雉娘笑著請她坐下，臉色紅潤，如三月桃花，又嫩又嬌。梁纓看得有些發癡，等回過神來再瞧雉娘的打扮，心生狐疑。

「表姊，我和二皇子、韓王世子他們約好，要去皇家圍場狩獵。妳年前不是還說也想去，我此番是特地來邀妳的，妳和表姊夫一起去吧！這次公主嫂子不能去，我二哥也不去，就我們幾個，有點沒意思。」

雉娘笑了笑。她是真想去，聽梁纓說得都動心，可是無奈身不由己，此次真去不成。若是以後還有機會，她一定去。

「妳公主嫂子去不成，我也去不成，下回我們再參加吧。」

她說得婉轉。方才梁纓就有些懷疑，聽她這麼一說，眼睛瞄著她的腹部，見她水眸含笑，更加肯定。「表姊，妳這不會是……」

雉娘帶笑地點頭，不自覺地低頭看著自己的腹部，一臉溫情。梁纓兩眼放光，激動地道：「那若是妳生個女兒，肯定像妳，以後我嫁過來，我幫妳帶！」

梁纓和胥良岳的婚事定在五月，算算日子也快了。

永安公主腹中的孩子早就診出男女，不過是沒有外傳罷了。一聽御醫說公主肚子裡的是個男胎，梁纓既為二哥高興，又有些小小失落，她還盼著公主嫂子給她生個姪女，最好是長得像皇后和表姊的姪女。

這下好了，表姊也有喜，就算這胎不生女兒，下胎也該是女兒吧！她以後嫁進來，就是嬸嬸，幫著帶姪女是天經地義的。

「那行，我可就輕省不少。」雉娘笑道，沒有提起大夫說自己懷的是男胎的話。「不過良岳以後要回閬山，怕是我們相處的時日也不多，更別提幫我帶孩子。」

想到胥家二公子將來要留在閬山，梁纓嘛起了嘴，就勢挽著雉娘的手。「表姊，我真想和妳一起留在京中。」

雉娘看著她撒嬌的樣子，突然有些好笑。

「我也想妳在這裡陪我啊，不過岳哥兒肯定是要回閬山的，夫唱婦隨，妳不跟去也不合適啊！」

梁纓的嘴翹得更高，誰說不是呢！當初就想著能嫁進來，天天看到表姊，誰知道議親時，她聽父母提起胥家的祖訓，才知道以胥家的作風，二房是要守在閬山的。兩家都已經相看過，總不能事到臨頭再反悔。再說胥二公子人也不錯，胥家還有那四十無子方可納妾的祖訓，這樣的親事，放眼整個祁朝也是難得的。

她又不傻，總不能因為無法時常見到表姊而放棄這麼好的親事，私心想著總歸是妯娌，一定會有相處的時候。她如此自我安慰著，翹起的嘴慢慢收回去。

胥夫人一進來，看到的就是梁纓的表情，好笑地看著梁纓又是嘛嘴又是對雉娘撒嬌的，心中暗道以後在胥家，那些個妯娌不和的事情根本不會發生。

她為雉娘感到高興，梁小姐這麼個爽利的姑娘，一看就是做事光風霽月的，教人打心眼裡喜歡。

方才她在外面聽到梁纓說雉娘肚子裡要是生個女兒就好，自己是一點也不生氣。雖然大夫已經診出是個孫子，但要真是孫女，她也是很喜歡的。女兒肖母，如果長得像雉娘，那得多招人稀罕，胥家可是幾代都沒出過姑娘。

梁纓見胥夫人進來，起身對她行禮，胥夫人笑道：「我就是來問問，等下將午膳擺到這個院子，可好？」

雉娘答道：「好，那就麻煩娘了。」

胥夫人看著她，滿臉疼愛。「麻煩什麼，家裡就我們幾個人，妳們坐吧，我去廚房看看。」

梁纓觀察著她們婆媳二人，想到胥家的那位山長夫人，似乎也是個好性情的，心裡越發對這門親事滿意。

胥府另一邊的書房裡，胥良川和胥良岳兄弟倆正在讀書。胥良川坐著紋絲不動，胥良岳則有些心不在焉，不停地望向窗外。

「岳弟，君子讀書，如靜坐打禪，入定不動。你老是魂不守舍的，哪能看得進去。」

胥良岳放下書，湊到兄長身邊。「大哥，最近大嫂天天悶在府裡，不知會不會覺得有些無趣，要不你去看看？」

胥良川抬眼看他。眼看春闈在即，岳弟的文章作得還有些欠火候，他本想訓誡一番，可是看著對方亮晶晶的眼神，想到他前世那窩囊憋屈的一生，遂放下手中的書，站起身來。

「也好，正好為兄也有些乏。」

胥良岳咧嘴一笑，跟在他後面。

胥良川走在前面，胥良岳落後一步跟著，兄弟二人穿過園子，再繞過老夫人的院子。還沒進院子裡，就聽到梁纓爽朗的笑聲。

胥良岳的腦海中立即浮現出那姑娘明朗的模樣，臉上露出笑意。

兩人一進門，雉娘和梁纓齊齊望過來，梁纓倒還沒有什麼，胥良岳耳根先紅了，不好意思地低下頭。

雉娘和胥良川會心一笑。

梁纓再次說明來意，聽到春獵二字，胥良岳的兩眼立刻迸出熱烈的光芒，眼巴巴地看著胥良川。

胥良川沒有看他。

梁纓沒好氣地道：「表姊不能去，表姊夫哪裡會去？下次吧。」

胥良岳被她說得一懵。哪裡來的表姊，哪裡來的表姊夫？半天才反應過來，原來梁小姐口中的表姊是嫂子，表姊夫是大哥，這又是從哪裡論起的？

梁纓也不打算解釋，挑眉看著他，心裡罵一聲呆子，猛然間覺得有些羞臊，不知不覺心頭泛起絲絲甜意。

這時，剛才離開的胥夫人也掀簾進來，見兒子、姪子都在，心道正好，招呼下人們將飯菜擺進來，就在這裡用飯。

胥家的菜色以雅為先，再是色香味。梁纓是將軍之女，縱然在永安公主那裡見過不少奢華的排場，也沒有看過做得如此精緻的菜餚，或豔麗如花，或清雅如景，看得人不忍下筷，就怕破壞那份意境。

雉娘好笑，梁纓和她初次在閬山見識胥家菜時一樣，都吃驚於胥家人對菜色的講究。立在主子們身後的丫頭們開始布菜，梁纓本以為好看的菜未必好吃，誰知吃到嘴裡，鮮香溢滿唇齒，真是色香味俱全。

雉娘現在的胃口也已好轉，什麼都能吃。一席下來，主客盡歡。

用過飯後，胥良川和胥良岳兄弟倆照舊要去書房，胥良岳有些依依不捨，但被兄長的淡眼一掃，立即乖乖地跟上。

梁纓則陪雉娘在園子裡消食。

胥家主子少，下人也少，園子裡十分清靜，梁纓立刻就喜歡上了。

等她要回家時，還約定春闈過後再來胥府玩。

雉娘笑著打趣。「那時候妳就不是來玩，而是住在胥家，就是我們胥家的人了，再也不離開。」

梁纓反應過來，自己也略有些不好意思。

她見到永安公主後，說起雉娘有喜一事。永安公主得知前段時日雉娘胃口不好，忙道：

「本宮若是早知道雉娘害喜，就該派人給她送幾罈子醢醬，用那個下飯，保管不會吐出來。」

梁駙馬在後面苦笑，一想起那時候公主聞不得其他味道，偏愛吃醢醬，桌上除了幾盤素菜外，就只有一碟醢醬。他陪公主用飯，真是苦不堪言。

「各人的口味不一樣，也許胥少夫人並不愛吃醢醬。」

梁纓也跟著道：「是啊，我聽表姊說，她光愛吃瓜果，皇后娘娘還送給她一份菜方子，她照著上面的菜做來吃，也沒怎麼受罪。」

永安公主哦了聲，還是讓人送了兩罈醢醬去胥府，雉娘收到兩大罈醢醬，想起皇后娘娘說過的話，了然一笑。

日子如流水般過著，很快就到了春闈之期。

第九十二章

此次春闈的策論當然不是早先洩漏出來的考題，祁帝已命胡大學士等重新擬題開考。

胥良川進入考場後，見到有別於前世的考題，沒有半點驚訝。今生，太多和前世不一樣的事；上次洩出來的確實是真題，既然真題已洩，改題是理所應當的。

他和胥良岳的號舍都是很好的位置。胥閣老在位，無論主考官是哪一位，都會賣胥家這個面子。書僮小廝一律不許帶進來，攜帶入場的只有一些米麵，還有肉菜。考期為三天，號舍中有小紅泥爐，另外還有定量的炭火，每排號舍東側為去穢之所，即為茅廁。

三日後，貢院的門大開，考生們依次出來。許多人短短三天如脫層皮一般，失了人形，有的滿面愁容，唉聲嘆氣。當然也有人喜形於色，看起來考得應該不差。

胥良川筆直地走出來，青衣如新，半點不見倦色，無波無喜，如平常一般。倒是胥良岳，一迭連聲叫著自己又餓又臭，恨不得插翅飛到家中。

胥夫人和雉娘坐在馬車中，丫頭們在外面張望著，待看到大公子和二公子走過來，高興地告知馬車內的婆媳倆。

雉娘掀開簾子一角，看到夫君氣色尚佳，放下心來。

一到家中，先是沐浴淨身。雉娘捧著衣服，乖巧地守在淨室外面，聽著裡面的水聲，嘴角揚起。

胥良川洗淨後出來，只著裡衣，雪白的裡衣裹著勁瘦的身姿，還有不停滴水的墨髮，加上被濕氣所潤的黑眸，直直地看著她，看得她的心狂跳，呼吸也跟著急促起來。

他慢慢走近，自然地從她手中接過衣物。她連忙低頭，掩飾自己的臉紅。高大的男子微微垂眸，看到的就是她綰得鬆鬆的髮髻，幾綹髮絲飄在耳邊，在小巧軟嫩的耳朵邊來回地飄動，耳朵尖泛著粉紅，透著羞意。

因為低頭，白皙的頸子露出來，優美又脆弱。他的眸色如濃墨，聚起雲海。轉而唸了幾句心經，輕抖開手中的衣物，開始往身上套。

她心裡一鬆，抬起頭來幫他，不時地幫忙扯個袖子，拉平後襬，幫他正衣理襟。

穿好衣服後，他坐在凳子上，她則拿著大布巾給他絞乾頭髮。他的頭髮濃且密，卻不粗硬。她仔細擦乾水分，再換上另一塊乾布，將頭髮打散開來搓揉著。反覆幾次，頭髮變得七分乾，再晾上一刻鐘，待髮已乾透，再幫他綰起。

弄好後，夫婦二人前往胥老夫人的院子。

兩人進屋後，看到胥良岳已經坐在老夫人身邊，嘴裡不停訴苦。「祖母，可把孫兒累壞了，那號舍裡的炭火半天才燒起來，我煮的飯水放得少，都夾著生。還有那菜，幸好你們備的都是熟食，天氣又涼，也沒有放壞，要不然我還得自己做菜。」

「我孫兒受苦了。」胥老夫人滿眼心疼。

「這點苦倒不算什麼，關鍵是那穢所。第一天進去還聞不到什麼味，從第二天開始，用的人多了，那味兒就飄出來。我的號舍在另一頭，還能聞得到那股味道，熏得我差點將夾生飯都吐出來。」
胥良川扶著妻子坐下，自己坐在旁邊。
胥老夫人關切地詢問：「川哥兒，你這幾日還好吧？」
「尚可。」
胥良岳看兄長一眼，暗道兄長真是好定力，就那樣熏兩天還尚可？他恨不得吐個昏天暗地，硬忍著。
「我不如大哥，這幾天我是吃也沒吃好，睡也睡不著，等會兒可得好好吃一頓。」
「對，快、快傳膳。」胥老夫人心疼不已，命執墨趕緊去廚房傳膳。
不一會兒，胥閣老和夫人也一同前來。見人到齊，胥老夫人命人馬上開飯。胥良岳都等不及身後的丫頭布菜，自己挾菜吃起來。
胥良川不緊不慢地吃著，一邊還留意著雉娘，雉娘衝他展顏一笑，偷偷將自己碗中的菜挾到他的碗中。
他垂眸，低頭用起來。
一個月後放榜，毫無疑問，胥良川位列前三甲。殿試過後，欽點為狀元，授翰林院修撰。
胥良岳二甲進士頭名，欽點為傳臚。趙守和也在二甲之列，賜進士出身。
祁帝賜宴，在恩澤園中舉行，稱恩澤宴。百官到場，加上數百的進士們，場面浩蕩，氣勢宏大，往來穿梭的宮女們有條不紊地將一道道精緻的御膳擺在桌上。

坐在前桌的是以胥良川為首的前三甲。

祁帝先舉杯，眾人齊呼萬歲聖恩，將手中的美酒一飲而盡。

上座東西兩側的珠簾後，隔著紗簾，分別坐著皇后和永安公主，賢妃和永蓮公主。自古恩科後榜下捉婿，京中有女兒的官員都盯著新出的進士們，遇到合心意的，免不了要為自家女兒留著，皇家也不例外。

當年永安公主就是在簾子後面，一眼瞧中梁駙馬。

賢妃最為上心，為了給女兒選駙馬，她是前幾日開始就睡不著覺。

皇后端坐著，見賢妃心思都在園子裡，淺笑道：「賢妃妹妹不用急，陛下可是說過，今日要讓妳們慢慢挑，一定要給永蓮挑個稱心如意的駙馬。」

「多謝陛下和娘娘的美意。」賢妃道謝，眼神還不停往外看。

永蓮面色不佳，似是身子不適。她小臉蒼白，嬌弱的樣子惹人心疼。她的眼睛落在前桌的男子身上，帶著癡迷。男子身量修長，長相出眾，單單坐在那裡，就與旁邊的人不同，萬千人之中，她一眼就能看到他。

可這男人卻已經娶妻，還娶了一個小門小戶的妾生女。

賢妃的視線也落在前桌，心裡嘆息。前三甲中，狀元郎是不用想的，就算胥良川沒有成親，也不可能尚主。胥閣老是朝中砥柱，膝下僅大公子一子，大公子不出意外是要承胥家衣缽，怎能輕易尚主，自毀前程。

她心中嘆息，可憐蓮兒一直看不透，偏認著死理，正好趁此機會，讓女兒斷了念想。她轉向前桌的另外兩名男子，榜眼是個快四十的中年男子，聽說髮妻已故，兒子們都快娶妻，想來用不了幾年就要當祖父，自是不可取。探花雖然年輕儒雅，卻也是早已娶妻，不用再想。

前三甲之中，無一人合適。

二甲之中，頭名傳臚是胥家二公子，也是訂過親的。其餘的進士們，要麼就是年紀大，縱然是有些年輕英俊的，總覺得身分不高，與蓮兒不配。世家大戶的公子們一般都是祖蔭，極少有人會寒窗苦讀，走科舉入仕的路。這些進士們大多是清流人家出身，或是來自寒門。

她的蓮兒金枝玉葉，是皇家公主，怎能嫁給清貧人家？

蓮兒沒有永安的運氣，梁駙馬出身高，梁將軍竟然捨得讓嫡子尚主。輪到永蓮，滿園子的進士，愣是挑不出一個合適的。

賢妃越看越難過，索性收回目光。永蓮是壓根兒都沒有去看其他人，她低頭絞著手中的帕子，臉色越發蒼白。

「皇妹可有中意的好兒郎，不如和皇姊說說，皇姊還能給妳參謀參謀。」永安的肚子已經很大，她靠坐在椅子上，椅中墊著厚厚的狐毛毯子。

永蓮身子搖了搖。「皇姊，妳又在取笑我。」

永安笑得張揚。「這哪裡是取笑？妳若是自己沒有看中，那父皇可就要直接給妳賜婚，到時候妳再不滿意，也不能更改。皇姊也是為妳好，現在妳害臊，以後就要吃苦頭。還不如大著膽子，順著自己的心意挑個合適的。」

永蓮心中苦澀。她哪裡沒有中意的，但是她能告訴父皇嗎？就算告訴父皇，父皇會替她作主嗎？

皇后的眼睛隨意地往這邊一掃，然後慢條斯理地喝茶，捏起酥皮點心小口吃著。吃完後，她身後的琴嬤嬤遞上雪白的綢帕，她優雅地擦拭自己的手指，潔白的手指根根如玉，保養得極好。

突然，她抬起皓腕，如玉的手指朝前輕輕一指，指向後面幾桌中的一位青年，青年長得頗俊俏，遠遠瞧著帶有濃濃的書卷氣。

「那是哪家的兒郎？看起來和永蓮年歲相當，長得也算不錯。」

賢妃順著她的手指看過去，見皇后指的青年確實如她所說，長得還不錯。

永蓮抬起頭，看了一眼，又低下頭去。永安也看了一眼，露出一個意味不明的笑意，低頭開始吃起點心來。

皇后身後的琴嬤嬤輕輕地走開，小聲地詢問宮人，很快就得到消息，稟告皇后。「回娘娘，方才那位公子來自滄北，姓文。此次文公子位列二甲第三十六名。」

賢妃臉色複雜，又看了那青年幾眼。

滄北文家？莫不就是那個文家？文家那位四爺因為洩題一事，被科舉除名，永不能再參加貢試；文家又遠在滄北，在京中毫無根基。縱使受太子器重，也不知何年何月才能出頭。

皇后頷首，笑道：「文家是隱世大家，百年前是書香門第的世家。他們家出來的公子，怪不得一表人才，名次也很靠前，確實是個不錯的男兒。不知賢妃妹妹意下如何，可還有其他人選？」

「暫時沒有，不過妾身就永蓮一個孩子，自然想為她挑個好的。這些公子們看長相還瞧不出來品行，妾身想私下再慢慢打探。」

「妳如此想法也是好的。永蓮雖不是本宮所出，但本宮一向待她如同永安，當然也希望她能找到如意郎君。年一過，永蓮也快十八，年歲不算小，太子不過先她一天出生，都已經娶妃。她是姑娘家，不可錯過韶華之齡。」

「謝娘娘，妾身會加緊挑選的。」

「妳有打算也好，本宮會和陛下商議，務必要永蓮稱心如意。」

賢妃心中略定，皇后沒有逼著賜婚，她還有時日再好好挑挑。文家的家世太低了些，她真有些不願意。坐在她身邊的永蓮臉色已經白到透明，袖中的指甲深深地掐進掌心中，咬著唇一言不發。

恩澤宴後，眾進士們又齊聚殿前謝恩。按照慣例，接下來就是遊街，京兆府尹已在宮外金門等候，等進士們出來，親自給狀元郎披紅。

胥良川坐在棗紅駿馬上，馬頭綁著大紅的綢花，神氣威武。他帽插金翎，身披紅綢，神色凜冽，玉面霜顏，宛如星君。

從皇宮出來，沿御道直行，穿過次衛門，兩邊開始出現觀禮的百姓，百姓們高聲歡呼，相互談論著狀元郎是如何俊俏，何等風姿卓絕。

人群中，還有許多少女們，或大膽地露出真顏，或嬌羞地罩著輕紗帽，一眨不眨地盯著遊街的隊伍。從狀元郎出塵的長相，慢慢移到後面跟隨的進士們身上，思量著哪位好兒郎才是良配。

方靜怡也夾在一眾姑娘中。她戴著細雪綃紗罩著的帽子，眼睛緊緊追隨最前面的男子。他坐在高大的駿馬上，面如冠玉。這般驚才絕豔的男子，為何會看不到自己的好？

幸好，老天待她不薄，將來若是能入住東宮，這對自己不屑的男子，總有一天會拜倒在自己面前，對她俯首稱臣。

她的手死死地捏著帕子，目光幽怨。身邊的方靜然則去尋找趙守和的身影，見趙守和意氣風發，原本憨厚的長相也變得英俊起來。這麼一看，之前的百般不願意，也鬆動一些。

可惜聽祖母說，趙家人似乎不太願意。她跺了一下腳，趙家人太過分，要不同意也是自己，什麼時候輪到他們了？

姊妹二人心思各異，待遊街的隊伍漸漸走遠，才轉身離開。

雉娘也偷偷地溜出門。她現在懷有身孕，確實不宜去人群中擠來擠去，於是在沿湖街道旁邊的茶樓中訂了一個雅間。

遊街的隊伍正好要經過此處，沿湖轉上一圈，再繞行至吏部內堂進香，方可自行離去。

雉娘站在臨街的窗戶邊，胥老夫人、胥夫人和山長夫人也陪同一起，正坐在桌邊喝茶。

胥老夫人頗有些感慨。「從妳的祖父，還有妳的父親，現在又到川哥兒，我已經看過三回胥家男人狀元遊街。」

胥夫人在一旁捂著嘴笑，一臉的與有榮焉。

遠處的鑼鼓聲越來越近，在外面觀望的執墨推門進來。「老夫人，夫人，少夫人，大公子他們快要過來了。」

胥老夫人、胥夫人和山長夫人同時站起來，立在雉娘的兩邊。

很快地，儀仗隊出現在樓下，前面的御衛軍舉著高高的牌子，後面跟著鑼鼓隊伍，將手中的樂器舞得歡快。

棗紅的駿馬跟在後面，駿馬上的男子依舊清冷，頭上的金翎被豔陽一照，熠熠生輝。雉娘的嘴角不自覺地露出笑意，白嫩的手伸出窗外，招了一下。

底下的男子似有所感，抬起頭來，夫婦二人四目相望，情意盡在不言中。

胥良川漸行漸遠，雉娘在後面的隊伍中找尋著，看到胥良岳與趙守和的身影，指給胥老夫人和胥夫人看。

最高興的是胥老夫人，大孫子高中狀元，小孫子也是二甲頭名，不愧是他們胥家的子孫，岳哥兒縱使沒有川哥兒那般有天賦，卻也是一等一的人才。

胥良岳只顧高興地瞧著圍觀百姓，並沒有抬頭，也沒有看到她們。

數百位進士，個個意氣風發，都是人生得意之時，人人面上都流露出喜悅，感染眾人。

雉娘從來沒有見過這般浩大的遊行，眼睛一直跟隨隊伍，眼見遊街隊伍全數經過，她才離開窗邊。

約一炷香後，胥家人開始下樓，準備乘車歸府。

到達府中不到半個時辰，胥良川和胥良岳就進了家門。胥良川走在前面，紅衣玉顏，冷面松姿；胥良岳緊隨其後，俊朗溫潤。

胥老夫人連聲幾個好字，由胥閣老引著兄弟二人前往後面的祠堂，向先祖們上香報喜訊。

兄弟二人三叩拜，將香插進灰爐中。

胥良岳小聲地叨念著，意思是他已考中進士，也算對得起祖宗，以後回到閬山，一定要將書院發揚光大，不負祖宗們的期望。

胥閣老也感慨陳辭，告慰先祖。胥家到了良字輩的這一代，就只餘兄弟二人，幸得祖宗保佑，兄弟倆不負眾望。

胥家列祖列宗的牌位們森然肅穆，香案上餘煙裊裊，胥良川眼神幽暗，垂眸靜立。

第九十三章

皇宮之中，恩澤宴過後，新科狀元率眾進士們去遊街，祁帝則擺駕回宮。今日大喜，他自然要宿在德昌宮。

宴會上，他稍微飲了些酒水，靠坐在榻上，面色潮紅，眼睛微瞇著，帶著醉醺之意。

皇后屏退宮人，親自侍候他更衣。他隨意問道：「今日永蓮可有相中的人？」

「好像沒有。妾身看著，永蓮的身子似乎又差了，坐在那裡臉色慘白，病病殃殃，妾身瞧著怪心疼的。以前覺得永安性子太烈，人又霸道，常常氣得妾身飯都吃不下，現在想著還是如永安一般活潑好動的姑娘，看起來教人放心。」

祁帝一臉憐惜，道：「永蓮確實身子太弱，這麼多年，上好的補品不知吃了多少，怎麼就不見起色？妳派人問問，去年上貢的血燕，賢妃那裡可還有？」

「陛下，妾身一直憂心著永蓮，哪裡會短她們的？無論是血燕還是百年老參，她們那裡都沒有斷過。」皇后面露憂色，深深嘆口氣。「妾身看著賢妃妹妹，也覺得心疼。賢妃這麼多年，事事親為，不假他人之手，盡心盡力照顧永蓮。說句心裡話，妾身養育三個孩子，都不如她養一個孩子那般累。」

祁帝點頭，已換好明黃的寢袍，重新坐在榻上。

皇后蹲下，替他除靴。

「妾身想著，一定要給永蓮尋個稱心如意的駙馬。這孩子一直悶在宮中，也沒個同齡人作伴，性子也綿軟，得找個真心疼人的男子。今日尋摸著，似乎也沒有什麼合心意的。倒是有位公子，模樣長得俊，才氣也不俗，和賢妃妹妹提了一句，賢妃妹妹想再細細打探。」

「是哪家的男兒？」

皇后自己也脫鞋上榻，和祁帝一起靠坐著，聞言一笑。「聽說出身滄北文家，是二甲的進士，名列第三十六名。」

祁帝瞇著眼，側過頭望著皇后，皇后笑道：「陛下如此看著妾身做什麼？妾身也是聽湘兒提過幾次，說文家公子才情不俗。今日瞧著後桌有位頗為俊俏的公子，命琴姑姑去問，誰知趕巧就是文家公子。永蓮平日就愛吟詩作詞，妾身也是想著，書香世家的公子溫雅知禮，可能更合乎她的心意。也就那麼一提，最後成與不成，還得經過賢妃妹妹同意，妾身可不會越過賢妃妹妹去作主。」

「妳有心了。論年紀、長相和才情，文齊賢倒是個不錯的人。」

皇后又露出笑意，語氣變得輕快些。「原來他叫文齊賢啊，之前那洩題一事，妾身覺得文家那四爺有些冤枉。依妾身看，堯兒都欣賞的人，肯定錯不了，要不然堯兒也不會破格將他招攬為幕僚。必是文家人押題準，才會惹出事端。」

祁帝似在思索她的話。自洩題事出後，堯兒似乎也沒有棄用文沐松，反倒有種先擱置一旁，等事過後再重用的意思。那皇后是什麼意思？他微醉的眼神流露出一絲狐疑，很快又隱下去。

皇后似乎一無所覺，臉上一直掛著笑。「陛下，算日子，永安也要生產，你我都是要當皇外祖父、皇外祖母的人。皇兒們都已長大，他們有自己的想法，永安也好，永蓮也罷，這挑駙馬還是由著她們的喜好來。就好比永安，自己挑的梁駙馬，現在日子過得多舒心。永蓮雖不是妾身所出，但妾身對她的心和永安是一樣的，也盼著她以後能日子和美，與駙馬相敬如賓。」

祁帝依舊不語，垂眼深思。皇后嫣然一笑，身子往錦被中一縮，露出皎潔如玉的臉龐，臉上半點脂粉未施，如同少女一般光滑細嫩，往日裡凌厲的眼眸變得平和，氳著霧氣。

祁帝看著，心裡湧起情愫，也躺進錦被中，皇后順勢往他懷中偎，兩人很快交疊在一起……

第二天，胥良川就去翰林院述職。他是殿前授職，授的是從六品修撰，比趙書才的從八品典簿高出兩階，翁婿二人成為同僚。

翰林院的最高上峰是胡大學士，胥良川先去拜見他，然後再一一和同僚們見過。趙書才站在後面，笑得一臉驕傲。

待下值後，趙書才與胥良川走在一起。趙書才臉上泛著紅光。「胥姑爺，雉娘最近可好？」

「雉娘很好，大舅哥有什麼打算？」

趙書才見姑爺明白他要問的話，倒有些不好意思起來。「你段家姑父的意思是想守哥兒留在京中，在京中謀個職缺。他有門路，想讓守哥兒去禮部當個主事。我還沒有答應，想著先來問問你。」

胥良川停下來，望著他。「太子已經成年，開始參與朝事。朝中各部穩固，此時留在京中，已難有大作為，不如尋求外放，在外面歷練幾年，有適合的機會再調回京中。」

他這麼一說，趙書才有些糊塗。按理來說，太子成年參政，應該是好事，怎麼聽胥姑爺的口氣，這時應該離京為好？但趙書才這人，有著農夫與生俱來的求穩之心，胥姑爺不會害他們，他說外放，那守哥兒就外放吧。

「那我與你段姑父說說，讓他幫守哥兒尋個外放的路子。」

胥良川冷凝著臉。「不用，我自有路子。岳父看臨洲怎麼樣？臨洲城下，有十來個縣，隨他挑一下都行。」

趙書才倒吸一口涼氣，嘴巴張了又張，半天才合上。「那行，不拘哪個縣。」

胥良川點頭，重新抬腿往外面走。趙書才大步跟上，心裡暗自發怵。明明自己是岳丈，可是在胥姑爺面前，總不自覺地想縮著身子。即使胥姑爺對他已經很尊敬，他還是覺得有種莫名的壓力。

胥良川的步子邁得大，趙書才跟得有些氣喘。兩人分開後，趙書才停下來喘了半天氣，氣勻後，乘著小轎回趙宅去。

趙守和聽完父親轉告胥良川的意思，也十分同意。「爹，大公子說得沒錯。咱們趙家根基淺，兒子也不夠圓滑，與其留在京中苦熬，不如外放出去歷練一番，興許還能搏上一搏。」

「你能夠這樣想，爹很高興，等會兒就去段府告訴你姑父，讓他不用操心。」

胥閣老和胥良川父子二人前後腳回府，胥夫人和雉娘都候在門口。

「怎麼都在門口站著？」

胥夫人笑臉相迎，當著兒子、媳婦的面也不知說些什麼，只說兒子第一天當職，她做母親的出門迎迎也是應該的。

胥閣老一言不發，抬腳往自己的院子走去，胥夫人碎步跟上。雉娘則跟在胥良川後面，夫妻二人朝自己的院子走去。

「可還順利？」她細聲問道。

他嗯了聲，說起趙守和的事。「我會幫他安排，最快過幾日就要啟程，妳若是還有什麼話要交代，不妨趁著這幾日去一趟娘家。」

雉娘不過是略略驚訝就明白過來。皇后和太子之間，勢必要有爭鬥。大哥和父親都不是知情之人，容易不明就裡地站錯隊，此時外放歷練是最好的。

「準備外放去哪裡？」

胥良川牽起她的手，平淡道：「臨洲。」

雉娘就沒有再問。大哥去臨洲，無論哪個縣，胥家人都能照應得上，確實是個好去處。

次日，她帶著一些禮品回趙宅。

鞏氏看到女兒回來，又驚又喜，丟下手中的東西，歡喜地上前扶著她。雉娘的肚子不仔細看，看不出來顯懷，但鞏氏還是不放心，謹慎地扶她進屋坐著。

母女二人說起趙守和的事情，鞏氏不停地說，讓她以後莫要拿娘家的事麻煩胥姑爺。

雉娘笑了笑。她完全沒有提過，甚至都沒有想過，所有事情都是夫君自己安排的。好似自從成親以來，自己就過著萬事不用操心發愁的日子。這樣的生活是她前世一直渴望的，此刻靠坐在軟榻上，吃著點心，聽著娘的叮囑聲，內心是那麼平定祥和。

中午陪鞏氏一起用過飯，再小憩片刻，她才起身離開。

馬車平穩地駛離周家巷，拐上正道，開始沿主街行駛。行至半路，不知從何處衝過來一輛馬車，拉車的馬匹似乎受了極大驚嚇，直直地往她這邊撞過來。

車夫急忙勒住韁繩調轉，馬車急速撞到路邊的樹上，雉娘在車裡受到顛簸，情急之下緊緊護著腹部。

青杏掀開簾子一看，就看到直衝過來的瘋馬，她大聲呼喊，同時身子往雉娘這邊靠，呈守護之態。

烏朵則抵住雉娘，萬一雉娘摔倒，她還能當個墊底的。

眼看著瘋馬就要撞上來，車夫面色慘白，心道完了，對面猛地飛奔出一個人，縱身翻上瘋馬，死死地勒住馬脖子上的轡頭。瘋馬被制住，不停掙扎。

車夫急忙跳下來，催促烏朵、青杏把少夫人扶出來。

主僕三人下了馬車，見瘋馬還在不遠處掙扎，制住牠的人正是許靂。許靂自雉娘出門，就一直在暗中跟著，這是大公子的吩咐。

青杏和烏朵把雉娘扶到邊上，路的那邊有人匆匆往這邊跑，似乎是瘋馬的主人。

那家人得知雉娘的身分，嚇得差點跪下。他們不過是普通商戶，因為在鋪子裡買東西，就將馬車停靠在門口，誰知馬會自己發瘋，還差點惹出禍事。

他們連連賠罪，那邊許靂已經控制住瘋馬。

雉娘方才確實心都提到嗓子眼，好在自己沒事，見那家人嚇得不輕，出聲寬慰。

許靂不知劈了那瘋馬哪裡，瘋馬癱倒在地上，他仔細查看著，在瘋馬的股後看了良久，還湊近細看。

然後他放開馬，大步走過來，先是對雉娘行禮，然後詢問馬的主人。「你們這馬車是停靠在哪裡，可有人接近過？」

那家的男人出來回話。「爺，小人等方才在前面的茶葉鋪子，馬車就停在外面。小人想著不過是一會兒工夫，就沒有派人守著，哪裡知道會差點衝撞少夫人，小人罪該萬死！」

許靂一言不發，抬頭朝他指的茶葉鋪子望去。那裡商鋪林立，往來的客人也多。他皺著眉，道：「這匹馬的股臀處被人扎進去一根針，馬兒受到驚嚇，又覺得痛苦，才會發瘋狂奔。」

那家男人立刻跪下來。「爺，小人不知情啊！不知是哪個天殺的想害我們。小人是個做小本生意的，這馬車可是家中最值錢的東西，平日好吃好喝的供著，怎麼可能會給牠扎針？」

雉娘已經聽出來龍去脈。這家人縮著身子擠成一團，穿著尚可，氣色也不算差，應該是小富之家。她的眼睛從他們臉上一一認真地看過去，分辨他們臉上的表情，除了憂心和不安，似乎並沒有什麼其他神色。

她心裡有了底。事情太過蹊蹺，那瘋馬好巧不巧地直直撞向她們的馬車，那有心人是衝著她的，還是衝著別人，不小心誤傷她？

她蹙著眉，小聲吩咐青杏幾句。

第九十四章

該問的都問過，雉娘也不好留著他們，眼見圍觀的人增多，索性就放他們離開。

車夫和許靂合力將倒在樹旁的馬車安置好，重新停穩。青杏和烏朵扶著她上車，青杏沒有坐進去，悄悄地跟上那家人。

回到府中，胥老夫人聽聞險情，連聲驚呼，拉著雉娘上下打量著。見她似乎並未受到驚嚇，心裡踏實起來。胥夫人卻還有些不放心，命人請來大夫，給雉娘號過脈，得知脈象平穩才安心。

請過脈後，胥老夫人非要她躺著不動，說是再養養神。

胥良川一進家門，胥夫人就告訴父子倆今日的事，他臉色一變，疾行至自己的院子。

雉娘聽胥老夫人的話，靜靜地躺在榻上，看到他進來，朝他展顏一笑。

他剛在回院子的路上，已經聽許靂說明經過，心中也是後怕不已。

她坐起來，輕聲地將今日的事又說一遍，最後小聲道：「那馬被釘進一枚針，不瘋跑才怪。要真是別人誤傷還好，就怕是有心人使的暗箭，躲在暗處防不勝防。我已派青杏去打探那家人，想必很快就會回來。」

果然，不到一炷香的工夫，青杏就回來了。

胥良川親自問她，青杏將那家人的底細一一道來。那家人確實是做生意的，分開後，也沒有心情在街上逗留，徑直歸家。

青杏看著門牌上的鍾宅，得知那家人姓鍾，還向周圍的人打聽過。街坊們道鍾家人一直做著小本生意，日子過得不錯，鍾老爺為人和氣，待鄰居們也很大方。青杏又問最近鍾家可有來客人，鄰居們說沒有見過。

雉娘靜靜聽著，她說完後，讓她下去。

「夫君，你怎麼看？我看事情和鍾家人應該沒有關係，他們不可能明目張膽害我，這樣做對他們沒有半點好處。依我看，必是有人在他們的馬車上做手腳，一來神不知鬼不覺，二來就算出事，自有鍾家人頂罪，我們也找不到幕後之人。」

胥良川冷著眉眼，扶她重新躺下。「此事是我疏忽，妳莫要再想，我會派人查清楚。」

「你已經做得很多，要不是你派許靂跟著，我也不可能安然無恙。」雉娘乖巧地躺下，想了想，道：「夫君，自古人心難測。如果有人要除掉我，必然是我擋了別人的道。」

胥良川的瞳孔一縮，看著她。

她嘲諷一笑，水眸中迸發出不一樣的光彩，帶著凌厲。「我從來都信奉一個道理，一件事情能從中得利的必是主使之人。如果我真的出事，依你看，誰是受益之人？」

胥良川的眼中翻起暗湧，替她掖好被子。「妳別再想，無論是誰，我都幫妳揪出來。」

雉娘聽話地閉上眼，似囈語般道：「我心裡已經知道是誰。」

「好，我知道了。」胥良川道，理了理她散亂的髮。

她側過頭，貼在他的手上，呼吸著手指間的墨香，頓覺心安。

胥良川凝視著她的臉，捨不得挪開。

雉娘這一覺睡得很沈，一直睡到天黑。醒來時，聽到外面似有人說話，她喚了一聲烏朵，烏朵輕聲走進。「少夫人，宮中有人來傳話，說永蓮公主邀您明日進宮作客。」

永蓮公主？雉娘的嘴角泛起一個意味不明的笑。

胥良川知道後，冷著臉道：「妳就說身子不適，不宜進宮。」

「不，她是公主，既然她紆尊相邀，我又怎麼能不給面子。你放心，雖然進宮不能帶丫頭，但是我可以找皇后娘娘借人。」

她臉上帶著那種初見時的倔強和堅定，小臉耀眼得如眩目的雲彩。他眼神幽暗，將口中還要再勸的話嚥下去。「好，妳進宮後先去向皇后娘娘請安，皇后娘娘自會安排。」

雉娘笑起來。「不過是進宮而已，無非是喝喝茶，聽聽她說些閨怨。我會小心的，她那裡的茶水點心我都不碰。」

他凝重地望著她，她報以一笑，夫妻二人心知肚明。

白天的事如果確實是有人故意為之，她首先懷疑的人就是宮中那位永蓮公主，其次就是趙鳳娘。

她從渡古來京，在京中並不認識什麼人。她嫁給夫君，令很多人嫉妒，但最不甘的應該就是永蓮公主。她可沒有忘記以前進宮時，永蓮公主看自己夫君的眼神。

至於為何會懷疑趙鳳娘，她也說不上來。按理說，她和趙鳳娘並無利益衝突。但憑著直覺，她覺得趙鳳娘不喜自己，甚至是帶著敵意的。

胥良川的臉色還沈著，沒有因為她滿不在乎的話而有所放鬆。「妳進了皇后宮中，若是皇后沒有提起，妳就主動提出，讓琴嬤嬤陪妳去。」

「嗯，我知道。」雉娘點頭。「夫君對永蓮公主有印象嗎？她這指名道姓地邀我進宮，著實讓人受寵若驚。」

「沒有，天下女子除了妳，我誰也不記得。」胥良川冷冷地道。雉娘沒有計較他的語氣生硬，聽得心花怒放，巧笑嫣然。

永蓮公主公開邀請她，就算再迫不及待地想除掉她，按理來說也不可能會選在明日動手，怕就怕對方使陰招。

任何一個女人得知自己的男人被覬覦，心裡都會不舒服。如果對方僅是放在心中暗戀倒也罷了，要是想除掉她取而代之，那麼再想息事寧人，只怕是自己都不同意。

就算對方是公主，她也不願相讓。與其躲著，倒不如看看永蓮公主究竟要耍什麼花招。

她連夜派人向宮中遞牌子，將話傳到德昌宮，說她明日要進宮。

皇后娘娘接過琴嬤嬤遞過來的牌子，臉上泛起笑意。「本宮也有段時日沒有見雉娘，一直想著她現在身子不便，也沒有召見她。許是胎象已穩，她才會遞牌子進宮。」

「娘娘，奴婢聽說，今日永蓮公主派人出宮，讓胥少夫人明日進宮。」

皇后的臉冷下來，笑容收斂。「哦，還有此事？永蓮不是身子不適，怎麼會這時候邀雉娘進宮？」

琴嬤嬤不說話。

皇后把牌子放在一邊。「妳明日派人在宮門口等著，雉娘一進宮，妳將人先領到本宮這裡。」

「是，奴婢明白。」

琴嬤嬤安排下去。翌日，雉娘一踏進宮門，就被琴嬤嬤親自迎走。永蓮公主派來的小太監不敢有異議，折回去稟報自己的主子。

雉娘看到旁邊停著一個四人抬的軟輦，心下正疑惑，就聽琴嬤嬤道：「少夫人如今是雙身子，皇后娘娘體恤少夫人，命奴婢準備軟輦，請少夫人上輦。」

她沒有拒絕，宮門口到德昌宮確實有很長一段路要走，兩個宮女扶著她，安穩地坐上去。軟輦一直抬到德昌宮門口，太監們蹲身放低軟輦，雉娘扶著琴嬤嬤的手，慢慢地下來。

進入殿中，皇后正左顧右盼著。

雉娘行過禮後，坐在琴嬤嬤擺過來的凳子上。皇后的眼睛一直打量著她，觀她氣色尚佳，臉上露出笑意。

「本宮有段日子沒有見妳，今日一見，氣色頗好，本宮甚慰。」

「都是託姨母的福，自從得了您的菜方子，就一次也沒有吐過。過了三月之後，胃口恢復，身子輕快許多。」

「妳用得好就行。」皇后眼裡的笑意更深。「妳娘最近可好？她也許久沒有進宮，本宮甚為掛念。」

「她一切都好，也一直念著姨母，前段日子因為大哥要考試，她也不得閒。」

皇后點點頭，知道她說的都是實話。

寒暄過後，說起永安的事情。算日子，永安還剩不到一月就要生產，雉娘想著等出宮後，尋個日子去公主府作客。

約半個時辰後，永蓮公主派宮女來相請。雉娘不好意思地對皇后說明來意，皇后知道她要去永蓮宮中，派琴嬤嬤送她過去，她謝恩告辭。

永蓮公主的宮殿就在賢妃宮殿的旁邊。

宮中種滿淡雅的蘭草，此時春意盎然，蘭草綠茵成片，錯落有致的碧桃開得粉團簇簇，春風一吹，花瓣飛舞。

琴嬤嬤陪雉娘進去，永蓮看到琴嬤嬤，神色未變。她臉色還蒼白著，裹著雪白的狐裘，包成一團坐在榻上，楚楚可憐。

雉娘和她行禮，她忙招呼雉娘坐下。「胥少夫人是稀客，本宮神交已久，一直想請妳來宮中作客，無奈身子不爭氣，常常覺得力不從心。聽聞胥少夫人已懷有身孕，不會怪本宮讓妳進宮吧？」

「公主邀請臣婦，是臣婦的榮幸，求之不來的恩典，歡喜都來不及。」雉娘側坐在春凳上，臉上帶著恰到好處的笑意。

永蓮很滿意她的回答，對琴嬤嬤道：「嬤嬤先回德昌宮侍候吧，母后那兒離不開妳。胥少夫人在本宮這裡，本宮一定會照顧好她的。」

「公主，胥少夫人對宮中的路不熟悉，怕會走錯地方。今日娘娘命奴婢要跟著胥少夫人，奴婢不敢抗命。」

永蓮公主輕輕一笑，似乎嗆了氣，用帕子捂嘴咳起來。「既如此，妳就留著吧。」

「謝公主。」

琴嬷嬷屈膝行禮，躬著身子站在雉娘身後。

永蓮公主似是胸悶，身邊的宮女小聲道：「公主，您若是覺得不適，不如去外面走走，許是能好受一些。」

她點頭，朝雉娘歉意一笑。「本宮這身子，真是不中用，本來還想和妳坐著好好說會兒話，要是妳不介意，我們去御花園走走吧。」

雉娘哪有反對的道理，起身，落後一步跟在她身後。

御花園中，也是花香四溢，形態各異的翠柏雲松，或成花傘狀，或彎如拱門，錯落在假山周圍。永蓮公主走在前面，身邊的宮女則在假山下的白玉桌子和椅面墊上狐皮毯子。她落坐，示意雉娘也坐下。

雉娘依言，側坐在她的對面，眼神快速地掃視一下周圍。周遭有兩棵雲松，如兩朵花一般，立在兩邊。假山呈半包圍狀，嶙峋的石頭懸出千姿百態的模樣。

宮女們開始上點心，藉著宮女們的身形，雉娘抬頭細觀著頭頂的假山。

她的正上方，恰是一塊突出的石頭，石頭懸著，像是剛好卡在那裡，看得人心驚膽戰。她知道，這樣的石頭，只消一個很小的外力相擊，就能將石頭擊落下來。

心中一凜，她裝作若無其事地低頭，微微側開身子。

「本宮與胥少夫人有些女兒家的閨話要說，妳們離遠些候著。」永蓮公主朝侍立的宮人們吩咐。

宮人們依言，走開至一丈之外，琴嬤嬤也退離雉娘身邊。

永蓮公主招呼雉娘吃點心，雉娘羞澀地笑道：「臣婦恐怕要辜負公主的美意，實在是腹中的孩子太過挑嘴，臣婦吃什麼吐什麼，為免失儀，臣婦還是什麼都不用的好。」

「本宮以前也聽皇姊說過，有身子的女子在吃食上特別遭罪。胥少夫人既然胃口不佳，本宮也不勉強。不如用些果子吧，本宮聽說妳喜歡吃果子，有孕後最愛吃的就是果子。」

雉娘一臉感恩。

這時，就有宮女一隻手托著盤子，盤子裡裝著切成小塊的水果。她款步而來，邁出的步子很輕，卻不同於一般宮女們訓練出來的輕盈，反倒像是刻意裝出來的。

如此熟悉的樣子，雉娘是見過的。她身邊的青杏，走起路來就是如此，那是有身手的女子才有的表現。這不是個普通的宮女。

她的心提起來。

永蓮公主示意宮女將果子擺在雉娘這邊，宮女一隻手擺盤子，另一隻垂在身側。雉娘視線一直盯著她，眼角餘光正好瞧見她垂著的手縫中露出石子的模樣，心下了然，右手慢慢地將手放在頭上，似不經意地扶正自己的髮髻。

她的髮髻中插著兩根簪子，其中一根，正是那金包銅的大簪子。

第九十五章

宮女將石子滑至指間，作勢要往上擲。

雉娘快速地抽出自己頭上的髮簪，猛地往宮女的手上扎去，宮女吃痛，驚呼一聲，力道變弱，那石子高擲無力，掉落在桌上，發出清脆的響聲。

宮女的手被扎出一個血洞，血不停地往外冒。

突生變故，琴嬤嬤等人立刻圍上來，大聲叫著讓人制住宮女。

永蓮公主驚得站起來，面色煞白，搖搖欲墜，侍候她的宮女們趕忙扶住她。

雉娘左手一把抓起桌上的石子，後退兩步，冷眼望著永蓮公主。永蓮公主捂著心口，似要暈厥。

方才那宮女的一聲驚呼，引來御衛軍，見那宮女被制住，一句話也不說，低垂著頭。雉娘心道不好，果然，一個御衛軍上前，一探鼻息，發現宮女已經咬破藏在牙齒中的毒自盡。

永蓮公主駭得兩眼一翻，徹底暈過去。宮女太監們亂成一團，把她扶回殿中。有人去稟報陛下和皇后，有人去請太醫。

雉娘冷眼看著，左手把玩著手中的石頭，對身後的琴嬤嬤道：「嬤嬤，妳看我方才坐著的位置，上方有一塊石頭，若是剛剛那宮女用石子去擊石頭，妳說石頭會不會砸下，將我砸得頭破血流。」

琴嬤嬤抬頭一看，見假山邊上的那塊石頭懸而未落，只消輕輕一碰，就能掉落下來。她一陣後怕，要是胥少夫人不夠機警，被那宮女得手，只怕……

聞訊而來的祁帝和皇后看到的就是眼前的景象。那宮女倒在地上，手背上破了一個大洞，血已不流，鮮紅一片。

雉娘的右手中還握著那根簪子，簪尖沾染鮮血。她的神色冷靜，臉上無半點受到驚嚇的模樣。

看見帝后到來，她跪在地上，將方才發生的事一字不差地講出來。皇后聽得心驚肉跳，不顧祁帝陰沈的臉，俯身將她扶起來。

「孩子，妳還有身孕，快快起來。可憐的孩子，難得進宮一趟，竟然發生這樣的事。」

「皇后娘娘，這宮女剛才想彈出石子。娘娘您看，假山處的那塊石頭是不是很怪異，臣婦想著，一塊小小的石子，足可以將石頭擊落下來。」

皇后順著她的手看過去，嚇得撫著怦怦直跳的胸口。

祁帝冷著臉，用眼神示意旁邊的御衛軍。最前頭的御衛軍隨手拾起一顆石子，用手一彈，石子擊在石頭上，石頭搖動，快速地滾落下來，正好砸在雉娘剛才坐著的凳子上。

凳子被砸得碎裂，散亂一地。

「陛下，之前臣婦和永蓮公主說話時，恰好就坐在這凳子上。如果臣婦不夠警醒，恐怕現在爛成肉泥的就是臣婦了。」

皇后捂著唇，不敢置信地看著眼前一幕。琴嬤嬤也跟著跪下來。「娘娘，陛下，是奴婢失職。奴婢沒有聽娘娘的吩咐，跟在胥少夫人的身邊。」

「妳為何不聽本宮的命令，要是今日雉娘有個閃失，本宮怎麼跟胥閣老交代，怎麼跟憐秀交代？」

琴嬤嬤聽著皇后的訓斥，一臉羞愧。「娘娘息怒，都是奴婢的錯。永蓮公主說要和胥少夫人說體己話，命奴婢等不要靠得太近。是奴婢辜負娘娘的託付，請娘娘責罰。」

「妳說，是永蓮要妳們離得遠些的？」

「是的，娘娘。」

皇后驚疑地望著祁帝，祁帝沒有轉頭。他的眼睛從雉娘的臉上，看到她手中的簪子上，冷冷地丟下一句。「妳跟我來。」

雉娘丟掉左手中的石子，然後從懷中掏出一方帕子，擦拭簪子上的血跡，重新戴回頭上，依言跟上。祁帝沈重地走在前面，兩人一前一後地穿過御花園，來到前殿。

前殿不同於後宮中的宮殿，無論是殿內的金柱，還是地上的雕花地板，處處彰顯著天家的霸氣。

祁帝慢慢坐在御案前，眼神直視著她，看到她手中的簪子已經插進髮髻中，問道：「妳進宮為何還帶著凶器？」

「啟稟陛下，這不是凶器，僅是一根簪子而已。臣婦但凡出門，都會戴著它，它曾經救過臣婦的命，就如同此次一般。」

「妳以前也曾遇過險？」

雉娘直視著他探究的眼神，平靜地道：「是的，在性命攸關之時，是這根簪子救了我。」

「是何人加害於妳？」

「後宅陰私而已，說出來只怕會污陛下您的耳。臣婦要不是小心謹慎，哪能安然活到現在？那鬼門關，臣婦也不止走過一回，每次都是僥倖生還。」

祁帝震驚，從案桌前站起來，俯視著她。

她嬌弱的模樣像極皇后，這堅韌的性格也像。在她之前的生活中，竟是那麼艱險嗎？他的喉嚨艱難地滾動一下。「那依妳看，妳此次進宮是因感覺到危險，所以才會小心謹慎嗎？」

「是。」

「放肆！」祁帝大怒，赤眼看著她。她半低著頭。「在妳心中，皇宮難道是龍潭虎穴，只要進來就如臨大敵、步步驚心嗎？」

「陛下，臣婦沒有這般認為。臣婦早年生活艱難，處處小心謹慎，不敢行差踏錯。久而久之，對於未知的危險有種天生的警覺。此次進宮，也是那種感覺太過強烈，所以臣婦才留了個心眼。事實證明，臣婦的感覺沒有錯。」

「哼，感覺？」祁帝冷哼。「那妳感覺一下，這事是誰做的，誰要害妳？」

雉娘挺直背，頭還是半低著。「臣婦不知，但臣婦堅信，若不是擋了別人的道，也不會有人想除掉臣婦。臣婦不過是個尋常女子，生平最值得誇耀的事就是嫁入胥家，許是這樣才會引來嫉恨吧。」

祁帝心頭大震。方才他威懾她，她居然半點都沒有嚇到。聽她言詞，條理清晰，對今日之事心知肚明，早有防範。

究竟是天生如此敏銳，還是如她所說，得益於早年的生活磨礪？

上座的天子遲遲沒有說話，雉娘依舊恭敬地站著。等了半天，天子的聲音傳來。「妳出去吧！」

雉娘跪退。

皇后守在外面，臉上的焦色一覽無遺，看到她出來，忙問道：「陛下沒有怪罪吧？」

雉娘搖頭。「讓姨母擔心了，陛下並沒有怪罪臣婦。」

「那就好，妳今日受驚了，趕緊歇會兒再說。」

雉娘也不推遲。她確實嚇得不輕，雖然早有防備，感覺永蓮要出手，以為永蓮應該是耍些暗暗的小動作，比如說茶點裡下料，或是派人撞她之類的。萬沒有想到對方出手如此狠辣，竟是想讓她橫屍當場。

她跟著皇后回到德昌宮，喝過安神湯，便躺在上回歇過的房間裡，閉目養神。

皇后輕輕地關上門，眼裡的厲色盡現。

她擺駕去前殿，祁帝似乎一點也不意外她的到來。

「陛下，今日雉娘受驚，此事非同小可。深宮之中，竟然暗伏殺機，妾身一想起就覺得遍體生寒，惴惴不安。那主使之人一定要查出來，否則妾身如何對雉娘交代？也是這孩子機敏，否則怎麼枉送性命都不知道。」

她說著，眼淚就流下來。祁帝走下來，無奈地替她拭淚。他都有多少年沒有看到她哭，一見她哭，他的心就抽了一下。

「她還有沒有說什麼？」

「這孩子太懂事，什麼也沒有說。就是因為她這樣，妾身才更難過。陛下您不知道，她和憐秀早些年吃了太多苦，妾身憐惜她，曾經想過以後不能讓她們母女再受苦。可就在妾身管著的後宮中，她差點送命。妾身一想到這裡就心如刀割。」

「朕會查清楚的，妳回去吧。」

皇后含著淚，行禮告退。

她一走，祁帝的臉就寒如冰霜。

他擺駕去永蓮公主的宮殿。內殿中，賢妃娘娘正坐在榻邊抹眼淚，永蓮面如土色地躺在榻上，人事不知。

「陛下，太醫方才來看過，說蓮兒驚嚇過度，以致昏迷不醒。」

祁帝站著不動，認真地望著榻上的少女。少女臉白如紙，脆弱得彷彿一陣風就能吹散。

「蓮兒這病多年不見痊癒，許是一直憋在宮中，她心情鬱悶。朕想著，趕緊給她找個駙馬。前幾日宮宴，妳們可有瞧上的人？」

賢妃吃驚地抬頭，淚痕還掛在臉上。陛下怎麼會突然提到此事，還是在這樣的情形下？她的心思轉了轉。「陛下，妾身並沒有中意的。終身大事不可隨意，妾身想著再替蓮兒好好尋摸，總得找個知冷知熱的人。」

「不能再拖，民間有句俗語，女大不嫁留成仇。朕給妳們三日，若是還沒有好人選，那朕就挑個人，親自賜婚。」

說完，他拂袖離去。賢妃愣在當場。

第九十六章

祁帝一言不發地踱出宮外，隨身侍候的大太監落後一步緊緊地相隨。

走至一處亭臺前，忽然聽到花叢後面傳來兩個宮女的聲音。

一個說：「公主又病倒，冬霜姊姊又要受罪了。」

另一個道：「可不是嗎？換成是誰，沒病沒痛的天天喝藥，不受罪才怪。我看冬霜姊姊的臉色不太對勁，前兩日半夜都起身悄悄地嘔吐。」

兩個宮女說完，齊齊地長嘆一聲。

祁帝擺手，示意身後的太監不要出聲。他緊鎖著眉，停了一會兒。半晌，似是猶豫幾番，轉身朝來時路走回。大太監心領神會，示意守在宮門外的小太監不用通傳。

大太監走在前面掀開簾子，祁帝冷著臉進去。

永蓮已經醒來，靠坐在榻上，賢妃挨著坐在榻邊，母女二人一臉凝重。立在她們不遠處的是個宮女，手捧藥碗，正在喝藥。

賢妃大驚，擠出一個笑。「陛下，您怎麼又回來了？」

祁帝冷冷地望她一眼，看向喝藥的宮女。賢妃忙解釋道：「蓮兒嫌藥苦，讓宮人試藥呢。」

試藥？哪個宮女試藥會將藥喝得都快見底？

那宮女還算機靈，忙把手中的藥碗遞給永蓮，永蓮虛弱地接過，將碗底的藥一飲而盡。

祁帝盯著她，命人去請御醫。

賢妃有些著急。「陛下，方才御醫才看過，何必要再麻煩？」

「永蓮身子一直不見好，說不定是庸醫誤人，換個御醫看看吧。」祁帝的聲音冰冷，聽得賢妃的心一沈。

不一會兒，祁帝自己的御醫韓御醫提著藥箱進來。永蓮的臉色很白，無奈地伸出手腕。

韓御醫診過，彎腰恭敬地對祁帝道：「陛下，依微臣看，公主的身子調養得十分好，並無大礙。不過可能是春夏交替，胃口不佳，進膳得少，身乏體虛而已。」

他抬起頭，突然看到立在旁邊的宮女。宮女的臉色虛浮，眼皮都是腫的，怕是有些不太好。不過他只是個臣子，天家的事情可不敢亂管。

祁帝注意到他的眼神，擺手命他退下。

「陛下，聽韓御醫這樣一說，妾身就放心了。蓮兒的身子弱，妾身一直精心養著，生怕有一點閃失，也是妾身太過緊張。之前的御醫說得也沒錯，確實是蓮兒體弱。最近蓮兒胃口不好，吃不下飯，妾身無法，也不願意勉強她。她方才不肯喝藥，也是妾身由著她，都怪妾身不好，太過慣著她。」

祁帝不說話，越過她望著永蓮，永蓮低著頭。「父皇，是兒臣不好。兒臣太過任性。」

「妳確實太任性，好在身體調養得當，父皇心甚慰。」

「讓陛下費心，都是妾身的錯。」

祁帝看著賢妃，眼神微冷。「妳確實有錯，永蓮年紀輕不知事，妳也不知事嗎？怎麼可能事事由著她來？所幸永蓮身子無大礙，依朕看，既然她身子大好，是該給她擇駙馬了。朕現在問妳，有沒有合適的人選，如果沒有，朕就直接指婚了。」

賢妃大驚。「陛下……妾身還沒有想好，可否──」

「不可。」祁帝冷冷地打斷她。

永蓮低著頭，低聲道：「父皇，母后的眼光向來是好的，兒臣覺得她提的人就不錯。」

「妳母后也就隨便一提，既然妳覺得那人不錯，父皇就為你們指婚。」

祁帝拂袖離去。

賢妃狠狠地瞪一眼那喝藥的宮女，宮女的腿一軟，立即跪下來，不停磕頭。「奴婢該死，奴婢該死，娘娘恕罪，公主恕罪。」

「妳當然該死，不過是喝個藥，半天都沒有喝完，差點壞事！」賢妃冷冷地道，咬了咬牙，讓她退下去。眼下也不是處置她的好時候。

寢殿裡只有母女二人，永蓮抬起頭，慘白的臉上泛著青色。

賢妃小聲道：「蓮兒，妳太心急了，打草驚蛇，還白白將春奴折進去。」

那行凶的宮女名喚春奴，一直在她的宮內當粗使宮女，是高家花了大手筆塞進宮的，外人並不知道春奴和高家的關係，也不知道春奴會武。

賢妃留著她，是想派上大用場的，眼下浪費這麼一個好棋子，賢妃很心疼，卻不忍責備女兒。

永蓮悔恨不已，暗罵自己太大意，真是小瞧了趙雉娘。事發之時，趙雉娘看她的眼神已表明，對方絕不是個如外表一般嬌弱徒有美貌的女子。

想來也是，要不是趙雉娘有心機，怎麼可能討得胥老夫人的歡心，從而嫁進胥家。

那樣一個心機深沈的女子，大公子竟被迷了眼！她暗恨，目光越發陰狠。

賢妃看到她臉色難看，又心疼起來。「最近幾天沒有好好用膳吧，妳這般折騰，母妃瞧在眼裡，疼在心裡。都怪母妃沒用，還要靠妳來爭。」

「母妃，要是不爭，父皇的心裡哪裡還會有我們母女的位置？後宮之中，年年都是新鮮的美人，父皇除了歇在德昌宮，其餘的妃嬪一視同仁。妳看皇后，盛寵多年，皇姊嫁的是什麼人家？那可是梁將軍的嫡子。輪到女兒頭上，竟是個從未聽過的偏遠清貧之家。文家說是書香世家，可已有近百年沒沒無聞，怎麼能和京中的侯門官家相提並論？」

「我的兒，都是母妃不爭氣，苦了妳。要是妳有個皇弟，咱們母女的日子也不會這麼難過……」賢妃哭起來，抱著永蓮，傷心不已。

「母妃，所以我們才不能處處忍讓。該爭的一定要爭，要不然就由著別人揉圓搓扁。」

賢妃抹乾淚。「妳父皇的心是偏的，竟然任由皇后隨意一指，將妳許給文家。」

文家是什麼人家？不過是滄北一個沒落家族。這樣的家世，莫說是公主，就是京中尋常官家的嫡女，都要仔細思量能不能嫁進去？

「妳父皇心意已決，我們又能怎麼辦？」

永蓮看自己的母妃一眼，冰冷地道：「拖著！我是公主，如果出嫁必先蓋公主府，一般要費時兩、三年，這段時日我們再從長計議。」

賢妃搖頭，有些不贊同。「蓮兒，妳聽母妃的，不要再想胥大公子。妳父皇的意思很明顯，無論妳再如何折騰，他也不會同意妳嫁進胥家的。」

「母妃，我不要聽這些，事在人為。那小門小戶的妾生女都能嫁進胥家，我堂堂一個天家公主為什麼不行？」

「蓮兒……」

「母妃，妳不要再說了。妳也逼我嫁進文家的話，那下次我可就不是假病，而是真病！」

賢妃被她話裡陰冷的語氣驚到，張了幾下嘴，一句話也沒說出來。

祁帝出了賢妃的宮殿，直接去德昌宮。皇后守在雉娘身邊，雉娘倒是睡得香。她輕輕用手撫摸雉娘的髮，還有她的眉眼，眼神慈愛。

想起今日的事，她還是一陣後怕，要是雉娘不夠警醒，是不是現在躺著的就是一具屍體？

祁帝沒有讓門外的太監通傳，直接走進來。皇后聽到聲響，回過頭，起身。

「陛下怎麼這個時候過來？永蓮可醒來了？」

「她已醒。胥少夫人怎麼樣，是不是嚇到了？」

「這孩子是個有膽量的，妾身看她不過是有些餘悸，倒沒受什麼驚嚇。只是這件事，妾身想好好查查，究竟是誰那麼大膽子，敢在宮中行凶？」

祁帝的目光在雉娘的臉上停留一會兒，掀開珠簾，走到外間。皇后輕輕地跟上去，就聽見他平淡地道：「此事朕已查明，那宮女是受顧美人指使，顧美人一直不滿賢妃，原本是想害永蓮的，誰知今日雉娘進宮，被雉娘給碰上。」

「陛下！」皇后不敢置信地道：「那石頭分明是衝著雉娘而去的，怎麼會是針對永蓮？」

「好了，朕都說過，事情已經查明。顧美人那裡，朕會給妳一個交代，朕會將她打入冷宮。」

皇后緩緩低頭。「既然陛下已有獨斷，那妾身不敢妄議。」

祁帝嗯一聲，隨意地道：「妳上回提的那位文進士，朕瞧著還算不錯，準備給永蓮賜婚，妳意下如何？」

「陛下，妾身只是隨口一提，還未問過賢妃妹妹和永蓮自己的意思呢，若是她們不喜，妾身就枉做壞人。」

「朕已問過她們，永蓮自己同意的。」

皇后略微吃驚，抬首遲疑道：「永蓮自己答應的？那倒是可以，看來她確實喜歡書香世家的公子。妾身就怕誤人姻緣，永蓮這身子一直不見好轉，指婚也是好的，說不定沖沖喜，她的病就大有起色。只是之前永蓮身子弱，妾身想著，賢妃定然捨不得早早嫁女，那公主府的事情，也就沒有和陛下提過。如今您給永蓮指婚，那這公主府開建，多則三年，少則兩年，耗時太長，妾身擔心永蓮的身子。陛下，您看可有其他法子？」

她用相詢的眼神望著祁帝，祁帝略思索一會兒。「妳說得沒錯，費時太長，確實是朕之前欠考慮。朕記得當年翟家遷回祖籍，那宅子空出來，多年也沒有人住進去，不如派人前去修葺，賜給永蓮，讓他們盡快完婚。」

「是，妾身知道了。」

皇后恭敬地垂首。祁帝認真地看她一眼，丟下一句安撫好雉娘的話，就離開德昌宮。

他一走，內室錦榻上的雉娘就睜開雙眼。

皇后走進來，看到她睜著眼，柔聲問道：「妳醒了，可有哪裡不舒服？」

「沒有，多謝姨母關心。方才您和陛下的話，雉娘已經聽到。」

「事情明擺著，陛下有心袒護而已。妳放心，這事姨母記下，會還妳一個公道的。」

雉娘起身，給她行了一個大禮。「姨母，永蓮公主針對的是雉娘，雉娘不想姨母夾在中間難做。」

皇后扶她起來。「傻孩子，姨母沒有什麼為難的。妳是憐秀唯一的孩子，要是有個閃失，姨母如何向她交代？此事妳不用多想，姨母心中有數。」

雉娘再三謝恩。出宮時，皇后命琴嬤嬤領著一行御衛軍，護送她到胥府，後面跟著滿滿的賞賜。

賞賜流水般地抬進胥府，雉娘臉上掛著笑意，在胥老夫人和胥夫人面前，沒有露出半點端倪。等回了自己的院子，才和胥良川說起今日之事。胥良川一言不發，手緊緊地攥成拳。

科舉已過，榜也放了，府中最近都在準備胥良岳和梁纓的婚事。雉娘有孕，兩位婆婆都不肯讓她費神，所有事情都不用她操心，她也樂得清閒。

永蓮公主賜婚給文進士的聖旨，第二天就傳到文家租住的小院。相比於文思晴的驚喜，文家叔姪受的就是驚嚇。

文沐松在聖旨傳來之前，都在書房中親授姪子為官之道，而且他們已從太子那裡得到消息，文齊賢有可能進戶部當個主事。文家好不容易現於人前，出了個進士，自然想順著這條路，慢慢地走進朝堂，不料卻被尚主，封為從五品都尉，都尉奉朝請召。

尚主之人以後便難有作為，文沐松連忙請示太子。

太子正衝著平湘發脾氣。他可是聽母后那邊傳來的話，是平湘在母后面前提起過文家公子，母后才會在恩澤宴上留意文齊賢，還建議過賢妃母女。

太子冰冷的眼中帶著一絲嫌棄，這麼一個蠢婦！自己欣賞文沐松，要換成是另一個聰明的女子，定然能明白他的用意，怎麼可能在皇后面前提文家，害得文齊賢尚主。

他的眼前浮現出另一個女子的模樣，溫婉知禮，縱使成為他人婦，也是滿心滿眼地為他打算。

平湘一副不知錯在哪裡的樣子，太子看得更加來氣，狠狠發了一通脾氣，然後派人送信給文沐松，皇命不可違，命他們準備迎娶永蓮。

又過了幾日，趙守和的任命下來，是臨洲城的一個縣，緊鄰著渡古，名為百城。

臨行那天，雉娘去碼頭送行。趙鳳娘也跟著段家人一起，去給他送行。

趙鳳娘看到雉娘的打扮，眼神閃了閃，又瞄著她的肚子，道：「恭喜三妹，妳進門沒多久就有身子，真是好福氣。」

雉娘輕輕一笑。「多謝大姊，雉娘確實幸運。不過大姊也很有福氣，和姑姑站在一起，簡直親如母女。哪個女子有這麼個疼人的婆婆，都是前世修來的福氣。」

趙氏回過頭，朝雉娘露出笑意。趙鳳娘也淡淡一笑。

船已經開始起錨，趙守和站在船頭，朝他們揮手。雉娘有些感觸，彷彿她進京的情景還在昨日。

船慢慢地駛遠，送行的人開始離開。

雉娘心生感慨，轉身再看一眼。遠遠地看著船頭上，趙守和的身邊站著一位女子，女子的面容看不清楚，看身姿卻是不錯的。

她疑惑地問鞏氏。「娘，大哥此行，隨行的都有什麼人？」

鞏氏笑一下。「說來也巧，不知妳還記得臨洲蔡知府家的小姐們？她們也是今日啟程回臨洲，正好順路。」

這倒是巧，雉娘心道。剛進京時，她和蔡家姊妹還一起到胥府作過客。自從年前趙氏和娘提過一次，蔡家有意許配二女兒給大哥後，再也沒有聽過蔡家人的消息。她還以為蔡家兩姊妹早就離京，沒想到現在才走。

也許蔡家人對於結親一直沒有放棄，眼見大哥離京，兩姊妹留在京中也沒有什麼意義，此次同行，倒是一個好機會。

鞏氏捏一下她的手，輕聲道：「蔡知府寫信給妳爹，有意結親，提的是大女兒。」

雉娘有些意外。蔡家人結親的誠意倒是足。蔡家大小姐她是見過，知書達禮，和二小姐的性子截然不同。要真是她，這門親事倒也還能結。

看娘的表情，還有從准許大哥和蔡家姊妹同行一事可以看出，便宜父親對這門親事也是很滿意的。

母女二人親親熱熱的，趙鳳娘和趙氏走在另一邊，聽到她們的細語，投過來一瞥，眼神複雜。

第九十七章

雉娘似有所感，眼角餘光掃到趙鳳娘臉上的表情，不動聲色地挽著鞏氏，扶送鞏氏上了趙家馬車。

自己則在青杏的攙扶下，進了胥府的馬車。趙家和胥家不同路，兩輛馬車在前面一個路口分道揚鑣。雉娘命車夫不必停留，徑直回到胥府。

胥府的門口，站著不停張望的海婆子。雉娘一下馬車，海婆子就迎上來，輕聲告訴她，永蓮公主來訪。

雉娘眼神微凝，理理衣裙。海婆子扶著她，後面跟著青杏和烏朵，主僕四人前往胥老夫人的院子。

還未走近，就聽到永蓮公主的嬌笑聲，也不知她們在裡面說些什麼。屋內，胥老夫人、胥夫人和山長夫人婆媳幾人都相陪在側。

她進去先行禮。永蓮公主面帶微笑，讓她快快請起。

她起身，抬頭間看到永蓮公主坐在上首，胥老夫人離得最近。永蓮公主氣色不錯，與前幾日見過的病弱模樣判若兩人，談不上明豔紅潤，但絕不像是病中之人。

雉娘半低著頭，坐到山長夫人的身邊。

「胥少夫人一定十分吃驚見到本宮吧！此次本宮來得突然，實在是前次胥少夫人受本宮邀請進宮，卻不想在御花園中受到驚嚇，本宮幾番思量，深覺過意不去，特上門來致歉。不知胥少夫人近幾日身子可有不適，要真有什麼不測，本宮愧疚難安。」

胥老夫人一聽，大驚失色。「雉娘，妳在宮中受驚？怎麼沒有聽妳提起過？」

永蓮公主驚訝地望著雉娘。「胥少夫人竟然沒有和家中長輩提過此事？妳身懷胥家血脈，出了這麼大的事，居然半分也沒有和老夫人提過？莫非本宮不該來這一趟？」

「公主無論何時來，臣婦都是極為歡迎的，不知公主方才所指雉娘在宮中受驚，是怎麼回事？」胥老夫人問道。

「老夫人，妳不要怪罪胥少夫人。胥少夫人膽識過人，可能並未將那日宮中之事放在心上。那天本宮看到胥少夫人面不改色地用尖尖的簪子扎人，嚇得暈過去，胥少夫人真乃女中豪傑，本宮心生佩服。」

雉娘依舊低著頭。「多謝公主誇獎，實在是情況危急，要不是臣婦反應快，只怕已被人得手，命喪黃泉。性命攸關之時，螻蟻尚且知道要趨利避害，何況人乎？公主謬讚，臣婦愧不敢當。」

雉娘說得平淡，胥老夫人瞧出些許端倪，一言不發地喝著茶水，壓壓方才狂跳的心。

胥夫人和山長夫人擔憂的眼神齊齊望向雉娘，雉娘報以讓她們安心的笑。

永蓮公主又道：「胥少夫人不必自謙，妳的心計和膽識，是本宮生平所見最為出眾的。放眼京中，沒有一個女子敢和少夫人一樣。本宮猜想，那日妳手中的是一根簪子，若是一把利刃，只怕妳也會毫不猶豫地刺向那宮女，這份殺伐決斷，常人難及。」

胥老夫人已放下手中的茶杯，對雉娘露出讚許的笑。「公主說得沒錯，危急關頭，事急從權。莫說是雉娘，要是臣婦在場，也會那麼做的。」

永蓮公主臉上的血色褪去一分。山長夫人和胥夫人也附和。

胥夫人道：「臣婦記得，年少時父兄教導臣婦騎馬射箭，馬場中突然有匹馬發瘋般地朝臣婦衝過來，臣婦當時想也沒想，拿起手中的箭就射出去，那瘋馬當場斃命。要不是臣婦反應及時，恐怕不死也殘。」

「這樣的事情，臣婦也遇見過，閬山春日氣暖，常有蟲蛇爬進院子。某日院中遇蛇，蛇昂頭吐芯子，想咬臣婦，臣婦也是沒有多想，順手拾起一根棍子將它打死。對於敵害，無須手軟，否則吃虧的是自己。」山長夫人也跟著道。

雉娘的嘴角微微翹起，心頭一暖。

永蓮公主的臉色又白了一些，掩飾般地捂嘴輕咳一聲。

胥老夫人嗔怒地對兩個兒媳道：「公主在此，妳們說那些駭人的，嚇著公主怎麼辦？」說完，她轉向永蓮，問道：「公主方才的話，臣婦聽得還有些糊塗。雉娘進宮陪公主說話，怎麼會拿簪子扎人，那宮女做了什麼？」

「這是本宮的疏忽。那宮女是顧美人的人，一直對本宮和母妃心生不滿，她本意是想害本宮，誰知被胥少夫人撞上。少夫人識破那宮女的詭計，情急之下用簪子把那宮女的手扎出一個血窟窿。本宮聽聞那宮女自己服毒自盡，父皇也已查明真相，顧美人被打入冷宮。」

胥老夫人點頭。「原來如此。照此說來，也虧得雉娘膽大心細，否則那宮女必傷到公主。公主金枝玉葉，雉娘奮勇挺身護主，臣婦深感欣慰，她不愧是我們胥家的好媳婦。害人之心不可有，那害人的顧美人罪有應得，既起害人之心，就應該能料到受懲罰的一天。公主，您說對嗎？」

永蓮公主艱難地道：「老夫人言之有理。胥少夫人真是好福氣，竟然能碰到老夫人這般通情達理的祖母。」

她說著，看了一眼屋內的沙漏，又咳嗽一聲。她身後的嬤嬤輕聲問道：「公主，時辰也不早了，胥少夫人您也見到，您看是不是該回宮？」

永蓮公主歉意地點頭。「本宮見胥少夫人一切安好，心中大定，改日再請少夫人進宮說話，定要好好賠罪。」

「不敢當公主的這句賠罪，臣婦在此要恭喜公主得覓佳婿。」

永蓮公主看了雉娘一眼，擠出一個笑容，意味深長地道：「多謝胥少夫人吉言，本宮一定會得償所願的。」

胥家女眷恭送她出門，正巧碰到胥家父子下朝，父子二人齊行禮。

永蓮柔聲道：「胥閣老，胥修撰，快免禮。」

胥良川越過她，看到了胥夫人身邊的雉娘，雉娘朝他眨眨眼。

「胥修撰剛剛進翰林院，不知一切可還順利？」

「謝公主關心，一切都好。」

胥良川身著翰林院的飛鶴服，藏青的底子，繡著白色的鶴鳥。他身量修長，面清如水，窄袖的袍服襯得他更加挺秀如竹。

永蓮公主緊緊地盯著胥良川，又問：「本宮今日上門，是為前幾日胥少夫人進宮受驚一事，不知胥少夫人可有和你提過？」

後面的胥老夫人微微皺眉。這永蓮公主怎麼回事？她一個皇家公主，來臣子家作客，既沒有事先知會，也沒有攔著臣子東拉西扯的道理。

「自然是提過的，微臣恭送公主。」

「那本宮就放心了。」

永蓮公主這才有些不甘心地離開。胥家人看到宮中的轎輦走遠，才齊齊進門。胥閣老和胥良川照舊去書房議事，女眷們則回到胥老夫人的院子。

雉娘低聲地將那日宮中發生的事情道來，末了加了句。「雉娘怕祖母和母親擔心，想著有驚無險，索性就沒有提起。」

「妳這孩子，這麼大的事情怎麼能瞞著！」胥老夫人既心疼又生氣。「還好老天保佑，妳福大命大。」

雉娘靠坐在她身邊，撒嬌道：「祖母，孫媳知錯，以後再也不敢，什麼事情都會告訴妳們的。」

「妳還敢有下次，下次祖母不會再放妳一個人出門，就算去宮裡也不行。剛剛永蓮公主不是說還要邀妳進宮？哼，到時候老婆子我就裝病，自古孝為先，妳當孫媳的要侍疾，我看那公主敢不敢降罪於妳？」

胥老夫人精於世故，哪裡看不出其中的彎繞，之前她就在心裡奇怪，永蓮公主怎麼會突然來胥府？雉娘沒有回來之前，永蓮公主三句話裡不離大孫子，話裡話外地想往大孫子頭上繞，剛才還攔著大孫子問話，原來是存著那樣的心思。

既然如此，雉娘進宮遇險一事就有待商榷。

胥夫人也是一臉心有餘悸，心疼地看著雉娘。

最後胥老夫人發話，以後雉娘不要再輕易出門，雉娘自己也正有此意，乖巧地應承下來。胥老夫人的臉色好看一些，催著她趕緊回自己院子休息。

雉娘聽話地離開。

那邊，趙鳳娘回到段府，一踏進自己的院子，就看到那妾室穿得花枝招展地在院子裡採花，段鴻漸坐在一邊，瞇眼看著。

「表哥今日沒有去胥家書坊嗎？」

「書坊今日無事，再說我去那裡是大材小用，哪裡用得著天天去？隔了幾天去一回，算是給那些書匠們面子。」

趙鳳娘忍著氣，默默地回屋。透過窗戶，還能看到那小妾不停朝段鴻漸拋媚眼，段鴻漸彷彿很受用，沒多久就擁著妾室進了屋子。

她離開窗邊，隱約還能聽見一點男女嬉笑的聲音，想了想，換了一身衣裳，重新出門。出門後右轉，她朝趙氏的院子走去。一進院子，就能聞到濃濃的藥味。

她略微皺眉，掀開簾子。趙氏正坐在榻上喝藥，看到她進來，露出一個笑意。

「鳳娘，妳不用天天過來，姑姑沒事，不過是陳年舊疾犯了，調養些日子就好。」趙氏說著，咳了幾聲。

鳳娘坐在榻邊，替她拍著背。「姑姑，我索性也無事，不來陪妳，我這心裡也不安穩。方才河邊風大，鳳娘怕妳著涼，不來看一眼，實在心裡難安。」

「還是妳貼心，只可惜……」趙氏惋惜地說著，拉著鳳娘的手。她身子本就不舒服，一早又去碼頭送趙守和，回來後就命人煎藥，喝過後覺得好受一些。

「姑姑可惜什麼？萬般皆是命，可能是鳳娘命不好吧。」

趙氏臉現厲色。「胡說，怎麼好端端的扯到命上面，妳哪裡會命不好？」

鳳娘的眼淚立即湧出來，跪在地上，趙氏大驚，要起身扶她。她按著趙氏的手，哭道：「姑姑，鳳娘確實命苦。我和表哥本就親如兄妹，猛然間被燕娘給換親，愣是成了夫妻。鳳娘一直視表哥為兄，怎麼為妻？表哥也是如此想法，我與表哥雖有夫妻之名，卻無夫妻之實，眼見表哥失去功名，天天痛苦，也不敢前去安慰，任由那妾室整天勾著表哥。表哥越發不思進取，這一切都是鳳娘的錯。」

趙氏臉上驚疑不定，急問道：「鳳娘，妳說的可是真的？妳與鴻哥兒真的無夫妻之實？」

「姑姑，鳳娘哪敢騙妳？當初燕娘使計換親後，我怕姑姑難做，一直忍著不說，想著燕娘是妹妹，她能嫁進侯府去享福，我當姊姊的也跟著高興。誰知燕娘是個沒福氣的，嫁進去沒過半年就送命。表哥功名被奪，身邊也沒有一個知心人照應，鳳娘於心難安，私心想著，不能再耽擱表哥的親事，鳳娘不敢再繼續霸占正妻之位，一定要讓他娶個真正的妻子。」

「鳳娘，妳真是這般想的？」趙氏盯著她的眼，心裡轉了幾個心思。

鳳娘點頭。「姑姑，表哥已謀到差事，雖不能為官，卻也還算體面，鳳娘心裡的愧疚少了一些。男子成家立業，表哥就差一位噓寒問暖的妻子，以後有個貼心的女子陪著他，想來他也不會像如今這般得過且過。姑姑，求您成全表哥吧！」

「妳這傻孩子，就愛想著別人，妳可有想過妳自己？鴻哥兒真的再娶，妳怎麼辦？」

鳳娘淒然一笑。「姑姑，待表哥尋得意中人，鳳娘希望姑姑能原諒鳳娘，鳳娘願意成為姑姑的親女兒，一輩子孝順姑姑，再也不嫁人。」

「好孩子，姑姑怎麼會怪妳？這些日子，真是苦了妳。女子怎能不嫁人，等日後姑姑再為妳謀劃，定要給妳找個好人家。」趙氏動容，抱著鳳娘，姑姪二人抱頭哭起來。

哭了良久，鳳娘抹乾眼淚，哽咽道：「姑姑，鳳娘不苦，只要能幫表哥覓得好姻緣，我什麼都不怕。」

「好孩子，妳真是個傻孩子。」趙氏又將她摟進懷中，抱在一起。

趙氏暗思，鴻哥兒失了功名，再難聘娶京中世家女，但小官家的嫡女，還是可以的。鳳娘如果變成自己的女兒，對自己而言也是好事。

這麼想著，心熱起來，覺得病都好了不少。

接下來的幾日，胥府忙著準備迎娶新婦，胥良岳的父親胥山長也從閬山抵達京中。胥老夫人大半年沒有見到次子，自是激動萬分。胥閣老和胥山長幾年未見，兄弟二人在書房敘事，又是一番感慨。

而宮中關於皇后要給太子擇側妃的流言越來越烈，無非是太子徹底厭棄太子妃，太子妃回平家省親後，平家人也偷偷物色貌美的女子，為的就是送進東宮給太子妃固寵。這樣的舉動讓京中的夫人們更相信，皇后確實要提前給太子擇選側妃。

京中有女兒的人家都悄悄動起心思，往來宴會更加頻繁。

至於胥府要娶親，送到府中的帖子一律推掉，被胥老夫人作主推掉的，還有永蓮公主的邀請。為此胥老夫人向皇后娘娘陳情，列舉雉娘無法進宮的種種原因，皇后娘娘被她愛護晚輩的心意打動，准了她的要求。

雉娘什麼事都不用做，閒得無聊，就招海婆子說些京中趣事。海婆子說完平家的事，話頭一轉，說起趙鳳娘。

最近幾日，方靜怡被她邀請到段家作客。每回方靜怡從段家出來，都是滿面春風。

雉娘狐疑地看著海婆子，方才海婆子說方靜怡從段府出來後就滿面春風，這不合常理啊？趙鳳娘跟她說過什麼？

她心有懷疑，不知趙鳳娘賣什麼關子？她總覺得此事不太對勁。

果然，過沒兩天便聽到段家出了大事。

事情很老套，趙鳳娘又請方靜怡上門作客，同時請的有文家那位小姐和幾位小官之女，眾女吟詩作對，興起之時，還飲了果酒。

方靜怡席間離開，隨後文小姐要去淨房方便，不想路過一間屋子時，被裡面的聲音臊得奪路而逃，驚動眾人。

眾人聞聲趕去，段鴻漸和方靜怡被捉姦在床。事後，方靜怡羞於見人，哭鬧著尋死覓活，說是有人害她；段鴻漸卻咬定他們是兩情相悅，情到濃時不能自制。兩人各執一詞，外人難辨真偽。

趙氏一聽就暈過去，段大人無奈地站在院子裡，被方老夫人罵得臉紅，腆著一張老臉，青紅交加。段鴻漸咬死自己和方靜怡兩情相悅，被方老夫人啐了一臉唾沫星子。

方家人大鬧段府，引得左右府裡都派人出來打探消息，有人作證說方靜怡最近常出入段府，每每離開之時都面泛春意。

方家人不相信這個說詞，方靜怡自己更是有苦說不出。她為何會那般，全是趙鳳娘每次都和自己說起太子的性情愛好，還一再告訴自己，太子就喜歡自己這樣的女子，她才會臉紅心跳，對自己入選東宮之事期盼不已。

今日她不過飲了一小杯果酒，本是要去淨房的，誰知迷迷糊糊之間，被人拉進一間屋子。她身子發軟，意識漸迷，無法阻止要發生的事。段鴻漸不僅是個白身，還早已娶妻，委身這樣的男子，她能有什麼好果子吃？

方靜怡眼睛一閉，悔恨不已，想死的心都有。

猛然，她睜開眼，懷疑地望著趙鳳娘。趙鳳娘原是一臉震驚，看到她望過來，面露同情憐憫之色。

方老夫人還在大罵。

過了許久，趙鳳娘似作出艱難的決定，慢慢地站出來，說她和段鴻漸陰錯陽差成為夫妻，其實兩人並無夫妻之實。自己和段鴻漸一直以來親如兄妹，事到如今，她願意讓出正妻之位，成全方靜怡。

方老夫人的罵聲戛然而止。活了一把年紀，還從未聽過這樣的事，眼看著怡姊兒不用做妾，心裡便有些鬆動。段大人也顧不得細問，此時能擺平方家人最好，方家和胡家可是姻親，他還真不願意得罪胡家。

他乘機承諾必以正妻之禮迎娶方靜怡進門，方老夫人看看孫女，咬咬牙萬般無奈地同意。

然後，趙鳳娘跪在段大人面前，懇求段大人收養她為女兒，她願意承歡姑姑的膝下。趙氏將將醒來，就聽到消息，命人扶她過來，剛好就看到鳳娘跪在地上，求著被自家收養。她上前一把抱著姪女，含淚同意。

自此，方靜怡匆忙嫁入段府，趙鳳娘由妻變妹，成為段家的大姑娘。

事情一經傳出，京中譁然。

第九十八章

趙鳳娘由妻變妹，趙書才卻不願意。他丟不起這個人，此事簡直是聞所未聞。

趙氏跪求上門，痛哭自己年少離家，賣身為奴，嫁入段府後一直未能生養，她身為女子，日思夜想都是想當母親，有個自己的孩子。鳳娘在她跟前長大，兩人親如母女，她在心中早就將鳳娘當成自己的孩子。

趙書才被妹妹哭得心軟，這些年要不是妹妹，他哪裡能有今日的造化？望著年紀已經不小的妹妹，他心軟了，最終同意趙氏的請求，把鳳娘過繼給她。

趙家人同意過繼趙鳳娘，段家人將趙鳳娘的名字記入族譜，改名為段鳳娘。

趙氏在整理東西時，猛然想起一件事。她東翻西翻，找到了鳳娘的婚書。

當初，趙鳳娘和侯府的公子平晁經由皇后賜婚，婚書上寫的是平晁。趙燕娘使計嫁入平家，不知是平家人有意遺忘，還是壓根兒就沒有想起這件事，婚書一直都沒有改過來。段家的婚書上，段鴻漸的妻子還是趙燕娘。

趙氏傻眼，鳳娘成為段家女，婚書上卻是平家媳，如何是好？

她躊躇再三，把事情告訴鳳娘。

鳳娘愣住，暗自氣惱，怪自己忽略了這點。如果她和表哥的夫妻關係不屬實，按大祁律法，她也是平晁的妻子。

不，她不能當平晁的妻子！要是還進侯府，那她這麼多的謀劃是為什麼？

她抓著趙氏的手。「娘，鳳娘不想嫁進平家。京中人都知道燕娘是平公子的嫡妻，哪有先娶妹，再娶姊的道理？」

「可是鳳娘，妳莫忘記，妳才是名正言順的嫡妻，平家的婚書上一直都是妳的名字。」

段鳳娘咬著唇。難道她想擺脫平晁，還要同他和離不成？如果她變成和離過的女子，哪裡還有資格站到那個男人的身邊？

「娘，您聽我說，知道我和平晁婚書的事情應該沒有幾個人，他們必然也沒有想起，我們不如當作不知情？」

趙氏搖頭。「鳳娘，妳真糊塗，如果妳以後嫁入尋常人家還罷，要真是想往高處爬，這就是妳的催命符，不知何時就會要了妳的命。」

段鳳娘被趙氏說得心驚，後背出了一身冷汗。娘說得沒錯，這件事若不解決，遲早會被有心人拿出來作文章。到時候她清名受污，那男人再護她，也堵不住天下悠悠眾人之口。

「娘，不如我們偷偷地和平家商議，將婚書作廢。您看怎麼樣？」

趙氏認真地思量，最終點頭，也只有這條路可走。

她不敢耽擱，立刻命人給常遠侯世子夫人遞帖子。

葛氏非常吃驚，因為趙燕娘的事，侯府和趙家、段家都不再往來，這段夫人找她做什麼？她心裡雖疑惑，卻還是見了趙氏。

趙氏先是詢問她的身體，然後似為難地道：「今日冒昧登門，實在是有件事需要世子夫人幫忙。您也知道我們段府，最近是多事之秋，我們為人父母的，兒女們再是做錯事情，還得要替他們奔走。」

這話說到世子夫人的心坎裡，她最近也是糟心，自從鬧過休書一事後，世子對她明顯冷淡，湘兒在東宮又不受寵，小姑子還隔三差五地挑三揀四，若不是公爹還在，她真想將平寶珠再嫁出去，最好是嫁得遠遠的，不要再回來。

「妳說得沒錯，兒女都是債。段夫人，妳也不用再拐彎子，有什麼話就直說吧。」

「那我就說了，我今日來是為了鳳娘和平公子的事。他們今生有緣無分，令人惋惜。平公子前程似錦，將來必能再娶個世家貴女。我們鳳娘年紀漸大，我不求她能嫁入高門，但求她以後能夫妻美滿。他們兩人男婚女嫁，以後各不相干，世子夫人您說對嗎？」

「那是自然的。」

趙氏如釋重負地一笑。「世子夫人真是通情達理，我感激不盡。那您看，平公子和鳳娘的婚書，是不是可以就此作廢？」

世子夫人聽她這麼一說，也想起此事。

不過她現在可不敢自己作主，兒子對段鳳娘的心思她是知道的，再說公爹那裡還沒有知會，此事不能輕易允諾。

「這事不小，我得和侯爺、世子商議，改日再給妳答覆。」

「世子夫人，我是個急性子，此事一日不了，我寢食難安，請您理解當娘的心情。平公子人中龍鳳，侯府嫡孫，我們段府高攀不起。鳳娘命苦，我只求以後能過得安穩即可。這婚書，咱們留著也沒有什麼用，不過是去京兆府裡報個作廢，想必就不用驚動侯爺吧。」

「段夫人，妳的意思我明白，妳放心，我會盡力勸說公爹和世子的。他們都是大度之人，不會為難你們。妳回去靜候消息吧。」

趙氏無法，再三道謝，感激的話說了一遍又一遍，才離開侯府。

世子夫人收拾一番去見世子。世子和平晁在一起，聽她說完事情，平晁喜不自勝。初聞鳳娘和段鴻漸並沒有圓房，又成為段家女的消息，他就動了心思，現在聽到他和鳳娘的婚書還在，更是喜出望外。

「娘，鳳娘既是我的妻子，哪有一直住在娘家的道理？我這就去段府將她接回來。」

他說著，急匆匆地就要往外趕，世子夫人被他弄得措手不及。她是想和段家退親的，怎麼變成要接段鳳娘進府？

「晁哥兒，此事別急。」她連忙追上前，攔住平晁。

「娘，兒子怎能不急？陰差陽錯，我和鳳娘眼看今生有緣無分，誰知峰迴路轉，她依舊還是我的娘子，我去接她回府有什麼錯？」

世子夫人大急。「當然不妥，她曾嫁過段公子，這是不爭的事實！」

「那又如何？她未曾和段公子圓房，現在成為段公子的妹妹，足以堵住他人之口。」

世子也跟出來，瞪了葛氏一眼，沈聲道：「晁哥兒，此事非同兒戲，我們要與你祖父商議後方可決定。再說段家人上門，是來退親的。」

平晁一顆火熱的心慢慢冷靜，暗想著也許退親並不是鳳娘的意思。她那麼一個知禮的人，定然是不想自己為難，所以才會先一步提出退親。

他如此想著，朝常遠侯的院子跑去，世子夫人和世子也跟過去。

常遠侯聽完他的話，沈默不語。

「晁哥兒，祖父問你，你是否一點都不介意段鳳娘曾嫁過人，也不介意她是趙燕娘的姊姊？」

「沒錯，孫兒半點也不介意。她本是我的妻子，要不是趙燕娘橫插一腳，我們早就是夫妻，何來這麼多波折。」

常遠侯撫著鬍，世子和世子夫人緊張地望著他。世子夫人不樂意再和趙家、段家扯上關係，硬著頭皮道：「父親，兒媳覺得不妥。不說段鳳娘曾嫁過人，就單她和趙燕娘是姊妹，兒媳就覺得不舒服，替晁哥兒叫屈。」

「娘，兒子不委屈，兒子是心甘情願的。」

「可是晁哥兒，你莫忘了，趙燕娘可是死在我們侯府，段鳳娘心裡能願意嗎？」

平晁被她反問住。他也膈應趙燕娘，但這不能阻止他娶鳳娘的決心。他堅定地告訴常遠侯。「祖父，孫兒只想娶鳳娘，她就應該是我的妻子，我絕不做負心之人。」

「好，你既已決定，祖父答應你。」

平晁大喜。「多謝祖父，我這就去接鳳娘回府。」

他興沖沖地出門，一路策馬狂奔到段府。

段鳳娘和趙氏正在商議這件事，驚聞他登門，母女二人臉色大變，交換一個眼神。

段少卿親自接見他，得知侯府還認這門親，還將鳳娘視作平家媳，而他是來接鳳娘回府的，不由得心花怒放，心道自己這女兒沒有白認，一認就變成侯府的少夫人，以後也能幫襯鴻哥兒。

他立即賢婿賢婿地叫著，聞訊趕過來的趙氏氣得差點暈過去，她轉身急奔內院，告訴鳳娘。

鳳娘十分焦急。「娘，鳳娘不想嫁給他！」

「娘知道，但是娘看他一片真心，侯府又是高門大戶，妳嫁過去就是少夫人，將來的侯夫人。娘想著，要不妳就放下心思，踏踏實實地跟平公子過日子。」

「不！」鳳娘站起來。「我不想嫁，他和燕娘曾是夫妻，我一想到這裡，心裡就難受。」

趙氏臉色糾結，急咳幾下。「那怎麼辦？你們是有婚書的，說破天他也有權利接妳走。」

鳳娘在房間裡來回走了幾圈，慢慢地坐在榻上，沈思不語。

消息傳出去，不到一個時辰，就傳到胥府眾人的耳裡。饒是胥老夫人活了一輩子，都驚得瞠目結舌。

「段家可真夠熱鬧的，這一齣齣像唱大戲似的。」

「可不是嘛，比那戲曲裡說的還玄乎。」胥夫人也連連感嘆。「段氏鳳娘先是被換親，妹替姊嫁，接著妹死；然後她莫名其妙地變成段家女兒，和自己的丈夫成了兄妹，緊跟著要與平公子再續前緣。我的天，這般離奇曲折的故事，怎麼沒有人把它寫成話本子？」

雉娘噗哧一笑，似是想到什麼，神神秘秘地離開，獨自去尋胥良川。

胥良川在書房中，看到她過來，起身上前扶著。

她的眼睛看著書架上一排排的書，興致勃勃地問道：「夫君，我們家的書坊自己印書嗎？都是印些什麼書呢？」

「妳怎麼會對這個感興趣？胥家書坊中印的多數是經學問道，書肆中售賣的書，以胥家的最全最多。我們家的書不僅在京中有名望，在各洲縣也極受推崇。」

雉娘笑一下，隨手取出一本書，隨意地翻幾頁，眼睛從書架的上層一直梭巡到底層，沒有看到一本雜書。

「那胥家就沒有印一些雜書之類的？」

「也是有的，遊記怪談，偶爾也會印一些。」

她笑容擴大，坐在他之前看書的椅子上，他則站在一邊。

「那正好，我們來印話本子吧。」

胥良川皺眉。話本子？她怎麼會冒出這個想法？

「你看，永蓮公主對我們夫妻二人如此看重，她馬上就要大婚，我們是不是應該有所表示？我想來想去，她是皇家公主，什麼樣的奇珍異寶沒有見過，倒不如送些新奇的，比如說送一份出其不意的大禮。夫君，你看如何？」

她輕歪著頭，眼神晶透明亮，閃耀著慧黠和戲謔。

他的大手撫上她僅綰個鬆軟墮髻的髮，感受著手底下傳來的絲滑觸感，輕輕地揉幾下，一根手指插進髮中，慢慢按摩她的頭皮。她舒服得想要瞇眼。

「妳說，寫個什麼樣的話本子？」

她立刻又來了精神，站起來，把他按在椅子上。「我說，你來寫。」

「好。」

他從筆架上取筆，蘸飽墨汁。很快，兩人一個說，一個疾書，故事的大概脈絡就躍然紙上，剩下的就交給專門寫話本子的寫手潤色。

故事講述女主人公是一位公主，為免招來忌諱，用的是虛構的朝代、虛構的人名。這位公主愛慕一位朝中大臣，多次示好，無奈大臣已有妻子，只能迴避。於是公主使計加害大臣的妻子，想除掉她好取而代之，幾次三番均未得手。

眼見公主年紀漸大，皇帝給公主賜婚，千挑萬選賜給另一位臣子。公主為了不出嫁，命人刺殺臣子，臣子不知是公主所為，依命娶了公主。可公主出嫁後，拒不肯和駙馬圓房，還給駙馬下毒，被駙馬識破。

駙馬無意中得知，自己那次被人刺殺差點喪命也是公主所為，不由得心驚肉跳，冒著被殺頭的危險，向皇帝告發。事實俱在，公主無法抵賴，惱羞成怒，當殿刺死駙馬。皇帝無法對天下人交代，只得忍痛將公主送往皇陵，終身不能出。

她慢慢地說完，胥良川最後一個字也跟著收筆。

胥良川吹乾墨跡，雉娘興奮地湊上前。「夫君，你看，這個話本子能找戲班子演出來嗎？」

「當然可以。依我看，若寫成話本子，應該是能賺錢的。要真有盈利，所有收益都是妳的。」

「真的嗎？」雉娘驚呼。她自來到這裡後，還從來沒有自己賺過一分錢。

「當然是真的，這是妳的主意，賺的錢自然歸妳。」

「謝謝夫君！」

雉娘彎腰，在他的臉上親一大口，順勢坐到他的腿上，抱著他的脖子，甜香氣息呼在他的耳邊。

他的腦海中反覆迴響著她的話，她說：「夫君，已經過三個月了。」

按大夫所說，三月過後，胎象已穩，可行房事。

她說完，羞得埋首在他的懷中。

他環住她的雙臂漸漸收緊，一隻手抱著她，另一隻手托住她的身子慢慢起身。冰冷如玉的臉緊繃著，黑得如山雨欲來的眸色，聚起壓城的烏雲，鋪天蓋地地狂肆著。

他單手打開書房的門，對外面的許敢道：「少夫人身子不適，無法行走，我抱她回去。」

許敢喏喏，忙問：「要不要小的去請大夫？」

「不用，頭暈而已，休息就好。」

說完，他抱著她，大步疾行。

天色已暗，星空皓月。春夏交替的季節，鼻息所聞之處都是花草的清香。她緊緊地將頭埋在他的胸前，聽著那如擂鼓般的轟隆聲。

他修長的腿，一步一步邁得極大，她聽著那步子聲，心兒跳得歡快。

他們的院子外，海婆子以為出了什麼事，也行禮詢問，胥良川用了相同的說詞打發她。

一進寢房，他伸出長腿，順腳就將門關上。

輕輕地把她放在榻上，大手一揮，粉色的輕煙紗帳就傾瀉而下。

他翻身上榻，小心地摟著她。

兩人的衣物從紗帳中丟出，女子嬌羞的吟啼漸漸響起。

月兒羞答答地躲在雲層中，只餘夜空中的繁星，一閃一閃地眨著眼睛，偷窺著人間的美景。

第九十九章

話本子兩天後就印出來，潤色的先生將話本子取名《一品紅》，取意來自一品紅花，一品紅有毒，又喻女子高貴的身分和狠毒的性子。

《一品紅》在京中幾個茶樓裡流傳開，茶樓的說書人把故事說得跌宕起伏，還有知名的戲班子將它排成戲，開始在京中的大戶人家上演。

雉娘收到賣書的錢，問胥良川。「怎麼這麼快就弄出來了？」

「胥家請的先生多。」

她了然一笑。怕是日夜趕工吧！

「你猜，這部戲會不會一語成讖？」

胥良川垂眸，沒有回答。雉娘替他理了理衣襬，笑得狡黠。「夫君，索性無事，要不我們來開個賭局吧。」

「什麼賭局？」

「就賭這部戲會不會正巧切中某些人的舉動。要是真有，算我贏；要是沒有，就是你贏。願賭服輸，我們來立個賭注，你看如何？」

「好，賭注妳來定。」

雉娘輕輕一笑，她自嫁入胥家以來，好像忽略一個問題，她從未過問夫君有多少錢。她有嫁妝，衣食不愁，胥府每月給她的例錢是二十兩銀子。這月例銀子對大戶夫人小姐們來說，就是個形式，夫人小姐們真靠這個過日子，肯定是不夠的。

胥家男人們的月例銀子則是每月一百兩，因為男人們用銀子的地方多。

「我不知道你有多少家底，不好定賭注。」說完這句，她望著他。

胥良川初時沒有明白她的意思。她提到他的家底，是有何用意？

他前世一直過著獨身的日子，清居在閬山中，於人情世故，尤其是男女間的事情所知甚少。

慢慢地，他似是悟出一些什麼，道：「若是妳贏，我就將自己的家底交給妳打理；要是我贏，就請妳幫我管帳，打理私產。」

她的臉上立即漾開一朵盛開的笑顏。無論誰輸誰贏，最後的贏家都是她。

「好，一言為定。」

賭約成立的第二天，常遠侯嫡孫平公子在出宮回府的途中驚了馬，被馬翻下來，撞到巨石上，當場暈死。好在救治及時，雖無性命之憂，但傷得極重，要仔細調養。

消息一傳出，胥良川就把自己的私產交到雉娘的手上。

雉娘含笑地看著手中的匣子。匣子裡都是地契、鋪子的房契以及銀票，數量可觀，遠遠超出她的想像。她是想過胥家沒有表面上那麼清貴，卻萬沒想到財力如此雄厚。

雉娘喜孜孜地把匣子合起，拍一拍，對胥良川道：「好了，你的身家我已收下。」

對雉娘來說，嫁妝夠她一輩子的生活富貴，但男人能把自己的家底交出來，意義重大。她之前一直以為，能做出親弒未婚夫的事情，必是宮中的永蓮公主無疑。沒有想到，遇險的會是平家公子。

常聽人說平晁的騎射之術是常遠侯親自教的，怎麼也不可能自己摔下馬。要不就是馬受驚，要不就是他自己受驚，無論何種原因，她相信，都是人為。

常遠侯府內，世子夫人哭喪著臉，平寶珠撇了下嘴。「我說嫂子，妳就不該由著晁哥兒接那段鳳娘回來。妳看，自從得知要接她過門，晁哥兒天天跟得了失心瘋似的，要不然怎麼會好端端地從馬上摔下來？」

「妳閉嘴，晁哥兒要休息，妳莫要吵到他。」世子夫人不想看到她，也不想聽到她說話。

她撇了下嘴，似一臉惋惜地離開。

平晁躺在床上不能動彈，看著平寶珠出去的背影，忍著痛對世子夫人道：「娘，鳳娘不是掃帚星，兒子一定要接她過門。她是我的妻子，生是平家的人，死是平家的鬼。」

「都什麼時候了，你還想著她？」世子夫人聽到他的話，更加來氣。寶珠說話雖不中聽，但頗有道理，那段鳳娘就是個禍害。

「晁哥兒，你和娘說說，你自小騎術過人，怎麼會摔下來的？還摔得如此重？」

平晁鎖著眉，不知是傷處疼痛，還是其他原因。

「娘，是我自己沒有當心。」

世子夫人又氣又心疼。「你這孩子，怎能如此粗心大意？」

平晁的眉頭皺得更緊。他沒有大意，從宮中到常遠侯府的路，他就算閉著眼睛也不會走錯。事發之時，他自己都沒有反應過來，好像是馬兒突然受驚，狂躁瘋奔，將他甩下來。以他的身手，就算被馬甩下，也能借用巧力，不會摔得如此重。怪就怪在，路上很滑，好似誰倒灑了油般濕滑，他根本沒有立住，一下子滑出一丈開外，撞到路邊巨石上，才會傷得這麼重。

他的心裡隱約知道是誰針對自己，卻不敢往深處去想，就將這事當成意外吧！

平晁重傷未死，段鳳娘關在房間裡，狠狠地摔碎一個杯子。

眼看五日之期已到，常遠侯府真的派人上門來接。她沈默地坐在房間裡。趙氏已經把她的嫁妝整理出來，命人給她梳妝。

方靜怡冷眼旁觀著，心情十分複雜。她被迫嫁入段家，婚事極其低調，甚至都沒有宴請親朋，就那般偷偷摸摸地嫁進來，如做賊一般。

段鴻漸在新婚之夜就對她坦白，是他愛慕她，所以才行出那事，並發誓會珍惜她。

可是她不甘心，原本是當皇妃的命，竟變成一個普通的民婦。她一直思索著，鳳娘到底是不是知情，轉念又想，鳳娘每回都和自己說太子的事，句句都在提點她，分明是在幫她。設計她的事情，莫非真的只是夫君一個人的主意？

段鳳娘臉上無半點喜色，面容慘白。方靜怡心裡好受不少，至少不是她一個人婚姻不幸。想想不是自己一個人難過，她竟對段鳳娘生起同病相憐感，輕聲地勸慰幾句。

趙氏比較滿意。這個兒媳婦雖然進門時並不光彩，但好在是書香世家出來的小姐，知書達禮且頗有才情。她和方靜怡一起幫著鳳娘拾掇，很快就換上大紅的新衣裙，因為不是成親，也沒有穿喜服。

平府的轎子候在外面，平晁有傷在身，自然不能前來。段鳳娘被扶進轎子，後面跟著抬嫁妝的隊伍，浩浩蕩蕩地往常遠侯府去。

雖然不是成親，常遠侯府也是做足面子。當然這都是平晁的要求，他不想委屈鳳娘。段鳳娘進了侯府，平晁強撐著讓兩個僕從架著出門接她。為了迎她進門，今日侯府雖沒有大擺宴席，但也設了幾桌家宴。為了熱鬧喜慶一些，還請了戲班子。

侯府的戲臺已經搭起，還請來京中有名的戲班子登臺。平寶珠坐在戲臺前，嘲弄地望著世子夫人。

一陣鑼鼓聲，戲曲已經開場。世子夫人也坐過來，和平寶珠隔著一張桌子。陪她們看戲的，還有一些相熟的世交夫人們，包括葛郡公夫人和兒媳。

鑼鼓過後，旦角登場。上演的正是《一品紅》。

平寶珠不時地看著世子夫人。世子夫人沒有看過這齣戲，有些新奇感，慢慢地，她覺得有些不對勁。

戲中的公主為了和心上人在一起，不肯嫁給駙馬，竟然敢在婚前派人去刺殺駙馬，世上怎麼會有這麼狠毒的女子？

成親後還不安分，不肯和駙馬同房，心心念念地想和意中人在一起，幾次三番使計害駙馬……她心中疑惑，這戲怎麼以前都沒有聽過？

想著是平寶珠請的戲班子，她側過頭相詢。「寶珠，這戲叫什麼名字？」

「嫂子，這戲就是《一品紅》，我和妳提過的，妳忘了嗎？」

葛郡公夫人道：「這兩天我也常聽別人提起，果真好看。」

世子夫人這才想起，那日晁哥兒從馬上摔下來後，寶珠是提過這齣戲，可她提這齣戲的用意何在？都是在宅門中混過的人，就算再笨，也是有一、兩分心計。世子夫人細細地回想著，猛然心一沈，立刻想起兒子墜馬一事，是否真是有人故意設計的？

兒子自小就被人說像侯爺，旁的不說，騎馬射箭的本事是侯爺親傳，怎麼會無緣無故從馬上摔下來？就算從馬上摔下來，也沒道理摔成這個樣子，還差點送命。

時機是如此巧，恰好在要接段鳳娘回來的前幾天。

她不由得想到，段鳳娘嫁入段家時，可是一直未和段公子圓房。若說段鳳娘是為兒子守節，也不像，那是為誰守節？是否和兒子墜馬之事有關？

心裡一旦起了懷疑，就會發現很多的蛛絲馬跡。她越想越不對，急忙起身，朝兒子的院子走去。

平晁身有重傷，自是不能行房，方才勉強下床行走，已是累極虛脫睡過去。段鳳娘坐在一邊，眼神如淬毒一般。

世子夫人推門進來，看到兒子睡得好好的，莫名鬆口氣，可看著段鳳娘，越看越不舒服，讓她先去偏房。

段鳳娘恭恭敬敬的，並無任何不滿。世子夫人暗罵自己想太多。

《一品紅》這部戲很快在京中出名起來，連身在深宮的皇后娘娘都有所耳聞。她好奇地詢問身邊的琴嬤嬤。「本宮倒是從未聽過這齣戲，也不知是何時興起來的？」

「娘娘若是想看，奴婢去給您安排？」

「也好，永蓮馬上就要出嫁，待在宮中的日子也不多，正好藉此機會，將後宮中的妃子美人們聚一起，大家高高興興地看齣戲，圖個喜慶。」

宮中許久沒有熱鬧過，以前永安公主還在宮中時，皇后娘娘倒是常常依著公主，辦些宴會什麼的。

琴嬤嬤自去安排不提。

看戲這天，宮人們早早就在御花園裡搭好戲臺子，請進宮的戲班子被嚴格地查驗過，並且認真地交代過宮中的規矩，才由太監領進來。

皇后率領眾妃入座，妃嬪們按品階找到屬於自己的座位，永蓮公主和賢妃離她最近。

戲一開幕，眾人都開始認真聽戲。故事很新鮮，有別於以前聽過的老戲，妃嬪們都被故事吸引住，皇后也看得十分認真。

慢慢地，永蓮的臉色越來越白，雙手死死地絞著帕子。賢妃神色複雜地偷偷望皇后一眼，皇后似無所察覺，依舊在看戲。

有些心明眼亮的妃嬪們漸漸看出些門道，臉色變得十分微妙。

臺上的戲子們還在咿咿呀呀地唱著，永蓮恨不得捂起耳朵。她在心中怨恨皇后，召集妃嬪們看這齣戲是何用意？分明是在暗諷她！

她心中惱怒。她曾如戲文中的一般，動過弄死文齊賢的念頭，卻還沒有出手。也是段鳳娘的事情給了她提示，她才沒有急切地行動。

她垂著眼，想到平家公子墜馬一事，似是想到什麼，抬起頭來，也裝作認真地看戲。

晚間，祁帝歇在德昌宮。

皇后與他說起今日看戲一事，祁帝隨意問道：「何時出的新戲，竟讓妳們如此稱讚？」

「許是近日才出的，妹妹們都看得入神，想來還是不錯的。只不過妾身看著心中覺得不太舒服，世間竟有那般惡毒的女子，為了一己之私，不僅謀害他人，還意圖弒夫。」

「哦？是什麼樣的戲？」

「這戲名叫《一品紅》。」皇后答著，服侍祁帝脫靴。

祁帝一聽，瞳孔微縮。

皇后服侍他上榻後，自己也輕手輕腳地上去。

第一百章

翌日早朝後，祁帝命身邊的大太監講講那《一品紅》的故事，正講到公主派人去刺殺未來駙馬時，外面有人來報，說文駙馬遇刺，好在沒有刺中要害，傷勢不重。

大太監驚得立即閉嘴，垂手低頭。

祁帝的臉沈下來，看向大太監。「講，怎麼不講了？給朕好好地講完。」

「是，陛下。」

大太監聲音壓低，緩緩地講著，小心地察看祁帝的臉色，祁帝的臉色黑沈沈的，一言不發地盯著殿內的金柱。

殿內空蕩蕩的，大太監的背都因汗水濕透，低而細尖的聲音迴響在殿內，為這個故事增添一分詭異。

祁帝的手不自覺地抓緊龍椅的龍頭扶手，死死地握緊。等那聲音停止，才慢慢鬆開，眼底似寒潭深淵，漆黑一片。

金殿中靜得壓抑。半晌，祁帝抬起手，揮動兩下。大太監如釋重負，彎腰退出殿外。

文駙馬遇刺，這樣的大事肯定要告知永蓮公主。她驚聞文駙馬遇刺的消息，愣得半天沒能回神。她根本就沒有派人去做此事，文駙馬怎麼會遇刺？

賢妃一臉不贊同。「蓮兒，妳怎能這麼糊塗？」

「母妃，不是蓮兒做的！」

「不是妳做的？」賢妃慢慢地坐下來。永蓮說不是她做的，定然就不是她做的。要不是永蓮做的，那是誰做的？

京中最近才出現那新戲，怎就這麼巧，文駙馬就遇刺？

昨日她們看過那戲，今日就出事，事情太巧，她不得不懷疑是皇后動的手腳。永蓮也和她想到一塊兒去，母女二人對視一眼，心明如鏡。

賢妃立即派人備些補品和賞賜，送去文家。永蓮公主則整理儀容，滿面哀傷地往前殿去。

金殿中的祁帝聽到太監的通傳，命永蓮進來。

永蓮未語先流淚，泣不成聲。「父皇……文公子怎麼會遇刺？究竟是什麼人幹的……父皇，您要為兒臣作主啊！」

祁帝俯視著她，臉上神色難辨。「妳快起來吧，朕已知曉，定會查個水落石出。眼看著你們就要完婚，竟有人膽敢行刺，實在狂妄自大，不把皇家放在眼裡。」

「父皇……您一定要查清楚，兒臣聽得都心驚，簡直就跟那戲裡面唱的一樣，太過巧合。兒臣心裡不安，總覺得是有人故意為之。父皇您還記不記得，趙家的那位趙鳳娘，就是原先的鳳來縣主，她先是和段府公子成親，不知為何變成兄妹。聽說未曾做過真夫妻，平家表哥半點不嫌棄她，重新接她進侯府，誰知前幾日竟然墜馬。兒臣心裡七上八下的，總覺得不太對勁。」

「不知死活。」祁帝冷哼。

永蓮又道：「父皇，兒臣覺得京中突然興起的戲文太蹊蹺，就像照著段鳳娘的事情寫的一樣，偏偏還紅遍京中，連母后都知道這齣戲，請人進宮表演。兒臣昨夜裡想了一宿，覺得十分不妥，可也說不上為什麼？」

「這事妳不用管，只管安心待嫁即可。」

「是，父皇，兒臣擔心文公子，母妃剛剛已派人送補品過去，不知他傷得如何？」

「不重，婚期照舊。」

永蓮臉上淚珠猶在，露出一絲笑意，喃喃道：「那就好。」

祁帝的眼睛鎖住她臉上的表情，心中的狐疑減少一分，安慰她幾句，也命人將賞賜送到文家。

賢妃和祁帝的賞賜一前一後地送到文家，文家人自是感激不盡。領頭的太監還進屋見過文齊賢，文齊賢躺在床上，看樣子是傷在前胸。

文沐松送走宮中來使後，轉身進屋。

文齊賢臉色都是白的，疼得直皺眉，他上前按住姪子的身體。「好好躺著，傷勢看著嚴重，實則只傷在表面，將養一段時日就可復原。」

「四叔，你說我們這樣做能有用嗎？」

「姑且一試吧。」

文沐松臉色嚴肅。京中傳起那齣戲後，他就起了心思。無論那寫戲之人是無心還是有心，他都想借勢。

天子旨意不能改。他們不過是想藉此給永蓮公主一個下馬威，永蓮公主若不想別人將她和戲中的主角相提並論，勢必就要善待文家人，而不會輕易擺公主的架子。

他們文家比不上京中世家，本就偏居滄北，百年來未曾出仕，就怕永蓮公主嫁過來後驕縱蠻橫，鬧得家中不得安寧。

文齊賢覺得傷口疼，咬牙道：「我聽四叔的。」要想夫綱振，吃些苦頭算什麼。

文沐松讓他好生養傷，起身離去。

他穿過幾條巷子，轉到正街，沿著街道慢慢前行。突然，他看到胥家馬車停在前面，鬼使神差般，他停下腳步，朝馬車停放的鋪子裡望一眼。

鋪子裡，雉娘陪同胥夫人和山長夫人在挑選東西。胥良岳三日後大婚，胥夫人帶著她們出來再挑些合用的東西。

雉娘不經意地側頭，就看到站在鋪子外面的文沐松。

文沐松覺得眼前一亮。她比以前似乎長開了，更加貌美動人，不復在渡古時的柔弱無依，散發出歲月嫻靜的動人之美。

雉娘只是看他一眼，頷首算是打過招呼，便轉過頭和胥夫人商量要買的東西。

文沐松不捨地往前走幾步，立在前面一間鋪子前，沈默良久。

要是當初趙大人同意將女兒許配給他，那般嬌顏玉肌的美人兒就是自己的妻子，而他娶了皇后的外甥女，也不可能會被陛下剝奪科舉的資格。
趙家趨炎附勢，看不上他，總有一天，他會讓趙大人後悔當初的決定！
他握著拳，重新往前行走。
胥夫人和山長夫人似乎在為買哪個東西意見相左，招雉娘過去相商。東西買好後，幾人決定回府。胥夫人和山長夫人乘一輛，雉娘獨乘一輛。雉娘的馬車要小些，為了避免磕著碰著，裡面鋪著厚厚的墊子，四壁也包著一層軟墊。
馬車緩緩地朝街道出口駛去，快到街頭時，只見路被人圍得水洩不通。有路人的嘲笑聲，似乎還有女人嚶嚶的哭聲。
人群中有人調笑地高喊：「這位爺，你不如就把這美人兒帶回去吧！俗話說得好，一夜夫妻百日恩，她雖是個唱小曲的，卻對你真心一片，莫要辜負美人恩哪！」
隨後，四周的人響起哄笑。
「我已經說過，這女子我不認識，恐怕是認錯人。」
雉娘聽出文師爺的聲音，想了想，命青杏下車。
青杏領會，下車後悄悄地擠進人群中。
被眾人圍在中間的文沐松黑著臉，望著跪在地上的女子。女子名喚小玉紅，是春風閣裡賣唱的小娘子。她長得清秀，眼神十分嫵媚，哭起來頗為動人。
文沐松確實去過春風閣，也曾點過小玉紅的曲，不過他那是因為掩人耳目，策劃買凶假刺姪子，怎料到這小玉紅會尋到自己，黏著不放。

「姑娘，我真不認識妳。」

「得了吧，你別再裝。她是春風閣的小玉紅，你哪會不認識？」人群中有人出聲。

文沐松露出恍然大悟的表情。「原來是小玉紅姑娘，我想起來了。前幾日我曾在春風閣喝過茶，可並未和姑娘接觸過，為何姑娘要纏著我？我出身不高，以姑娘的相貌，足可以找個大戶人家，過著衣食無憂的日子。」

小玉紅嬌滴滴地哭著，一臉傷心絕望。「爺，您在茶樓裡瞧中奴，約好和奴私下相會。您忘記是怎麼誇奴的嗎？您誇奴冰肌玉骨，觸手生香，滑如雪脂，怎能說未曾和奴有過肌膚之親？奴雖卑賤，卻十分仰慕爺的才華，願和爺吃糠嚥菜，求爺您帶奴走吧！」

人群中響起酸酸的叫好聲，有人說文沐松不是男人，哪裡能提上褲子就不認人？還有人說小玉紅有情有義，說不定就是一段佳話。

文沐松被圍在中間，走都走不掉。

坐在馬車中的雉娘偷偷掀起簾子一角，看不到前面的人群，只能看到街邊的茶樓，寫意軒三個大字金光閃閃。視線往上移，二樓的窗戶前，有個人影隱在窗後，看不清是誰。

前面馬車中的胥夫人和山長夫人決定調頭換路，她放下簾子，命車夫不用等青杏。

胥夫人和山長夫人還要為胥良岳的大婚張羅，一下馬車就忙開。雉娘無事可做，索性去胥老夫人那裡，陪老夫人說話。

一個時辰後，青杏才回來。

雉娘問她情況，她告知那文四爺不肯認小玉紅，最後文四爺怒而離開，小玉紅緊緊相隨。她一路跟著，看到小玉紅進了文家的院子。

雉娘心中奇怪。這件事情透著一股古怪，像是有人故意為之。

她用過燕窩後，躺在榻上小憩。胥良川踏進房門，就看到小妻子睡得香甜，他換上常服，輕輕地坐在榻邊，抬腿側躺在她身邊。

他的一隻手伸進錦被中，摟著她的腰身，慢慢撫著她的腹部。隔著衣服看不出來，其實她的小腹已經微隆。突然，掌心下面傳來震動，他不自覺地將手掌貼緊，她的肚皮又鼓起。他呆住，半天回不了神。

雉娘轉醒時，就對上他幽深的眼。

她滿足地嘆息，偎進他的懷裡。初醒的聲音嬌嬌軟軟的，說起在街上的事。

胥良川撫著她的髮，靜靜地聽著。別人可能不知道，但他前世一直是太子一派，科舉出仕後，太子曾帶他去過寫意軒，所以他知道，寫意軒是太子底下一位幕僚的私產，其實就是太子自己的私產。

「他是去見太子的，許是又有什麼謀劃吧。這次文齊賢遇刺，就是他們自己設計的。」

原來他是去見太子的。那隱在寫意軒二樓窗戶後面的，會不會就是太子？這些人也真夠狠的，為了功名利祿，苦肉計說使就使，他們也不怕萬一弄假成真，得不償失。

「他們也真夠豁得出去，就不怕萬一真刺死了，冤不冤哪？哭都沒地方哭去。」

後面的男人聽到她的話，一臉若有所思。小姑娘如此聰明，很多事情就算他不說，想必她都能猜到吧？

夫妻二人起身用過膳後，便到園子裡消食。

府中下人們都在忙著佈置庭院，在樹上掛燈籠。掛在樹上的燈籠紅豔豔的，風一吹，燈籠下的絡子飄來蕩去。

猛然間，雉娘捂著腹部彎下腰去。胥良川大驚，一把抱起來。「怎麼了？」

雉娘的手還捂在小腹處，滿臉震驚。

「夫君，他好像在踢我！」

胥良川愣了一會兒，才明白她口中的他是誰，視線緊緊盯著她手捂之處。

剛剛還在忙活的下人們見大公子和大少夫人抱在一起，忙低頭走遠，不敢多看一眼。

她掙扎兩下。「這是在園子裡，快放我下來。」

他依言，卻沒有徹底放開她，而是雙手扶著，怕她跌倒。

她仍然處在震驚中，這種感覺太奇妙，腹中那個小生命剛剛在動，是在向她打招呼。她的手一直放在腹部，感受著骨血相連的跳動。

小人兒只踢了那一下，就沒有再踢，她有些失望，想著他或許已睡著。

胥良川的眼睛一刻也沒有離開她，她臉上泛著微笑，嘴角翹起，眼神溫和慈愛，白潔如玉的臉龐，散發出母性的光芒，如廟宇中的觀音。

他扶著她，朝自己的院子走去。

夜裡，子時已過。

雉娘在睡夢中被人踢醒，這次腹中的小傢伙很精神，踢她好幾下。她側著身子，雙手抱著腹部，無聲地笑著。
一隻大手慢慢地覆在她手上，從背後擁著她，二人緊緊地貼在一起。
兩人的手同時感受到來自她腹中的震動。
前世他的五感比常人靈敏，方才細微的震動如鋪天蓋地的暴風驟雨一般，比起自己重生時還要震撼。
她轉過身子，仰起小臉。「夫君，你感覺到了嗎？」
他嗯了聲，帶著微不可聞的顫抖。
夜靜如水，外面似下起雨來，雨滴落在屋頂的聲音清晰可聞。夫妻二人緊緊相擁，她連何時睡去都不知道。
清晨時，雨已停歇。
昨日掛好的燈籠被水打濕，下人們又是好一通忙活。所幸天已放晴，明日就是胥良岳的大婚之期，應該不會再下雨。
胥夫人指揮下人們，把淋濕的燈籠重換一遍，還有樹上的紅綢條，也取下重換新的。山長夫人則忙著給胥良岳試喜袍，看著一表人才的兒子，滿心歡喜。
成親那一天，胥府熱鬧非凡。二皇子和韓王世子跟著梁家人送嫁過來，他們要鬧新人，誰也不敢攔，由著二皇子和韓王世子領著一群京中的世家公子，猛給新郎灌酒。
胥良岳被灌得暈頭轉向，最後還是新娘子從新房遞出話來，他們才放過新郎。

第一百零一章

胥良岳和梁纓成親三天回門後，胥山長夫婦就決定啟程回渡古。

這是在成親前就知道的，分別時，梁纓十分不捨。她還沒有和表姊待夠，才嫁過來幾天就要離開，萬般的不情願。

胥老夫人也不願離別，許是人老怕離愁，她沒有去碼頭相送。胥閣老要上朝，也沒有同行，胥夫人領著兒子兒媳，將他們送去碼頭，下人們把箱籠搬上船。

一家人站在碼頭上，各自說著道別相互珍重的話。

初昇的朝陽在水面上鋪灑，泛起波光粼粼。眼見船要起航，胥家二房的人不捨地登船，等他們站穩，船工們開始起錨，雉娘揮著手，朝站在船頭的二房一行人告別。

船離開岸邊，慢慢調轉航向。船尾處，兩個男人在固定著什麼，都是船工打扮，其中一個揹著長長的黑色包袱，有些古怪。雉娘看著，覺得他不像船工，倒像是以前在武俠小說看過的江湖中人。

雉娘多看了兩眼。

船工們忙好後，往底艙走去。一個船工好像說了什麼，揹包袱的船工取下包袱，一隻手握在包袱前端，如同握著一柄長劍。他似乎想要拿出來，又死死地按住。

不知他又說了什麼，問話的船工沒有再說話，他把包袱重新揹好。

雉娘覺得有些奇怪，扯扯胥良川的衣服，小聲道：「夫君，你看那個船工，是不是有些奇怪？」

胥良川抬頭望去，那兩個船工正好走進底艙，他看著兩人的姿勢，眼睛瞇起。猛然，他朝許靂使個眼色，許靂飛奔過去。船已駛離岸邊約三丈開外，他一下子就跳到水中，快速游到船邊。船上眾人嚇了一大跳，許靂一登上船就命船老大把船重新駛回碼頭，並且拋錨。

胥山長一家圍上來，忙問發生什麼事，許靂沒法回答，只說大公子有吩咐。梁纓有些奇怪，小聲問胥良岳。「夫君，怎麼要返航？」

「不知道，大哥有事。」

「才離開能有什麼事？」胥山長也是一臉疑惑。

船老大照做，船慢慢地靠到岸邊，船一停穩，胥良川就帶著許敢登船。許靂輕聲叮囑胥山長一家人先下船，胥山長會意，和山長夫人及梁纓一起下船，走到雉娘她們身邊。雉娘立即引著她們快速坐進馬車中，胥夫人雖沒明白發生何事，卻一句話也沒有多問。

兩家婆媳四人一坐進馬車，雉娘就吩咐車夫，一見情況不對，立刻就走。

胥山長和胥良岳則重新登船，跟在胥良川的後面。

胥良川帶著許靂和許敢徑直朝底艙走去，船老大不明白發生什麼事，緊張地跟在後面，不停地問發生什麼事。

胥良川沒有理會他。許靂走在前面，一腳踢開底艙的門，底艙中住的都是船工，那揹著黑包袱的男子正靠坐在窗邊。

他面色黝黑，身子壯實，似是長年在外行走。看到有人進來，他的手放在包袱上，一會兒又鬆開，似是猜想胥家人的來意。

許靂和許敢護在胥良川身邊，胥良岳在後面，胥良川上前問男子。「你是此船的船工？」

船老大正要說什麼，胥良川抬手制止他，眼睛直直地盯著男子。男子回道：「小民是平馬城人氏，來京中訪友，經由臨洲去梁洲，在船上打雜以換路資。」

胥良川掃視著他的穿衣打扮，還有身上的黑色包袱。「把包袱打開。」

「你是何人，可是差爺？有沒有搜查文書？」男子問道。

胥良川冷冷一笑。「知道得還挺多，還知道搜查文書。」

他朝許敢遞一個眼神，許敢就匆匆下船直奔京兆府。男子的額間開始冒汗，抱著包袱，手不自覺地放在包袱上端，手掌張開，呈抓握狀。

京兆府的人很快趕來，領頭的正是府尹。京兆府的府尹姓江，江大人一聽是胥大公子的事，哪有不出面的道理。

男子的神色有些慌亂，但還算鎮定。

江大人和胥良川相互見禮，衙役們上前就要搜查，男子往後退一步，望了江水一眼。

他透過木窗望著外面的江水，江水有些渾濁。他舉起包袱，就要丟入水中時，眼疾手快的許靂一下子就擒住他，奪下他的包袱。衙役們趕緊上前，將他按住。

其中兩個衙役打開包袱，包袱內是一柄用衣服裹著的長劍。衙役們將長劍呈到江大人的面前，江大人看了一眼，順手遞給胥良川。

胥良川伸手接過，手扶在劍柄上，拔開劍鞘，劍身寒光森然，刺眼得很。他眼眸冷如寒冰，合上劍鞘，遞還給江大人。

天子腳下，尋常人是不許私帶兵器入城的，這人是何人，怎麼會隨身帶著長劍？還和胥家二房同行？

船老大腿都軟了。他不該貪錢，這船是胥家人付錢包下的，有個朋友託他捎一個人去臨洲，他原本不同意。朋友又是塞銀子又是請喝酒，還說這人有點力氣，在路上可以盡情使喚，他一時貪心，就答應下來。

江大人審問他，他跪在地上不停磕頭。「大人饒命，是小的糊塗！」

「你認識他嗎？」

「小的不認識，是一個朋友讓捎上的。小的一時糊塗，收了銀子，但這人和小的沒有半點關係，請大人明察。」

江大人一聽，命衙役們將船老大也帶走。

胥山長悄聲問胥良川。「川哥兒，那人是什麼人？怎麼會在我們的船上？」

「定然不是好人。」胥良岳道。

胥山長當然知道那人不善，問題是那人用意何在，真是江湖草莽碰巧遇上，還是衝著他們來的？

幾人走出船艙，前面的衙役們押著男子和船老大先下船。一到岸上，那男子看到胥家馬車，猛然掙開衙役們的手，飛身朝馬車撲過去。

他的手中不知何時多了一把短刃，揮舞著。

胥良川的瞳孔緊緊一縮，邊跑邊大聲叫著許靂。

許靂收到主子的信號，飛縱幾下，朝男子追去。

車夫一看情況不對，策馬狂奔，馬車內的雉娘聽到驚呼聲，就知有變故。馬車跑得極快，顛得很厲害，她雙手抱著肚子，身體微縮成弓形。胥夫人緊緊地摟著她。

男子已經追上馬車，車夫將馬駕得飛快。男子已經死死地扒在車廂上，另一隻手揮著短刃，從窗口刺進去。

梁纓正坐在邊上，看見銀光一閃，快速地往裡面倒。

鋒利的刀子又一次刺進來，雉娘心裡焦急。她可以肯定來人針對的不是自己，而是梁纓。

若對方是胥家的敵人，想弄倒胥家，首先是除掉羽翼。夫君娶了自己，趙家無權無勢，不足為懼，但良岳不一樣，他娶的是梁將軍的愛女。梁將軍一直深得聖眷，要是梁纓一嫁進胥家就身亡，以梁將軍愛女之心，必會朝胥家發難，到時候胥家和梁家就成了死敵。

胥家和梁家勢均力敵，若是爭鬥，必會兩敗俱傷。

梁家是公主的婆家，公主向著二皇子，梁家敗，對二皇子的影響最大。因為梁家和胥家的恩怨，胥家也不可能倒向二皇子，一箭雙鵰，果然好計謀。

她伸出一隻手，把梁纓往裡面拉，胥夫人和山長夫人也反應過來，一人護著雉娘，一人護著梁纓。

馬車顛得厲害，幾人搖來晃去，那寒光森森的刀子在窗口處胡亂地刺著，忽然車廂似是輕了一些，傳來人的悶哼聲和重物落地的聲音。

車夫沒有停，還往前跑著，等跑到一里開外，回頭看見許靂趕到，那男子倒在地上，才將韁繩勒住。

車廂內的四人，一臉的劫後餘生。

胥良川隨後趕到，顧不得地上的歹人，一把掀開車簾，見幾人安好無恙，眼裡的擔憂才變淡一些。他的眼神關切地望著雉娘，雉娘理理亂髮，朝他點頭。

他放下簾子，吩咐車夫先把她們送回府。

車夫領命，重新揮著鞭子，馬車緩緩地行駛起來。

行凶的男子已經斃命，不是許靂動的手，而是在許靂將他從馬車上打落下來時，他自己用短刃結束自己的性命，許靂都沒來得及阻止。

江大人和衙役們氣喘吁吁地跟上來，連連對胥良川致歉。胥良川自是一番謙禮，說家人無事，還算萬幸。

胥良岳和胥山長跟著趕來，忙問情況，得知女眷們安好，心才大定。

江大人表示此事一定要徹查。經過這番變故，二房還是再緩幾日歸鄉的好。

胥府內，女眷們已經梳洗一番，大夫也來給雉娘請過脈，說她腹中的孩子安好。胥老夫人嘴裡唸著阿彌陀佛，一直說是老天保佑，要去寺中再添香火錢。

梁纓是將門之女，沒有受到什麼驚嚇，兩位夫人情況也還算好。

雉娘被大家要求躺在榻上，梁纓打量著她，輕聲問道：「表姊，剛才妳不害怕嗎？」

「有一點。」

「表姊真讓人刮目相看。我以前總以為自己膽子大，那是因為我自小和哥哥們一起長大。爹請人教導哥哥們習武時，我也跟著在後面比劃。京中很多姑娘都覺得我沒有姑娘家該有的端莊，我也嫌她們太弱。想不到表姊妳看著弱，其實膽子也滿大的。」

雉娘微微一笑，壓低聲音道：「早年生活所迫，膽子不大活不下來。」

梁纓了然，露出同情之色。

雉娘心中失笑，她不需要別人的同情。想了想，笑道：「妳走之前不是還覺得遺憾，不能看到公主的孩子出生。如此正好，你們多住一段時日，等公主生產後再走，豈不更好？」

梁纓雙眼迸出火花，高興起來。「表姊說得沒錯，不僅能看著姪子出生，我還能多陪陪表姊，我還沒有和表姊待夠呢！」

胥夫人和山長夫人看兩個兒媳婦沒有受到驚嚇，反而還有心情玩笑，鬆了一大口氣。

午時過後，胥家男人們歸府，女人們自是一番詢問。

胥良川掛念妻子，疾步走回自己的院子，雉娘一直在等他。

他一進門，先是仔細打量她一番。「可有哪裡不適？」

「沒有，一切都好。我好，他也很乖。」雉娘溫柔地笑著，手摸著肚子。

他的大手也覆上去，腹中的小人兒似是感覺到父母的存在，在裡面翻了個身。

她抬起頭，問道：「夫君，凶手可有說是誰指使的？」

「凶手當場自盡，安排他坐船的人也被發現死在家中，遭人滅口。」

「那不就是死無對證？夫君，他是衝著二叔一家去的，二叔一家遠在閬山，不可能會在京中得罪人。依我看，倒像是針對梁纓的。」

夫妻兩人對望，眼神交會。雉娘從他的眼中看出，他也猜到指使者為何會刺殺梁纓。

除了太子，她不做第二人想。她一直都不理解太子的行為，他到底在急什麼？如果他一直安安分分的，對皇后敬重有加，這天下遲早是他的，何必如此操之過急？

或許是自古以來，能成功登基的太子並不多。

天家無親情，也無兄弟。二皇子雖然表現得吃喝玩樂，但從良岳成親鬧洞房一事可以看出，二皇子不僅和韓王世子交好，和京中的世家公子們都有交情，儼然是少年公子之首。這份交情，就是他最大的倚仗。誰都知道，這些少年公子都是將來各大世家的頂梁柱。

太子用的是另一種法子，本質卻是殊途同歸。

胥良川是知道原因的。他是重生之人，能理解太子為何急於拉幫結派，鏟除異己。

皇后遲早會動手，太子應該已經感覺得到，所以想培植自己的勢力，讓皇后投鼠忌器，不敢輕舉妄動。

雉娘慢慢地回想之前發生的事，覺得有些地方說不過去。徜門若是捉拿人犯，是不是該先給人銬上鎖枷或是用鐵鍊綁著，怎會輕易被那男子掙脫？還有她遠遠看到的，男子包袱裡的應該是長劍，怎麼變成短刃的？

她將心中疑惑問出，胥良川的眼神已經不能用讚賞來形容。沒錯，對此他也起疑。江大人來的速度很快，他問過許靂，許靂說江大人恰巧在附近辦差。既是辦差，又帶著衙役，沒有理由不帶著鎖枷或鐵鍊。就算忘記帶，衙役們也不可能忘記，但凡抓到歹人，首先就是搜身，看身上有沒有藏凶器或是其他與案子相關的東西。

長劍已被沒收，短刃是從何而來的？除非他沒有被搜身，或是有人偷偷遞給他。無論是哪種情況，江大人都比較可疑。

他安撫妻子。「此事我心中已有數。二叔他們一家還要住一段日子，妳不是也捨不得弟妹，正好讓她多陪妳。」

雉娘輕笑。「那倒也是，永安公主生產之期快到，梁纓見過姪子再走，想必更好。」

她撫著自己的肚子，期待新生兒的降生，也盼望自己的孩子出生。

孩子會長得像夫君，還是像她自己？他會是什麼樣性子，是如他父親一般清冷，還是會長成一位翩翩如玉的溫潤公子？

她在腦海中勾畫著，怎麼也描繪不出孩子確切的樣子，望著身邊的男子，滿足一笑。

無論他長得像誰、是何等的性子，都是她前世今生最親的人。

第一百零二章

五日後，公主府派人來報喜。公主前夜腹痛，凌晨誕下麟兒。

永安公主這次生產，從陣痛到分娩用了三個時辰，是較為順利的。帝后大喜，流水般的賞賜往公主府裡送。

洗三之日，胥老夫人命胥夫人和山長夫人不用去，由雉娘和梁纓代表胥家前去賀喜。

雉娘和梁纓，一個是永安公主的表妹，一個是小姑子，她們代表胥府，最合適不過。

能去公主府裡賀喜的，都是京中的侯門世家和三品以上的官員家眷。不知是公主府沒有派人去送信，還是常遠侯府的人羞於見人，作為永安公主的外祖家，常遠侯府只派人送了賀禮，並沒有人前來。

雉娘和梁纓到時，立即被宮女引進去見永安公主。永安公主頭上綁著抹額，臉有些腫，氣色尚好。她側躺在榻上，身邊那小小的人兒包在襁褓中，睡得香甜。

新生的嬰兒五官還未開，臉蛋紅紅的，皮膚也有些皺，看不出來長得像誰。

雉娘看得心頭發軟，這麼一個小生命，憑空出現在世上，是多麼神奇的事。永安公主打趣她。「妳也快了，莫要盯著別人的孩子流口水。」

梁纓大笑起來，笑聲好像吵到小人兒，她立刻捂著嘴。襁褓中小人兒的臉皺起，閉著眼哭起來。嬤嬤連忙把他抱起來，交給立在一邊的乳母，乳母抱著他到屏風後面去餵。

永安公主對嬤嬤道：「快給雉娘和纓姊兒看座。」

雉娘道謝，坐在嬤嬤搬來的凳子上，梁纓也坐在一邊。

「可有取名字？」雉娘輕聲地問公主。

公主笑笑。「梁家這代是定字輩的，名叫定理，小名就叫理哥兒吧。」

梁定理？雉娘在心裡默唸，覺得十分拗口。梁纓也發現唸得不通。「誰取的名字，不會是我二哥吧？」

永安公主翻一下白眼。當然是他，除了他，誰會給兒子取這麼難唸的名字？

雉娘失笑。

門外宮人報唱，說永蓮公主到。雉娘站起身，臉上的笑容隱下去。

不一會兒，永蓮公主款款地走進來，親熱地撲到永安公主的榻邊。「皇姊，蓮兒一聽小外甥出世，就恨不得立刻過來看妳。」她四處張望。「小外甥在哪裡？快抱過來給本宮看看。」

雉娘和梁纓向她行禮，她看雉娘一眼，隨意地擺擺手。「原來是兩位胥家少夫人，就不用多禮了。」

永安公主淡淡地讓嬤嬤去看兒子吃好沒，吃好就抱過來。

很快，嬤嬤抱著小公子過來。永蓮伸出手指，捏捏理哥兒的臉蛋，對永安公主道：「小外甥長得像皇姊。」

永安公主看了一眼她塗著蔻丹的長指甲，眉頭微不可見地皺一下，朝嬤嬤使個眼色，嬤嬤很快明白，說小公子要睡覺，便抱著小公子去廂房睡覺。

永蓮公主坐在永安公主榻邊的凳子上，看著站在一起的雉娘和梁纓。「胥少夫人最近可好？」

「託公主的福，臣婦一切都好。」

「聽說胥家人前幾日在碼頭受驚，可有此事？本宮聽得心驚肉跳，想著胥少夫人怎麼如此命運坎坷，走哪兒都受驚，莫不是胥少夫人命中帶煞，或是衝撞了什麼東西？」

梁纓臉色一變，忿忿不平地怒視著永蓮公主。永安厲聲道：「永蓮，子不語怪力亂神，妳是天家公主，怎能信口開河！」

「皇姊，蓮兒也是道聽塗說的，不過是好奇，問問胥少夫人而已。胥少夫人不會生本宮的氣吧？」

雉娘福了福身。「回公主的話，公主說得沒錯，臣婦近日確實有些不順。臣婦想著，若說衝撞，說不定是有的。不知公主有沒有聽過世間有種東西，名喚小氣鬼，雖名為鬼，卻實為人。小氣鬼氣量狹小，嫉妒心強，常常暗箭傷人，教人防不勝防。」

梁纓大笑起來。「表姊說得沒錯，這小氣鬼啊我也聽說過，比真鬼還難纏，誰要是被小氣鬼纏上，真是倒楣。」

「世上還有一種鬼，叫做促狹鬼，說的就是妳。」永安公主好氣又好笑地嗔怪自己的姑子。

梁纓不以為意。「我們就算做鬼，也是坦坦蕩蕩的。不像有些人，一肚子的鬼心思，就會在背地裡害人，連鬼都不如。」

永蓮公主的臉色變白。梁纓才不管那麼多，她一直就和這病公主不對付。這病公主老是裝得嬌嬌弱弱的，最是看不得公主嫂子對自己好，經常在背後使些小手段，害得她吃過幾次暗虧。

「梁小姐還是這般心直口快，真讓本宮羨慕。但是禍易從口出，梁小姐已經嫁入胥家，成為人婦，這性子還是改改的好。」永蓮公主不鹹不淡地說完這句，就不理睬梁纓，眼睛盯著雉娘的肚子。

雉娘雙手交握在腹部，沒有看她。「胥家人相互坦誠，弟妹這樣的性子，不僅祖母喜歡，就是臣婦的婆婆也是讚不絕口。依臣婦愚見，弟妹如此最好，不用再改。」

永安靠坐在榻上，看著她們兩人。

半晌，她對永蓮道：「永蓮，妳是天家公主，一言一行都代表皇家。方才那樣的話，本宮不想再聽到。胥少夫人遇險之事，別人不清楚，妳還不清楚嗎？她受妳之邀進宮，是妳帶她去御花園，那心懷不軌的宮女也是衝著妳去的，怎麼就變成雉娘命中帶煞？她那是為妳擋災，要說帶煞，也是妳帶煞。妳如此不知好歹，傳揚出去，別人只會說妳氣量小，沒有大家之氣。」

永蓮公主的臉唰地白了，嘴唇都在打哆嗦。她沒有想到皇姊會為了一個外人，毫不留情地訓誡自己，還是當著外人的面。

「本宮近日聽聞文駙馬遇刺，不知又是衝撞哪路神仙，妳有沒有派人去看過，文駙馬傷勢如何？」

「父皇和母妃都有賞賜文家，聽說文公子傷勢恢復不錯。」

「那就好，你們眼看著就要大婚，要是帶著傷，到時候如何行禮？」

永蓮公主咬著唇，站起來。「皇姊，妳還在月子中，身子還未恢復，我們就不打擾，妳們也和我一起出去吧。」

她最後一句話是對著雉娘和梁纓說的。

「本宮還不累，纓姊兒馬上就要離京，本宮還有許多話要和她說。雉娘也留下，妳初有身子，許多事情恐怕還不清楚，本宮是過來人，正好有些東西可以教妳。」

永安公主說完，雉娘和梁纓自然答應。

永蓮公主立在屋裡，顯得十分突兀，留也不是，走也不是。

「永蓮要是有事就先走吧，皇姊今日不能招呼妳，妳自便吧。」永安公主說完，招呼雉娘和梁纓坐近一些。

永蓮公主氣得一把掀開珠簾，就要往外面走，正好撞見一個宮女，宮女立刻跪下請罪。

永安瞧見，訓斥道：「何事如此慌張？」

「稟公主殿下，宮中來人報信，說皇后的鳳駕已經過了次衛門，正往公主府來。」

「母后要來？」永安公主就要起身，被嬤嬤按住。「殿下，您還不能起身。」

她想了想，重新躺回。

外面傳來梁駙馬的聲音，隔著簾子和永安公主說皇后駕臨的事，還說他現在要帶著府中的客人去外面接駕。

雉娘和梁纓起身，也要出去接駕。永蓮雖氣，倒是不能馬上走，總得接完駕後，和皇后知會一聲才能離開。

鞏氏也已到了公主府，她是受公主之邀來的，可是她不認識其他夫人，加上本來的出身，難免有些怯場，還是韓王妃看出她的不自在，陪著她說話。

看到雉娘出來，她明顯鬆一口氣。雉娘也很驚訝，倒不知道娘會來。

眾位夫人們對著永蓮公主，又是一番行禮。永蓮冷冷地看著鞏氏和雉娘，率先走出去。

皇后的鳳輦入府，夫人們跪滿一地。

皇后一眼就看到站在夫人們後面的雉娘和鞏氏，朝她們微微一笑，然後邀鞏氏一起去內室看永安公主。永蓮看了，也要跟進去。

「妳剛才不是已經看過妳皇姊？月子房裡血腥氣重，妳身子本就不好，就不用再陪本宮進去。」皇后婉拒她。她應下，臉色更加難看，覺得夫人們都在暗地嘲笑她，越發感到渾身不自在。

皇后進去後看到永安公主氣色不錯，終於放心。

洗三的時辰一到，她拍拍女兒的手，和鞏氏走出內室。

眾人看著皇后和鞏氏相攜出來，除了韓王妃，所有人都在心裡重新估量鞏氏的分量。以前是聽說皇后對自己的親妹看重，但沒有親眼所見，想著自小沒有一起長大的姊妹，身分又相差太多，能有多少情分？可親眼見著，才知道傳言不虛，皇后娘娘看趙夫人的眼神是不一樣的，雖然一樣凌厲，卻溫和不少。

皇后觀完禮就要擺駕回宮，眾夫人恭送。雉娘和鞏氏依舊站在比較靠後的位置。

皇后由宮女們扶著坐上鳳輦，朝雉娘招手。

她上前，粉色的襦裙遮住身姿，嬌美得如盛開的鮮花。風吹來時，裙子飄動，隱約能看到微凸的小腹。皇后看著，欣慰地點頭，示意她再上前一些。等她近到鳳輦前，順手將自己袖中的佛珠手串捋下，遞到她手中。

雉娘低頭接過，捧在手中，立刻覺得一股沁涼之氣。這串佛珠共由十八顆東珠串成，佛頭和佛塔都是翡翠，上面還墜著一枚玉珮，玉珮是碧玉的，通體油潤，必是珍貴無比。

韓王妃離得近，將佛珠看得清清楚楚。她甚為吃驚，這串佛珠她是知道的。是皇后娘娘懷二皇子時，特意尋來的，放在佛堂的香案上供了九九八十一天，親自抄了九十九頁經書，燒給佛祖，然後請乾門寺覺悟大師開過光的。

這佛珠，先不說本身價值，對於皇后自己來講，意義不凡。就這麼隨手送給胥少夫人，看來皇后對胥少夫人真是疼愛。

永安公主懷孕時，皇后也送過一串佛珠，也是由覺悟大師開光，卻沒有這串珍貴。

永蓮坐在後面的轎輦上，默默地看著這一切，覺得無比刺目。

太監高唱著鳳駕起，皇后的鳳輦慢慢地離開公主府。

眾人恭送著，雉娘捧著那串佛珠，心緒複雜。

第一百零三章

皇后一走，眾位夫人們開始三三兩兩地攀談起來。雉娘和鞏氏、梁纓一起，坐在偏角，等待開席。

胡大學士夫人的眼睛一直往這邊看，終於起身走過來。她剛才看到皇后對雉娘另眼相看，心裡憋著一團火。

親家的孫女方靜怡眼看著就要入太子府，居然在段家出了那檔子事，只得偷偷摸摸地嫁進段家。

她心裡清清楚楚的，這事就是段家人搞的鬼。那段鳳娘好手段，擺了別人一道，還讓別人感恩戴德，自己搖身一變，成為常遠侯府的少夫人。那可是她一直為自家孫女靈月盯著的位置，就那麼被段鳳娘搶去，她心中的那口老血堵著，差點就要噴出來。

這趙家女，簡直欺人太甚！

她恨段鳳娘，看雉娘的眼神也不善。要不是趙雉娘這個小戶女，方家的孫女就會嫁進胥家，對他們胡家來說，那是大好事。

「趙夫人真是好福氣，養的女兒一個比一個嫁得好！」

鞏氏連忙起身，先和她行禮，口中說著謙讓的話。

雉娘看出她的來意，也站起來。「胡夫人也是有福之人，胡家小姐才貌雙全，一臉貴氣，以後說不定造化更好。」

胡學士夫人看她一眼，所謂伸手不打笑臉人，聽她誇自己的孫女，有火撒不出來。仔細琢磨一會兒她的話，心念一動，臉色好看一些。

雉娘似是隨意般地說起話來，臉上帶著笑意，既不討好也不諂媚，端莊得體。「胡家小姐知書達禮，長相出眾，出身又高。我常想著，像胡小姐那樣的人品，不知將來要嫁進什麼樣的人家，尋常人家的男子哪裡配得上？」

胡學士夫人認真地看著她，她臉上的笑意加深，頗有些意味深長。胡學士夫人心中豁然開朗，暗罵自己真是鑽了牛角尖，還不如一個外人看得透澈。

那方靜怡都能入皇后的眼，自家靈月也行。靈月是他們大學士府的嫡長孫女，論長相出身更是不在方靜怡之下，靈月要真能當上太子側妃，誰還稀罕做平家的填房？

「胥少夫人真會說話，我們靈月就託妳的吉言。我說趙夫人啊，妳真是會養女兒，養出這麼個玲瓏心肝的女兒，怪不得胥家不計出身，也要聘給長孫。」

胡學士夫人滿意地離開。韓王妃朝雉娘這邊看一眼，眼裡全是深意。

宴席過後，夫人們依次告別。

公主府的管事嬤嬤恭送眾位夫人，鞏氏和雉娘同時離開。為了和娘說會兒話，雉娘和鞏氏同乘，梁纓則另乘一輛馬車。

那串佛珠已戴在雉娘的手腕上，襯得她的手更加瑩白如玉。她的左手不停撥弄著珠子，感受那潤滑的觸感。

皇后把這麼貴重的東西，當著那麼多人的面賞給自己，是在給自己撐腰嗎？她的心情如打翻五味調味瓶。對於皇后，她有著說不出來的感覺，十分複雜。在她看來，有時候覺得皇后也挺可憐的。

「妳大哥前日來信，他已在百城縣安頓好。」鞏氏先開口。

雉娘收回思緒，笑一下。「那就好，百城離渡古近，風土人情相似，大哥應該會很快適應。」

「妳說得沒錯，妳大哥信中還提到一件事，之前渡古的那個董家，去年就沒了。聽說不知是何故起火，全家人都在睡夢中化為灰燼。」

這件事雉娘知情，早在去年皇后派人偷偷去渡古後，董家就被燒得一乾二淨，無一活口。這事十有九成是皇后派人幹的，不過她是從夫君的口中知道，也就沒有告訴娘和父親。

「許是報應吧，作惡太多，老天都看不下去。」

鞏氏唏噓不已。「誰說不是呢？」

雉娘看出她的低落，把自己的手搭在她的手背上，輕拍兩下。「娘，好在都已過去，如今苦盡甘來，我們也算是熬出頭。大哥可還有說過什麼，比如他和那位蔡家大小姐，事情怎麼樣？」

鞏氏恢復神色。「妳大哥對蔡家大小姐似乎挺滿意，妳爹已給蔡知府去信，將他們的親事定下來。」

「如此也好，是個不錯的姻緣。蔡家大小姐知書達禮，跟大哥甚是般配。」

雖說自古高嫁女，低娶媳，但蔡家人心明眼亮，知道不能看眼前。自家大哥儘管只是個小小的縣令，論前程卻是十分看好的。

「妳大哥性子憨厚，就得找個穩重的。等他成親後，咱們家的大事就全了，只是妳姑姑怕是有些不好。」

雉娘詫異。前段時間還見過她，看起來沒什麼啊？

「她怎麼了？」

「昨日我去段府看妳姑姑，妳姑姑病得厲害，說是舊疾復發，給鳳娘送過信，鳳娘也回了家。」

雉娘哦了一聲。前幾日見面時，趙氏除了咳嗽、臉色不好之外，似乎並沒有什麼大病，怎麼就突然起不了身？她垂著眸，心裡猜著某種可能。

「大夫怎麼說？」

「大夫說是沈痾宿疾，年年都犯，不得根治。積壓多年，以今年最嚴重，還引起心悸，往後不宜激動，不可動怒，要精心地用藥養著。」

聽起來像是心臟方面的病，中醫來治，也只能仔細地調養。雉娘想著，又問：「鳳娘最近可好？」

鞏氏搖頭。「我看著不太好，氣色不對。那常遠侯府也不知怎麼回事，平公子傷勢一直未好，不知從哪裡傳起，連外人都在說，說鳳娘是剋夫剋家的掃帚星。嫁到段家時，先是鴻哥兒功名被奪，然後妳姑姑病重，全是她剋的。就連前幾日妳姑父被陛下訓斥，由少卿貶為寺丞，也是她剋的，還說平公子也是被她剋的，她要是繼續留在侯府，不知道還會出什麼事。」

古人最重運道，一旦沾上剋星的名聲，這女子的一生都好不了。

今日永安公主的兒子洗三，作為外祖的侯府，居然沒有一個人來觀禮。不知是公主未曾邀請，還是常遠侯不讓府中女眷出門？

永安公主是祁朝的大公主，不可能會犯此等錯誤，是常遠侯嫌府中最近事情太多，不想有人衝撞公主府的福氣，命府中人一個都不能去，只派人送去賀禮。

馬車行了一段路，接下來的路就要分岔。雉娘和鞏氏分開，她扶著烏朵的手下馬車，換乘另一輛，與梁纓同行。

雉娘回到胥府，就讓海婆子備好一份禮。她現在身子不便，趙氏病重，她作為姪女不能親自前去探望，便送些藥材和補品過去。

段府裡，趙氏病倒，方靜怡暫時接掌中饋。收到雉娘送的禮，方靜怡表示感謝，命自己的婆子把東西放進庫房。

趙氏躺在榻上，不停咳喘著，胸口處似堵著什麼東西，呼哧呼哧地喘不過氣來。

鳳娘端著藥碗，用湯匙舀了一勺，送到她嘴邊。她推開，無力地搖頭。「不喝了……咳咳……沒用。」

「娘，您不喝藥怎麼成？來，再喝一口。」

趙氏就著她的手，再喝了一口。

方靜怡坐在自己的屋裡看帳冊，聽到丫頭說鳳娘在親自餵藥的話，嘴角泛起一個冷笑。段鳳娘自趙氏病倒那日就留在府中侍疾，一個剋夫剋家的掃帚星，還親自侍疾，莫要把人給侍沒了。

鳳娘侍疾半個月，趙氏眼看著身子越來越差。方靜怡無意中對她透露外面的傳言，說外面都在傳鳳娘是剋夫剋家的掃帚星，她在哪裡，哪裡就倒楣。

趙氏本就病著，聽完臉色更難看，想著最近家裡不太平，老爺辛苦多年熬到少卿的位置，一夜之間被貶為寺丞，莫非真是鳳娘剋的？她的心裡半信半疑。

方靜怡表情關切，一臉擔憂。「小姑子天天住在府裡，不回侯府也不是個法子。母親，您有空就勸勸她，她被妹夫接走後，因為妹夫有傷在身，一直都沒能圓房。老是不圓房哪成啊，侯爺可還等著抱曾孫呢！」

趙氏心一沈。難道鳳娘還沒有死心？她一直拖著不圓房，難道還對太子有所期盼？這孩子怎麼如此認死理？一直不圓房，平公子能依嗎？

忽然，她似是想到什麼，劇烈咳嗽起來。要是自己死了，鳳娘定要守孝，就有上好的藉口拖著不圓房。

她咳得肺都快掉出來，心口泛著涼涼的痛意。

方靜怡幫她拍著後背，忙命人去請大夫。大夫看過，還是那句話，病在心肺，不能受刺激。

鳳娘再來餵藥時，趙氏說什麼也不讓她餵，鳳娘無法，命自己的丫頭代勞。

趙氏不願意喝藥，那丫頭只得放下藥碗，鳳娘垂著眼。「娘，您既然不想喝藥，那就好好歇著吧，女兒告退。」

她帶著丫頭出去。

趙氏望著她的背影，嘆了一口氣，又猛然咳嗽起來。

外面的婆子進來，引著一位宮裝嬤嬤，趙氏抬頭一看，原來是芳姑姑。

芳嬤嬤是奉皇后的命來看望趙氏的。趙氏原是皇后的大宮女，她身體病重，皇后念在主僕一場，定然要派人來探病。

芳嬤嬤上前就是輕拍她的背。「怎麼咳得這般厲害，吃過藥沒？病成這樣，怎麼身邊也沒個人服侍？」

「是我……不要人陪的。」

「妳呀，還是這般逞強，都病成這樣，還強撐著不想麻煩子女。」芳嬤嬤責怪著，瞧見桌上的藥碗，端起來，就要給她餵藥。

忽然，她皺起眉，把碗放下。

趙氏看到她的動作，驚疑道：「可是有什麼不妥？」

芳嬤嬤的臉沈下來，重重地把碗頓在桌上。「豈止是不妥，是大大的不妥！我再晚來兩天，就見不到妳了。」

趙氏大驚失色，劇烈地咳著。這藥是鳳娘端進來的，難道鳳娘要害她？

不，不會的……她努力壓抑自己的心緒。也可能是芳姑姑胡說，芳姑姑可是皇后的人，皇后對她是什麼心思，她現在是一點也摸不透。

「藥確實有問題，妳可以找人來驗。我和妳相處那麼多年，哪會騙妳？至於其他事情，我身為一個外人，也不好多說，妳自己好自為之，莫要聰明能幹一輩子，臨了還不明不白的。」

芳嬤嬤說完，起身回宮去覆命。

趙氏已經咳得喘不過氣來，侍候她的婆子趕緊又去請大夫，等大夫到時，趙氏已經暈過去。

方靜怡和段鳳娘都立在榻前，大夫搖頭。「都說了要靜心調養，怎麼還動如此大的心火，引起心神不寧。要是再晚來一步，大羅神仙都沒用。」

大夫一邊施針，一邊重新開方子讓人去煎藥。等藥灌進去半個時辰後，趙氏幽幽轉醒，一轉頭看到鳳娘，重咳起來。

方靜怡坐到榻邊，幫她撫著胸口。「母親，您可嚇死媳婦，怎麼好端端地暈倒了？」

趙氏望著鳳娘，鳳娘滿臉擔憂。「娘，您可好些沒？」

她也想上前去，趙氏卻搖頭擺手，示意她出去。

等她出去後，趙氏指指桌上的那碗藥。「大夫……你幫……看看那藥……咳咳……」

大夫狐疑地端起桌上涼掉的藥，雖然藥已涼，他湊近鼻子還是隱約能聞到一絲特別的氣味。

這藥……

他雖沒說話，但臉上的變化趙氏看得一清二楚，她痛苦地閉上眼。

方靜怡瞧出端倪，忙問：「大夫，可是這藥有什麼問題？」

「這藥不是老夫開的方子，確切地說，是在老夫的方子裡加了一味藥，使藥性大大變化，不但救不了人，長期服用，就是奪命之藥。」

「什麼?!」方靜怡立刻站起來，不敢置信地問道：「你可看清楚了？這藥是我們小姑子親自端來的。」

「閉嘴！」趙氏霍地睜開眼，對大夫道：「麻煩大夫，今日之事，請務必保守秘密。」

大夫明白，後宅陰私多，他要是嘴不嚴，也不可能活這麼久。

他躬著身子退出去。

趙氏看也不看方靜怡，擺手趕她出去。方靜怡還想再說什麼，看趙氏什麼都不想說的樣子，終於無奈地離開。

方靜怡回到自己的院子，就把事情告訴段鴻漸，段鴻漸立刻驚起。「一定是她幹的！」

「夫君，無憑無據的，怎麼就斷定是鳳娘？再說鳳娘怎麼會害娘？」

「怎麼會？」段鴻漸冷笑。「為了她的通天路，誰擋她的道，她都可以六親不認，遇神殺神，遇佛殺佛。娘一死，她正好要守孝。」

方靜怡還是沒有明白過來。鳳娘害人難道僅是為了守孝嗎？這理由何等荒謬。

段鴻漸看她一眼。「妳不懂她的心思，當初她不願和我圓房，現在也肯定不想和平公子圓房。如果要替母親守孝，她就可以光明正大地將平公子拒於房外。」

「她為了誰？」方靜怡驚問出聲。

「妳說她為了誰？」

方靜怡的臉色變得雪白。她想到了某種可能，要真是那樣，自己落到今日的地步，就是段鳳娘一手造成的……

她後退一步，壓抑著自己的恨意。

段鴻漸察覺到自己說錯話，忙改口。「我方才也是一時之氣，許是府中有包藏禍心之人。這事要好好查查，我定要將人揪出來，替娘出氣。」

方靜怡臉色慢慢恢復，嗯了一聲。

第一百零四章

段鳳娘坐在自己未出嫁前的屋子裡，她身邊的丫頭在小聲地說些什麼。她臉上的血色一分一分地褪盡，漸漸變得煞白，雙眼死死地盯著前方，不知在看什麼，手緊緊地摳著桌子邊緣，指尖泛白。

那丫頭越說聲音越小，等說完時，頭都快埋到頸窩中。

門被人從外面推開，風灌進來。

出現在段鳳娘視線中的正是方靜怡。方靜怡顯然是裝扮過的，精緻的妝容，淡藍色的衣裙，嫋嫋婷婷地款步走進來。

她的嘴角噙著冷笑，眼神如毒針般地看著段鳳娘。

段鳳娘睫毛抖動，清醒過來，擺手示意丫頭退出去，方靜怡也命自己的丫頭婆子們守在門外。

「嫂子找我何事？」段鳳娘的臉色已經恢復如常。

方靜怡不用她招呼，一屁股坐在她對面，冷冷地望著她。「我來找妳，是有一事相詢。妳我現在是姑嫂，有什麼事妳盡可以對我直言，我說不定還能幫上忙。我聽說妳和平公子還未圓房，不知是何原由？」

「他傷勢未好，如何能圓房？嫂子若是為此事而來，怕是有些多慮。」

方靜怡笑起來，帶著譏諷。「妳莫非有什麼難言之隱？當初妳是段家媳時，就不肯圓房；現在成為平家婦，還是不願圓房。到底是身體不適，還是心有所屬？」

她的眼睛緊緊地盯著段鳳娘。段鳳娘神色不變，輕笑一聲。「嫂子這是聽到什麼閒言碎語，跑來質問我的吧？我心裡還能想著誰，當然是自己的男人。」

「妳莫要敷衍我，這還用別人告訴我嗎？我能嫁進段家，不就是託妳的福？妳為了能和意中人相守，設局陷害我，好把自己從段家摘出去。妳搖身一變成為段家女，是不是在心裡想著，自己成為四品官家之女，就能入選太子側妃，伴在太子的左右？妳萬萬沒有想到和平家的婚書還在，所以不得不跟著平公子回去？妳心有不甘，又想故技重施，拖著不肯和平公子圓房，對嗎？」

方靜怡說著，站起身來，慢慢地朝她走過去。

段鳳娘仰起頭，迎著她的目光。「嫂子今日是怎麼了？如此胡言亂語，莫不是得了失心瘋？」

「我看得了失心瘋的人是妳吧！妳為了不和平公子圓房，竟然能狠心毒害自己的母親。子女守孝少則一年，多則三年，妳不想圓房才心生此毒計。」

「什麼?!」段鳳娘平靜的臉色終於有變化，她驚呼起來。「嫂子，妳說娘中毒？我知道妳一直對嫁進段家心生不滿，可是妳也不能如此狠心。娘並沒有做過什麼，都是大哥愛慕妳，才唐突妳的，和娘無關啊！妳怎能給娘下毒，妳好狠的心哪！」

段鳳娘滿臉震驚，捂著嘴就要往外面衝。她的聲音很大，外面的下人們都聽得一清二楚。

方靜怡反應過來，一把拉住她。「妳說什麼？妳竟然敢倒打一耙？」

「什麼叫倒打一耙？事情本來就是妳做的，我真是萬萬沒有想到，方家好歹也是書香大家，怎麼養出妳這樣心如蛇蠍的女子！」

「妳胡說，明明是妳下的毒！」

「妳還想賴到我頭上，我是娘的女兒，我為什麼要給她下毒？倒是妳，一直對段家心生不滿，妳本來是要當太子側妃的，被大哥算計嫁進來。我知道妳心有不甘，但也不能下毒害娘啊！」

方靜怡氣急，一下子將她推到地上，氣急敗壞道：「妳胡說八道，是妳自己想當太子側妃！」

「嫂子，我雖是出嫁女，但妳也不能這般毀壞我的名聲。」

段鳳娘爬起來，轉而用微不可聞的聲音道：「誰都知道妳是怎麼嫁進來的，妳恨段家，所以才會毒害娘，這話說出去別人會信的。妳若是嚷嚷，我定讓妳討不到半點好處，妳要是聰明的，就該知道怎麼辦。」

方靜怡死死地盯著她，對她的話深信不疑。剛才她說的那些話，傳揚出去，外面的人確實會相信。

「妳好毒的心，為了當太子側妃，竟然真的下毒！」

段鳳娘理理衣裙，順了順自己的髮。「我沒有下毒。她是我娘，我再狠心也不可能給她下毒。至於毒是誰下的，不是妳就是別人。我不怕妳嚷嚷，妳要是在外面說我想當太子側妃，別人不會相信的。我之所以不和大哥圓房，確實心有所屬。天下人都知道我和平公子是皇后賜的婚，是趙燕娘換親，害得我和平公子分開，我不肯和大哥圓房，天經地義。」

「可是妳也不肯和平公子圓房？」

段鳳娘輕笑一聲，笑得諷刺。「他有傷在身，如何圓房？我愛重他，體恤他的身體，誰知曉內情後都要誇我一聲賢慧知禮。」

方靜怡語塞，她說得沒錯，就算以後有人懷疑她的用心，她只要和平公子圓房，就能堵住別人的嘴。反倒是自己，渾身是嘴也說不清楚。

女兒和兒媳，誰和娘親？那當然是女兒，一個出嫁女，哪有理由謀害親娘？倒是她這個不明不白嫁進來的媳婦，更可疑。

段鳳娘心機如此深，根本就是算計好的。她現在萬分確定自己嫁進來，就是對方謀劃的。

「妳的心真狠！我猜妳將來要是有機會入東宮，那東宮太子妃根本不可能活到成為皇后的那一天。」

段鳳娘的眼神陡然變得冰冷刺骨。「我勸妳還是謹言慎行，免得語多必失，惹火燒身。還有妳記住，不要和我鬥，以妳的心機，根本就不是我的對手，我還不想除掉妳，妳好自為之吧。」

方靜怡覺得背後一涼，忍下心中的氣，甩門離開，並且命令自己的丫頭婆子不能洩漏半個字。

屋內，段鳳娘重新坐在椅子上。

她的心裡反覆想著之前丫頭說過的話，還有方靜怡透露出來的意思。那麼娘中毒，就是千真萬確的事。

究竟是誰下的毒，對方想幹什麼？

她喚丫頭進來，重新梳洗換衣，前往趙氏那裡。

趙氏已經從大夫口中得知，她體內的毒已排出一些，只要喝藥將餘毒慢慢排出去，好好調養身體，是沒有大礙的。

聽到鳳娘在外面，她不願意相見，讓自己的婆子告訴鳳娘，說她已睡下。

「娘，那您好好歇息吧，女兒回去了。」

外面傳來離開的腳步聲。

趙氏臉色晦暗，心裡摸不準是誰想害自己，只能叮囑自己的婆子，以後但凡是她的藥，不能有第二個人沾手。她不想懷疑鳳娘，在她的心裡不願相信是鳳娘做的，但鳳娘是目前最可疑的人。

胥府內，因為二房一家人還在，胥老夫人想趁此機會好好熱鬧一下。婆媳幾代人在她的院子裡商議著，胥夫人先提議。「聽說最近京中興起一齣戲，叫《一品紅》。要不我們請個戲班子進來，好好唱唱。」

梁纓很感興趣，在公主府時就聽到很多人在議論，應該還不錯。

「前日在公主府裡，就聽到很多人在說這齣戲，說是京中最近最火的戲，想來應該還不錯。」

聽小孫媳婦也同意，胥老夫人當下拍板，決定請人來唱戲。

雉娘摸著肚子坐在梁纓身邊，心裡失笑。要是讓她們知道這齣戲是自己想出來的，不知會做何感想？

胥夫人的動作很快，第二天就請戲班子進府。

胥家女人們齊聚在戲臺下，坐在桌邊，桌上擺著果盤瓜子點心，胥老夫人坐在中間，右邊是胥夫人和山長夫人，左邊是雉娘和梁纓。

胥山長和胥良岳在另一桌。胥閣老父子一個要上朝，一個要去翰林院，都沒有空。

紅色的大幕拉開，戲子們依次登臺。梁纓看著看著，側過頭小聲地對雉娘道：「妳看這戲裡的公主像不像宮裡那位？」

雉娘含笑不語。

看了一會兒，梁纓又道：「這成親不圓房，做法倒是和平家那位少夫人手段相似。這齣戲果然有意思，怪不得能在京中火起來。」

雉娘還是含笑不語，梁纓挑眉，也跟著輕笑。

一齣戲看完，胥夫人和山長夫人在輕聲討論著，胥老夫人精明世故的眼淡淡地往雉娘這邊一看。雉娘露出一個明豔的笑容，老夫人立刻明白她的意思，朝她比個大拇指。

梁纓看到，好奇地問：「祖母這是什麼意思？」

「祖母是覺得戲很好看吧。」

「那倒也是。」

背過梁纓，雉娘和胥老夫人相視一笑。

曲終人散，整齣戲演完，已近午時。胥夫人早就安排好家宴，就等著戲後入席。

家宴進行到一半，門房來報，說段家送信來，段家夫人未時歿。

雉娘快速地和胥老夫人互看一眼，都看到彼此眼中的懷疑。

前段時間，她只見趙氏有些咳嗽，說是舊疾復發，前兩日娘說病重，今日人就沒了。

胥家的宴席早早收場，雉娘派人去段府奔喪。

趙氏的屋子裡，段鳳娘哭得幾欲暈厥，方靜怡也低頭用帕子抹著眼睛。

段家父子神情肅穆地立著，段鴻漸的眼神不停往段鳳娘身上瞄，心裡遲疑不定。

他不敢把趙氏中過毒的事情嚷叫出來，因為方靜怡告誡過他，若是嚷出來，他們反而要落得一身腥臭，洗都洗不淨。

段鳳娘的傷心不像是裝的，是真的傷心。從小到大，姑姑待她如親女，在她看來，世上最親的人就是姑姑，什麼爹娘，都不過是只聞其人不見其面的陌生人。

她哭得傷心欲絕，傷心之中，夾雜著複雜的情緒，似鬆口氣，又似悵然。

趙書才和鞏氏接到報喪後趕到，趙書才一臉不相信，質問段寺丞。「柳葉怎麼會突然沒的，她前段時日不是還好好的？」

「大舅哥，柳葉犯舊疾，大夫說引起心悸。午時還喝過藥……吃了小半碗飯，誰知未時突然人就不行了。我趕到後，她已說不出話來……不到一刻鐘……人就沒了。」

鞏氏走近床榻，看到趙氏臉是青紫的，表情扭曲，許是嚥氣前十分難受。婆子們已經給她擦過身，換好新衣。

段鳳娘還在傷心地哭著，鞏氏安慰幾句。段寺丞猛然不知想到什麼，冷下臉來，喝令下人。「你們還不快扶姑奶奶出去，要是再沾上晦氣，還不知道要鬧出什麼事情？」

趙書才聽出不對，忙質問：「你這是什麼意思？」

「什麼意思？你們難道沒有聽說嗎？外面都在傳鳳娘是剋夫剋家的掃帚星，你看看，自她嫁給鴻哥兒後，我們段家出了多少事？先是鴻哥兒功名被奪，接著我被貶官，現在柳葉也被她剋死。她這樣的瘟神，我們段家供不起，你們趕緊幫姑奶奶收拾東西，送她回侯府。」

方靜怡抹帕子的手停一下，偷偷地瞄一眼，就見段鳳娘臉色慘白，搖搖欲墜。段寺丞扭過臉去，不看她。

趙書才臉色頃刻鐵青。「虧你還是朝廷命官，這樣的無稽之談你也相信！什麼掃帚星？分明是別人的惡意之言。」

「哼，由不得我不信，我們段家都快被剋得家破人亡。你要是不信，這個女兒你認回去吧，她本來就是趙家女，要不是柳葉想要個孩子，我哪裡會同意？現在柳葉也不在了，正好，她從哪裡來就回哪裡去吧！」

段寺丞說完，拂袖背手，離開屋子。

翚氏扶著要暈倒的鳳娘，趕快把她扶到她自己的屋子。等她哭了好一會兒，翚氏才道：「妳爹因為妳娘的死傷心著，他正在氣頭上，要不妳先回侯府，等妳爹氣消了再說。」

「我不走，我要留在這裡送娘最後一程。娘自小把我拉拔大，別人再如何說，我都要陪她這最後一段。」

翚氏無法。「妳既然心意已決，我也不便多說什麼。妳爹那裡，我會讓妳舅舅去勸的。」

鳳娘成為段家女，按輩分就得喚趙書才為舅舅。

翚氏又安慰她幾句，起身離開。趙氏的屋子裡，只餘段鴻漸夫婦兩人守著。

靈堂很快搭起來，該來弔唁的人都來了。

皇后娘娘也派芳嬤嬤來給趙氏弔唁。她代表的是皇后，段家人都要親迎。

她回宮後，先去皇后那裡覆命。

皇后正在御花園中剪花，聽到她的聲音，慢慢地直起身子。「柳葉走得可還安詳？」

「奴婢看了一眼，似是走得痛苦，心有不甘。」

「不甘才好，等她到了地底，再好好向判官問個明白吧！」

她剪下花朵旁的葉子，丟棄在地上，腳輕輕地抬起，金絲雲履踩在丟棄的葉子上。纖白的手伸出，搭在芳嬤嬤的手上，朝殿中走去。

第一百零五章

趙氏下葬後，侯府並沒有派人來接鳳娘。方靜怡冷嘲熱諷地說了些難聽的話，鳳娘一言不發地命丫頭收拾東西。段寺丞覺得她還算識相，也就沒有多說什麼。

鳳娘和丫頭乘轎子到侯府，侯府的大門緊閉著，任憑她的丫頭如何敲門，就是不肯開門。

她的心一沈，隱有不好的預感。

侯府內，世子夫人和平晁正起爭執。世子夫人要平晁寫休書，休掉鳳娘，平晁不肯，母子倆互不相讓，都黑著臉。

平寶珠看了半天笑話，見他們爭執不下，便帶著丫頭去大門處。

她隔著門道：「段氏鳳娘，妳這樣的瘟神我們侯府不歡迎啊。妳看妳害得段家貶的貶、死的死，莫不是又想來剋我們侯府。我勸妳，要是知趣的，就趕緊滾回去，我們侯府要不起妳這樣的媳婦。」

段鳳娘立刻明白侯府這麼做的原因，不哭也不鬧，大聲正色道：「我是皇后親賜給侯府的媳婦，除非年老病死，否則誰也不能休我。」

平寶珠一聽，還真是這麼回事，她都差點忘記段鳳娘和晁哥兒的親事，那可是皇后賜的婚。

她急回內院，世子夫人正在氣頭上。

「嫂子，妳在這裡難為晁哥兒也沒用，人家可是皇后娘娘賜的婚，誰敢給休書？」

平晁一聽，放下心來。他不顧世子夫人的黑臉，扶著隨從的手，去大門口接鳳娘。

鳳娘一臉感動。「你身子還未好全，怎麼能出來接我，我自己回去就行。」

「妳離府數日，我這身子也好得差不多，不能親自去妳娘家接妳，出來接妳也是應該的。」

平晁說著，領著她回了院子。

過了幾日，胥家二房在一個初陽昇起的清晨，悄悄地乘船離開京中。

胥老夫人送走次子一家，略有些惆悵。她拄著枴杖，慢慢地走在園子裡，時不時地看一眼二房原來住的院子方向。

她髮中的銀絲在日頭的照耀下越發白，胥夫人和雉娘伴在她左右，婆媳二人眼神互換。

雉娘道：「祖母，您上次不是還說要去寺中添香油錢，索性無事，我們去寺中住幾日吧。」

胥老夫人意動。「好，那就去住幾日吧。」

城內有兩家有名的寺廟，一個是皇家的乾門寺，外人不能輕易入內，另一個是城西的濟業寺。如要小住，濟業寺不是上乘之選。胥夫人想著，不如去城外的感光寺，人少清靜，適合養心。

她和胥老夫人商量，老夫人欣然同意。

永蓮公主五日後出嫁，帝王嫁女，會在宮中設宴，她們住幾日也來得及。雉娘已孕過五月，胎象穩定，胥夫人想著不如讓她也跟去，沾些佛光。

申正時，胥良川下職歸家，雉娘和他說起要陪祖母和母親一起去感光寺小住幾日的事。

「我想著，現在身子還算輕便，胃口也好，不如就陪她們去小住幾日，權當是散心，你看可好？」

胥良川在她的服侍下換好常服。「自然是好的，我讓許靂跟著。」

雉娘微微一笑，小心謹慎些也是好的。

夫妻二人說定此事，雉娘問起他當職之事，胥良川隨意地說上幾句。翰林院是個清貴之地，他初入翰林院，無非是做些史書修補的工作，趙書才被安排給他打下手。

他想起胡大學士今日說過的話，問雉娘。「妳是不是曾和胡夫人說過什麼？」

「怎麼？胡學士在你面前說什麼了？」

他輕笑。胡大學士今日誇趙書才養了好女兒，又說胡夫人誇雉娘蕙質蘭心。

雉娘想起在公主府時和胡夫人說過的話，想來胡夫人轉述給了胡學士。「前些日子公主府的小公子洗三，我隨意和胡夫人聊過幾句。」

僅是聊過幾句，別人就滿口誇讚？胥良川望著妻子，幽深的眼中劃過一絲戲謔。

「是她想質問我娘，好像責怪我們攪亂她的打算，害得方靜怡嫁進段家，她孫女也丟了常遠侯府的親事。我不過是提起胡家小姐才貌過人，京中難有男子配得上，她自己就往歪處想，可怨不得我。」

聽她這麼一說，胥良川就明白胡學士夫人的想法。他的嘴角略揚起，含笑地牽起她的手，並排坐在軟榻上。

「恐怕胡夫人的打算真的能成。太子妃失寵，無論是皇后還是陛下，都會急著再給太子納側妃。胡小姐的身分上是夠的，若是胡學士存心謀算，未必不能成事。」

胥良川提到太子，思量著最近陛下的舉動。太子早已入朝參政，從前只是在旁議事，近日，陛下常會留下幾位重臣，帶著太子一起商議朝中大事。陛下此舉，是想太子進入權力中心。

前世陛下並沒有如此急切，難道陛下是看出皇后的用意，所以才急於培養太子，鞏固太子的地位？

太子私下動作也不少，文沐松雖不能參加科舉，卻有功名在身。太子把他安排進戶部，任司庫一職。陛下睜一隻眼閉一隻眼，一句話也沒有說。

永蓮公主要嫁進文家，文齊賢斷了仕途，許是陛下存心補償，所以才會任由太子給文沐松謀劃。

陛下的用心，朝臣們看在眼裡，對太子越發恭敬。太子要納側妃，有女兒的世家大臣們都意動不已，暗中較勁。

這一世，不知道還會不會和前世一樣？

他修長的手伸出，輕輕地覆在她的腹部，感受著腹中小人兒有力地翻身，心中如初次感受的那般震動。這一世定然和前世天差地別，他有妻有子，不僅要護著胥家，更要護著自己的妻兒。

太子頻頻針對胥家，今生，登基的一定不能是太子！

胥夫人挑了一個好日子，趕在一早城門開時，胥府的馬車就出了城，直奔城外的感光寺。

寺中的方丈親自迎接胥家人，胥老夫人很大方，香油錢添得足足的。雉娘看旁邊監寺臉上泛著紅光，就知道對數額十分滿意。

她望著寶相莊嚴的佛祖，想起自己初來時的艱辛，以及至死都不明自己身世的原主，偷偷又添了一份香油錢。

監寺把她們安排在寺後一處幽靜小院。感光寺依京城而建，規模和氣勢上自然比天音寺強數倍。這間小院比起胥老夫人在天音寺住的那一間，更大更清靜，胥老夫人很滿意。

小院對著的正是巍峨的青山，此時夏日，山中樹木青翠，清脆的鳥鳴聲不絕於耳。院子裡種著蘭草木香，正是開花的季節，引得蜜蜂嗡嗡飛舞。

青杏和烏朵都隨行而來，她們整理好床鋪，便扶雉娘過去休息。胥老夫人和胥夫人也各自回房間歇息。

小睡一覺後，雉娘就著青杏取回來的齋飯。齋飯還算可口，她用了一碗飯。

胥老夫人吃完飯後，便和胥夫人來招呼雉娘一起消食。幾人沿著石子路，往寺後的東南方向走，那裡有一棵千年古柏，相傳是千年前的一位帝王所種，又名君王柏。
寺中清幽，小徑彎曲，遍種著各樣花草樹木，處處顯出古樸禪意之美。
祖孫幾人慢慢走著，呼吸著山林間的氣息，帶著寺廟中獨有的香火氣，雉娘覺得自己的心境豁然貫通，如此閒適的生活，正是畢生所求。
遠遠地看到一位少年，在跟一位和尚說些什麼。雉娘覺得有些眼熟，那少年轉過頭來，眼中也露出驚訝之色。
雉娘失笑，原來是韓王世子。
祁宏也認出她們，走過來和她們打招呼。不遠處正在觀賞古柏的另一位少年也走過來，普通的常服，料子卻是極華貴的。少年正是二皇子祁舜，她們連忙行禮。
「好巧，在此地遇到老夫人和夫人，還有表姊。」
祁宏也跟在祁舜的後面，喚了一聲表姊。
「確實是巧，沒想到會在這裡碰到殿下和世子。」
祁舜看祁宏一眼。「是他當和尚沒當夠，日夜想念寺中的味道，拉本宮來聞香燭氣的。」
祁宏被二皇子揭了底，不好意思地撓頭。他的頭髮已長得很長，看不出原來光溜的模樣。雉娘聞言，捂嘴輕笑。
胥老夫人邀請他們一起去觀古松，祁舜方才就已看過，應邀和她們一起過去。
古松蒼勁，雖過千年，卻依舊生機盎然。

雉娘仰望著它，心生感慨。「千年之前，那位帝王親自種下它，千年之後，我們後人仰望它。於我們來說，千年太長，對它而言，千年不過是靜立之間的永恆。」

「表姊此話頗有禪意。」祁宏點頭，突然對二皇子道：「前人種樹，後人乘涼。殿下不如也種下一棵樹，千年以後，說不定也會如這般受到後人仰望。」

二皇子被他這麼一說，很是意動。他們讓寺中和尚尋來一棵幼松，就種在古柏不遠處。

雉娘看著親自挖坑的祁舜，再看光拿著幼苗不幫忙的祁宏，若有所思。

皇家之人，果然沒有一個真正單純的。看著隨興灑脫的二皇子，其內心絕對不是如表面這麼簡單。他此舉莫不是昭告自己的野心？千年之前，種樹之人是一位帝王，他是不是也想成為一位千古流傳的君主？

再看他身邊的少年，天真純良如祁宏，就那麼站著，是不是心裡明白祁舜此舉的用意，所以才不上前幫忙？

樹被栽好，祁宏才上前幫祁舜一起用木籬把幼樹護起來，並交代寺中的和尚一定要小心照看。

祁舜拍拍手上的泥，笑得一臉開心。他不好意思地對雉娘她們道別，和祁宏一起去清洗。

胥家婆媳幾人行禮相送。祁舜走了幾步，回頭望雉娘一眼，露出一個燦爛的笑。他的雙眼彎起，水霧散去，清明一片。

胥老夫人喃喃道：「二皇子這雙眼生得可真好，真像雉娘。」

雉娘小聲回道：「我們是表姊弟，皇后和我娘長得極相似，我和二皇子長得像不足為奇。」

「倒也是。」胥老夫人看一眼那棵幼樹，默不作聲。

第一百零六章

申時過後，雉娘和胥老夫人、胥夫人坐在院子裡，賞著花兒，吃著茶點。

院子外面的小路上，高瘦的男子漸漸走近。他一身青衣，寬大的袖襬隨風飄動。清冷的面容如玉般，行走中，如寺中的青松，筆直俊秀。

雉娘的眼睛一直望著他，看著他的面容越來越清晰，修長的手指輕輕地推開院子的木門。

「川哥兒來了！」胥老夫人瞧見大孫子，一臉喜悅。

胥夫人忙招呼兒子，一邊詢問兒子為何此時會來。

「明日休沐，我正好可陪妳們在寺中待一日。」他回答自己的母親，眼神卻是看著妻子。

雉娘心中歡喜，腹中的小人兒踢了一下，似是也很高興。

坐了一會兒，雉娘覺得腿腳有些麻，起身走動。

胥老夫人含笑道：「有身子的女人就是如此，眼下還好，等月分漸大，常會覺得腰痠腿麻。不如讓川哥兒陪妳走走，活動一下筋骨。」

雉娘當然願意，夫妻二人和兩位長輩告辭。青杏打開木門，雉娘讓她留在院子裡，不用跟著。

夫妻二人沒有帶隨從，沿著石子路在寺中慢慢走著。

雉娘說起今日碰到二皇子和韓王世子的事，便引著胥良川去了千年古柏之處。胥良川望著那棵新種的松樹，神色未變。

「依你看，二皇子是無心之舉，還是心存他念？」

胥良川牽著她的手，朝古柏走去。「天家龍子，怎麼可能無心？」

「這倒也是，不過比起太子，我更喜歡二皇子。」

胥良川側目，這不是第一次她明確地表示支持二皇子。

夫妻二人看過古柏，往前走去。約行了一刻鐘，看到一個大院子，那裡也是香客們常住的地方，比起胥家人住的院子，這裡的屋子都是一排排的房舍，要簡陋一些。

胥良川停住腳步。再往前走，怕是會碰到其他香客。他牽著她的手，轉身折回。

猛然間，雉娘似乎看到一個熟悉的身影。她駐足觀看，確定自己沒有看錯，那熟悉的人影就是段鳳娘。

只是段鳳娘怎麼會出現在這裡？

段鳳娘也看到他們，出聲叫住她。「可是雉娘妹妹？」

雉娘無奈地轉身。「原來是段家表姊。這倒是巧，竟在寺中遇到表姊。」

段鳳娘朝胥良川略彎腰行禮，胥良川退後兩步。她一身素服，髻上簪著小白花，臉上未施脂粉，倒顯得柔弱可憐。

「娘去世，我心中悲痛，恨不得隨娘而去。自小娘待如親生女兒，這份恩情，湧泉難報。我思來想去，在府中日夜難安，想著就來寺中靜心抄經，以慰娘在天之靈。」

「表姊純孝，姑姑在天有靈，必會為表姊的孝心感動。不知表姊要在寺中待多久？」

鳳娘的神情哀戚，泫然欲泣。「我恨不得遵循大道，替她守三年孝，無奈嫁為人婦，許多事情不能由己。但娘膝下僅我一女，我想為她盡最後的孝心。三年孝期不行，一年婆家人也嫌多，我只好委曲求全，求來半年的時日，替她盡孝道。」

雉娘心道，在寺中待半年，確實有些久。不知她是如何說服平晁的？

鳳娘自被平晁接回侯府後，平晁一直在養傷，前段時間鳳娘又在段府侍疾，兩人應該是沒有圓房的。莫非鳳娘還想拖著此事，故技重施？

雉娘安慰她幾句，想著也沒有什麼好說的，她們之間的情分本來就很淡薄，加上雉娘總感覺如今的鳳娘流露出若有若無的敵意，能遠著就遠著，哪會主動親近。

鳳娘擦拭眼角，道：「我還要去抄經書，就此別過。」

雉娘告別，和身後不遠處的夫君對視一眼。

走了半里開外，雉娘才道：「段鳳娘以要為亡母超渡為由，要在寺中清修半年。」

胥良川沈默。段鳳娘執著於太子，和前世一模一樣。前世裡，她能為太子自盡，今生自然會為了太子做盡一切，就連嫁人後也一樣。

段鳳娘在胥家人進寺後才來的，要是早知她會來感光寺，胥家人無論如何也會避開。

雉娘現在肚子還不算大，行走也還算自如，等夫妻二人回院子裡，剛好碰到寺中的和尚來告知胥家人，說太子來了。

太子本是悄悄進寺的，怎知碰到二皇子和韓王世子，得知胥家人也在，就派寺中的僧人來知會一聲。

胥良川收到消息，便起身出去。

他離開後，雉娘才提起段鳳娘也在寺中的事。胥老夫人不以為意地道：「這寺廟誰來都可以，我們能來，她也能來。若是碰到，就打個招呼。」

這就是不願意主動親近的意思。雉娘明白她的話中之意，低頭稱是。

胥良川今夜也要宿在寺中，寺中有清規，縱使夫妻，在寺中也得分居而眠。於是雉娘就命青杏把自己的被褥搬到胥夫人的屋子裡。

那邊，二皇子和太子說起種樹之事，太子心不在焉地聽著，沈著的眼神有一絲不耐，猛然想起什麼，問道：「皇弟怎麼會想起種樹？」

「皇兄，我也是看到寺中的千年古柏，一時興起，想看看我種的樹能不能也活上千年？」

「千年古柏？」太子皺眉。「莫不是那株君王柏？」

「正是。」二皇子臉上帶著興奮的笑。

太子抬腳，命僧人引他們去千年古柏處。路上遇到前來的胥良川，胥良川朝他們行禮。

「這可真是巧，孤難得出宮一次，竟能碰到皇弟，還能見到良川。你們好像是約好似的，莫不是瞞著孤在這裡偷閒吧？」

「臣的家眷在寺中小住，臣正好明日休沐，所以前來相陪。此時日快落西，太子殿下怎麼會出現在此地，讓臣好生驚訝。」

太子看他一眼，神色不豫。

「孤是來尋皇弟的。皇弟一出宮就不見人影，孤心中擔憂，聽聞皇弟來了感光寺，便前來尋人。」

二皇子一臉懵然。「皇兄，我出宮時和母后打過招呼，再說還有祁宏陪著，又不是無故而別，哪裡就用得著人來尋？」

他說完，露出不滿懊惱的臉色，似是不滿太子把他當成小孩般對待。

胥良川低下頭，心中了然。太子此行沒有帶平晁，必不是來尋二皇子的，應該是衝著段鳳娘來的。

太子明知段鳳娘是平家婦，如果被別人看到他和段鳳娘牽扯不清，對他沒有半點好處，為什麼還要如此做呢？

對於任何一個男子，知道有段鳳娘這麼一個為自己守身的女子，都會感動或是自得。尤其段鳳娘還是人婦的身分，歷經兩個男人，都時刻為他守身如玉，這份真情足以令人動容。

胥良川前世情緣淺薄，自是參不透其中原由。

太子沒有想到的是，二皇子和胥家人會在感光寺。

幾人走著，很快就來到君王柏前面。太子四顧找尋，看到不遠處的小松苗，眼神動了一下。

二皇子興奮地指著小樹。「皇兄，你看，那就是我種的樹。你說它會不會活上千年？」

「二皇子殿下，這樹能不能活千年，那可說不準。」祁宏小聲地道：「君王柏是因為有帝王的龍氣護著，才能存活至今。」

「那倒也是，不過皇兄是太子，應該也有龍氣吧。不如皇兄也種上一株，看能不能活個千年萬年？」

二皇子說完，不等太子發話，就命跟來的僧人去尋一株樹苗，太子並未阻止。

胥良川立在祁宏的身後，將太子的臉色盡收眼裡。太子的神情中帶著傲然，似乎對二皇子所提的龍氣很滿意。

僧人們的動作很快，小樹苗被呈上來。太子在離君王柏更近的地方挖了一個坑，把樹苗埋進去。

種完樹，二皇子催著太子回宮。太子找的藉口就是來尋二皇子的，二皇子已經尋到，他沒有再留在寺中的理由。

他的眼睛望向遠處，心有不甘。

翌日清晨，寺中開始戒嚴。前寺的大門處守著一行御衛軍，後院的香客們被下令留在自己的屋子裡，不得外出。

雉娘納悶，這到底是發生何事？

胥良川從外面進來，輕聲道：「天子御駕親臨。」

昨日二皇子來過，太子也來過，今日祁帝也來，這感光寺什麼時候如此香火鼎盛，勝過乾門寺？

胥良川凝眉。二皇子和太子昨日都在千年古柏邊上種了一棵松樹，莫非陛下是為此而來？

隨同祁帝前來的，不僅是太子和二皇子，還有皇后。一行人浩浩蕩蕩的，前面擺著天子的儀仗隊，後面是陛下的龍輦。龍輦後面，跟著的是皇后的鳳輦，太子和二皇子緊隨其後。

方丈率眾僧人一齊相迎，祁帝和皇后並肩走在前面，慢慢地沿著臺階而上。僧人們高呼萬歲，聲音震天。

祁帝命方丈帶他們去千年古柏處，他一眼就看到離古柏遠些的小樹。

「舜兒，這棵幼松就是你昨日所栽？」

「回父皇，正是。昨日兒臣栽樹時，胥老夫人、胥夫人和胥少夫人還在一旁觀看。」

「哦？」皇后驚訝。「她們也在寺中？陛下，何不請她們前來。」

祁帝同意，命太監去請胥家人。

胥家人並不意外，胥老夫人帶著媳婦、孫子和孫媳，一家人跟著太監前去。他們站在御衛軍的後面。

行過禮後，皇后笑道：「剛才聽舜兒說，他昨日種樹時，妳們是看著的。」

「正是。」胥老夫人答著。

「母后，兒臣就是一時興起，好玩罷了。怎知皇兄竟也起了興致，你們看，那棵離古柏近些的就是皇兄種的。兒臣想著，既然要種樹，不如請父皇也來種樹吧。父皇是帝王，帝王有龍氣護體，種下的樹定能和君王柏一樣，千年不衰，永世昌盛。」

太子內心鬱卒。昨日一回宮，皇弟就告訴父皇母后種樹一事，還說那君王柏活了千年，是因為帝王龍氣，非要拉上父皇來種樹，所以才有今日之行。

二皇子的一番話，被隨行的方丈聽出弦外之音，趕緊命僧人們去後山挖幾株松柏苗。

祁帝望著君王柏，感嘆道：「果然不凡，千年不死，留傳至今。朕今日就要仿效前人，也在此種下一棵樹，但願千年以後，也如此生生不息。」

「陛下英明神武，您種的樹一定能長存千年，受後人景仰。」皇后上前一步，錯開在他一步之外，也望著君王柏。

太子依舊是一副穩重的樣子，二皇子臉上帶著笑。「皇兄，我們的樹能不能活千年還不知道，但父皇種的樹一定能存世千年。」

祁帝回頭看他們一眼，二皇子似不好意思地低頭。祁帝轉過頭，沒有說什麼。

很快地，坑就挖好。他親自把柏苗放進去，大太監填土再夯實。

方丈和眾僧人又口中高呼萬歲。

眾人下跪時，遠方的樹後面似乎有個人悄悄地探出頭。雉娘從露出的衣裙認出那是段鳳娘。

太子也看到她，兩人雖隔得遠，彼此眼中都流露出情意。

雉娘將他們的眼神交流看在眼裡，心道太子對鳳娘確實不一般。可一閃神的瞬間，那樹後的人影已經不見。

樹已種下，帝后擺駕回宮。

太子和二皇子留下來，為新種的樹苗守護一夜，澆水照看，以示重視。

未時一過，胥良川辭別進城。他明日還要當值。與此同時，平晁來到寺中。

平晁一來，自然伴在太子左右。太子望著君王柏，雙後背在後面，平晁站在身後，看不到太子的表情。

太子的眼神複雜，盯著君王柏的樹冠，想著之前看到的佳人，越發不想看平晁一眼。名義上，鳳娘還是平晁的妻子。曾幾何時，他一直以為鳳娘會是他的太子妃，憑著母后對她的看重，還有她本身的端莊知禮。

可是他最後娶的竟是平湘，他早就應該想到的，平湘是母后的親姪女，母后再疼鳳娘，也抵不過自己的親姪女。

第一百零七章

二皇子打趣道：「晁表哥來得倒是快，本宮可是知道表嫂也在寺中，莫不是婦唱夫隨，晁表哥是來看表嫂的？」

他說得有趣，還朝平晁擠一下眼睛。

平晁臉色尷尬，吶吶道：「不是，我是為太子殿下而來。」

「男兒志在天下，怎麼可能兒女情長。」太子丟下這句話，甩手離開，平晁緊跟上去。

他身上的傷勢剛好，就立刻回東宮當差。昨日太子離宮沒有知會他，他還是聽太監說的，說太子來了感光寺，心裡五味雜陳，不知是酸是苦。

太子鍾情鳳娘，他不是不知道，但鳳娘已被皇后賜婚給他，太子若是明主，就應知臣妻不可覬覦，為何還會如此耿耿於懷？

而且鳳娘……他的心裡生起一股無力感，帶著淡淡惱怒。

翌日一早，太子和二皇子一行便悄悄回宮。

帝后駕臨感光寺的消息傳出，京外四里八鄉的人都趕來燒香，香客們越來越多，胥家人不得不提前下山。

她們一行回到府中，男人們都不在家，府裡的下人們早就準備妥當。雉娘一進屋子，海婆子就迎上來，先是侍候她沐浴更衣。

洗淨後，雉娘身著寬大的襦裙，坐在椅子上，烏朵用大布巾給她絞乾頭髮，海婆子輕聲地說著她們離府幾天發生的事。無非是莊子和鋪子裡的一些鎖事，倒也沒什麼大事。雉娘靜靜地聽著，不時地問上一、兩句。

海婆子兩口子的辦事能力，她還是很放心的。

說完府中的事，其他就是京中的事情。京中最近的大事非永蓮公主要出嫁莫屬。公主府已經修葺完畢，文家人也提前搬進偏院，文沐松新納的那個名叫小玉紅的小妾，也跟著進門。

海婆子說完這些，停頓一會兒又道：「少夫人，奴婢聽說平家的姑奶奶昨日登了公主府的門，說是思念舊居，過去看看。」

公主府原是翟家的，平寶珠之前是翟家媳，她去看看也沒有什麼好大驚小怪。海婆子單提這一點，難道是有其他用意？

雉娘望著海婆子，道：「有什麼事情，妳但說無妨。」

「是。」海婆子半抬著頭，道：「少夫人，奴婢聽說平家的姑奶奶和文家的四爺，似是有什麼牽扯。」

這倒是出人意料，雉娘眼底露出訝然，她還真沒有把他們想到一塊兒去。不過也不是沒有可能，平寶珠出身高，雖是歸家女，但年歲上和文師爺不相上下。文師爺一心想在京中立足，若是能娶個高門女子，正合他的心意。

這兩人應該是已經看對眼，要不然平寶珠不會登門造訪。就不知道永蓮公主答不答應？她的嘴角揚起，帶著戲謔。

海婆子說完事，就退出門。青杏從廚房取來吃食，雉娘扶著烏朵的手，起身走到軟榻前，靠坐著吃起東西來。

胥良川一進屋子，就看到小妻子吃得腮幫子鼓鼓的，煞是可愛。她的烏髮散著，小臉粉嫩，帶著不一樣的風情。

烏朵和青杏悄無聲息地退出去，輕輕地關門，放好門簾。

雉娘起身，要給他除外袍，他按住她的手，自己脫下翰林院的鶴鳥服，換上青色常服。她暗想，他倒是不像一般世家公子，凡事都要別人侍候。許多時候，他自己的事情都是自己做的，不願假手他人。

換好衣服後，胥良川問起她一路上可順利。

「什麼事情也沒有，你派許靂跟著，哪裡會出什麼事？就是去慼光寺的人太多，路上有些堵。」

雉娘隨手倒一杯茶，遞到他手中。「夫君，過兩日永蓮公主就要大婚，不會再出什麼事吧？」永蓮公主會甘心嫁進文家嗎？

「不會，陛下不會讓婚事生變的。」

最近，京中的《一品紅》這齣戲名氣漸大，幾乎可以說家喻戶曉。皇家最重面子，祁帝不會允許永蓮公主如戲中所唱的一般，受天下人唾罵。

雉娘贊同。「我想也是的，永蓮再蠢，也是宮中長大的，不可能這點城府都沒有。」

胥良川垂眸。他不會忘記永蓮想要謀害妻子的事。

他陪雉娘說了會兒話，便起身去書房。

書房裡，許靂、許敢兩兄弟已經候在那裡。

他進去後，許敢連忙把門關上。「大公子，小玉紅送信出來，那文四爺和平家姑奶奶已有苟且，估計沒多久就會結親。」

許靂也跟著道：「大公子，還有另一件事。」

胥良川抬眉，示意他說下去。

許靂道：「平晁之所以會任由段鳳娘在寺中住半年，是因為段鳳娘拿捏到平晁的把柄。屬下無意間在寺中偷聽到平晁和段鳳娘的話。平寶珠死掉的那個丫頭，和平晁脫不了關係。」

「屬下聽段鳳娘的口氣，是平晁買通平寶珠身邊的丫頭，許諾她姨娘之位。所以那丫頭才會把藥粉乘機撒在趙燕娘的飯菜中。最後那丫頭懸梁自盡，還留下血書，也是平晁動的手。」

許靂說完，許敢哼一聲。「段鳳娘心機可真夠深的，這麼隱蔽的事她都能知道，虧我以前還同情平公子，沒想到他和段鳳娘還真是天生一對。」

胥良川冷然。此事定然不是段鳳娘自己查出來，而是有人告訴她的。這個人，應該就是之前留在趙燕娘身邊的劉嬤嬤，劉嬤嬤此舉，必然又是其主子的意思。

皇后娘娘今生怕是另有打算，不會如前世一般，用偷藏龍袍一事來陷害太子。

太子今生和前世不一樣，他應該早有防範。

許霆和許敢出去後，胥良川望著牆上的畫。畫中是閬山的後山，林木盡染，秋意正濃。

雉娘推門進來，手中端著盤子，盤子裡是一盅雞湯。

他看見，幾步上前，伸手接過她手中的盤子。「妳怎麼會來？」

她笑笑，扶著腰。「我怕你覺得冷落，覺得我不夠關心你。」

此話怎講？他從未覺得受冷落，本就是清冷的性子，還怕她不喜歡自己的性子，覺得受到冷落。

他扶她坐在自己剛才的位子上，雉娘想起前世聽來的事情，道：「女人一旦有孩子，往往就會忽略自己的男人，所以男人為了尋求慰藉，才會有小妾通房。」

「哪裡聽來的歪理？」

「事實如此，你看看京中的大戶人家，哪個不是主母有孕，男人就宿在小妾通房處。」

胥良川看著她。「我不會。」

她抿唇笑著，一臉甜蜜。

「就是知道你不會，所以我更要好好關心你，算是對你堅貞不二的獎勵。」

他端起湯盅，一口口喝起來。雉娘失笑，為何自己總有一種老夫老妻的感覺？他從來不說哄人的話，跟著他，確實心裡很安穩。

她沒有看到的是，他的耳根處染上薄紅。他的腦海中浮起一個畫面，紅葉飄落的山林中，她身著綠裙，對他嫣然一笑。

喝完湯後，夫妻二人離開書房，沿著園子慢慢走回院子。

園子的一角有兩個人在拉拉扯扯，似乎還能聽到青杏的聲音。她拉扯的那個男人，看身形很像許敢。

雉娘輕笑。「夫君，依我看，咱們府裡是不是該辦喜事了？」

胥良川默然。前世裡，跟隨他的許靂、許敢兄弟倆也是終身未娶。

雉娘回到院子裡，把烏朵叫來一問，烏朵就全倒出來。青杏和許敢好上，已有段時日。

正說著，青杏進來，聽到雉娘的詢問，眼睛看著烏朵。「好哇，妳還在少夫人面前說我的話！哼，我還沒說妳和木頭的事。」

雉娘一聽，烏朵也有情況，忙問：「她和木頭怎麼了？」

木頭是海婆子的兒子，和海婆子的男人一起幫她管著莊子和鋪子，下人們都叫他小木總管。

青杏像倒豆子一般，快速地道：「少夫人，海嬤嬤一直想讓烏朵當兒媳，您看烏朵頭上的簪子，那可是小木總管送的。」

雉娘望去，果然見烏朵的頭上有一根細細的金簪。烏朵的臉已經通紅。

青杏自己說完，不自在地摸著自己手腕，手腕處有只銀鐲子，就是剛才許敢硬要她戴上的。

憶起拉扯之間，兩人身體不經意地碰觸，她也紅了臉。

雉娘看她們二人的神色，心道看樣子兩人都心有所屬，也是時候送她們出嫁了。

她叫海婆子進來，讓海婆子準備兩副嫁妝，各自緊著五百兩銀子來，聽得青杏和烏朵都心熱不已。

五百兩銀子，比一般富戶之女也不差多少。

海婆子自然會意，高興地退出去。

常遠侯府內，世子夫人氣得病在榻上。她就說不該接那個喪門星進門，這不才進門沒兩天，就回娘家侍疾，她娘一死，她就鬧著守孝，這哪是安心和晁哥兒過日子的？

偏偏就晁哥兒護著她，幫她說話，自己這個親娘到頭來還不如一個外人，怎麼教她不生氣？

更氣的是胡學士一家人，之前想把胡靈月嫁到侯府，對她是百般奉承，現在也是一樣奉承，只不過不再是想把孫女嫁進侯府，而是想送孫女去東宮，幫湘兒固寵。

她的湘兒怎麼那麼命苦？葛氏不由得悲從中來。

她的婆子進來，說姑奶奶今日打扮得花枝招展地出門，她氣得差點翻白眼。

平寶珠最近都春風滿面，那位文家四爺儒雅多才，關鍵是從未娶妻，雖然文家勢微，但她嫁過去正好，她身分高，文家人必定會供著她。就算文家姪子是駙馬，她在永蓮公主面前也不怕什麼，論輩分，永蓮公主還得喚她一聲寶姨。

四爺答應她，等公主大婚後就來侯府提親。她想著，滿心期待。

兩天後，永蓮公主大婚。

祁帝在宮中設宴，胥家的男人和胥老夫人、胥夫人都進宮赴宴，留雉娘一人在府裡。雉娘身懷六甲，喜神和胎神容易沖撞，一般有身孕的女子都不會去別人家裡參加喜宴。

雉娘萬分感激這個習俗，她還真不想去參加永蓮的婚宴。

永蓮公主出嫁，陣仗不會小，嫁妝什麼的早就抬進公主府。帝王嫁女不比民間嫁女，雖名為嫁，其實為娶，公主只需在公主府裡，迎駙馬進門即可。

文齊賢的傷勢已好，已搬進公主府。今日大喜，他被宮人們收拾一番，然後從側門出，騎馬走一圈，再從正門進，禮官唱詞。

他和永蓮公主夫妻交拜，禮成。

禮成後，公主自己回房間，文齊賢則被送到府中另一間院子。駙馬是臣，公主是君，沒有公主的召寢，駙馬不能擅自闖入公主的屋子。

永蓮公主嚴格地按宮規辦事，不比永安公主出嫁時，那時候永安和梁駙馬彼此有情，自然處處給梁家人體面。

果然，新婚之夜永蓮公主沒有召文齊賢。她的理由很充分，文齊賢傷勢還未大好，正是要調養身體的時候，切莫傷了元氣。

外人聽到，還誇公主大氣有度，不愧是天家公主。

永蓮婚後第二天進宮，帶著文齊賢去拜見帝后。皇后很親切，不停誇讚文齊賢。文齊賢很緊張，他是頭一次進宮，也是頭一回得見天顏。

他說話的聲音帶著顫意，雙手垂在身側，手指發抖。永蓮公主越發看不上他，想起那個永遠都淡定從容的男子，心裡更加鄙夷。

祁帝讓他們去見賢妃，永蓮公主恭敬地退下，一出殿外，就冷下臉，命令太監送文齊賢出宮，她獨自去見母妃。

文齊賢不敢違命，跟在太監身後，想著自己那刀怕是白挨，這夫綱依舊難振。

殿內，祁帝臉色不好。昨夜裡，永蓮沒有和文駙馬同房，雖然理由很好，卻難唬住聰明人。

「陛下，您莫要擔心，永蓮知道分寸。方才妾身瞧著文駙馬面色還有些白，想來確實還沒有大好，永蓮體恤他的身體，也無可厚非。」

祁帝哼了一聲。

皇后適時地說起永安公主的兒子，誇那胖小子長得如何精神，還說等永安公主出月子，要接她們母子進宮住一段時日。

永安公主是帝后的第一個孩子，在祁帝的心中，地位自然不一樣。

他神色漸漸緩和，起身出殿，皇后緊隨其後。

兩人在御花園裡走著，感光寺的方丈派人來報，說太子種的那棵樹已死。

祁帝一聽，瞬間沈下臉。

第一百零八章

皇后一愣，似乎沒有反應過來。

她疑惑地問道：「好好的一棵樹，怎麼不到三天就死？莫不是沒有精心照料？」

祁帝看了她一眼，拂袖大步往前殿走去。

感光寺的僧人不可能會犯這樣的錯誤，那三棵樹，無論種在哪裡，都會生機盎然地活著。

他靜靜地坐在龍椅上，手托著頭，額邊兩穴隱隱作痛。

外面傳來太子的聲音，太監高喊太子求見。

太子進來後，便跪在地上。「父皇，兒臣懇請父皇處置感光寺的僧人，那僧人著實可惡，竟然能讓兒臣種的樹死掉，分明是蔑視皇家！」

皇后跟著進來，不贊同地道：「陛下，妾身以為，感光寺的僧人不可能會放任樹木死掉，定然有其他原因。」

太子垂著頭，祁帝沈思一會兒，派人去感光寺查清楚。

祁帝派的人到寺中後，方丈說出樹苗死掉的原由。這個原由十分讓人不解，卻是他和幾位得道高僧一致認定的結果。

太子所種的這棵樹，是被滾水澆死的。究竟是何人澆的滾水，還有待審問，方丈把照料樹苗的寺中僧人都嚴加看管起來，準備一一審問。
太監回宮覆命，祁帝震怒。一株樹苗而已，都能惹來殺禍，何況人乎？
他命人把二皇子也召來，二皇子一臉震驚。「皇兄種的樹竟被人用沸水澆死，這怎麼可能？到底是什麼人如此用心險惡？」
「用心確實惡毒。」皇后的臉色很凝重。「陛下，您和堯兒、舜兒一起種的樹，單單就澆死堯兒種的，此人必定包藏禍心，意圖挑撥他們兄弟感情。」
祁帝望著皇后，接著看一眼垂首的太子和義憤填膺的二皇子。他的眼神帶著探究，右手習慣地轉動著左手大拇指上的玉扳指。
太子跪下來。「父皇，兒臣派的人一直看守著，不知是誰居心叵測，竟用沸水把樹澆死。」
太子的人只是守著樹，並不管澆水等事，澆水照料的事情都是由寺中僧人做的。最近感光寺中香客眾多，前來瞻仰君王柏和當今天子所種之樹的人也很多。
二皇子眉頭皺得緊緊的。「父皇，此事肯定和皇兄無關。兒臣覺得除了負責照料的僧人能弄到沸水外，還有一些人也是能弄到沸水的。」
「你是說寺中住著的香客？」皇后問出聲。
「沒錯。」
太子跪著的身子一僵，隱約覺得事情有些不對勁。
「父皇，兒臣以為，不會是香客做的。香客們進寺中無非是祈福還願，誰會澆死寺中的樹木，徒增罪孽。」

皇后反問：「那依皇兒之見，是寺中的僧人所為？僧人們都是修行之人，超脫世俗，如何會活生生地澆死樹木？樹木雖不是生靈，出家之人也不可能會無緣無故地弄死它。」

「這……」太子語塞。

祁帝沈聲道：「不過是一株樹而已，誰也不能保證種下的樹木都能存活，何必如此大驚小怪，值得你們爭來議去。」

皇后輕輕一笑，緊繃的臉慢慢舒緩。「陛下說得沒錯，是妾身太過小題大做。」

二皇子也跟著道：「依兒臣看，說不定是水澆得多，泡脹死的。僧人們許是看根部脹爛，以為是沸水澆死的。」

祁帝命跪著的太子起身。「一棵樹而已，不值得如此費周章，你快起來。」

太子起身，和二皇子站在一塊兒，二皇子朝他一笑。

太子心中微冷，父皇明顯是袒護皇弟的。自己原本以為，藉由此事，但凡有些疑心的帝王都會懷疑事情是皇弟做的，沒想到父皇如此輕易地將此事揭過，半點不想追究的樣子。

難道父皇心裡動搖了嗎？

祁帝派人去慼光寺宣旨，樹苗是水澆多而死。那照料的僧人雖是無心之失，卻也是粗心所致。他們是出家人，四大皆空，一切都按慼光寺的寺規來處理。

方丈接到聖旨，唸了幾聲阿彌陀佛，罰幾位照料的僧人挑一個月的寺中用水，以示懲戒。

至於那沸水澆樹之事，純屬誤傳。

但太子種的樹死掉的消息不知被誰散布出去，初時還沒人說什麼，漸漸地，京中掀起一股流言，流言中說太子把樹種在君王柏附近，沒有龍氣壓著，所以樹才死掉的。言之下意是太子沒有龍氣護身，不是真命天子。

祁帝聽到傳言，動了雷霆之怒，皇后求見幾次，他都避而不見。

無奈，皇后跪在殿外，聲淚俱下。「陛下，堯兒是嫡皇長子，怎麼會沒有龍氣？不知是哪起子居心不良的小人，在背後惡意中傷，陛下……您一定要為堯兒作主啊！」

太子聞訊前來，扶起皇后。「母后，小人惡意中傷兒臣，母后切莫因為此事傷了身子。兒臣不孝，讓母后擔心。」

「堯兒……母后聽到謠言，真是心如刀割。一想到皇兒會因此受委屈，恨不得將造謠生事之人抓起來千刀萬剮。」

「母后……」太子動容，也跟著跪下來。

不一會兒，二皇子也跑來跪下。

母子仨跪在殿外，祁帝坐在殿內的龍椅上，目光沈寒。

很快地，祁帝派出的御衛軍連同京兆府一起出動，京中流言被鎮壓下去，無人敢私議太子的龍氣。一旦有任何隻言片語，說話之人就要面臨牢獄之災。

無論宮裡還是宮外，人人自危，謹言慎行，生怕惹來禍事。

胥府內，胥閣老和胥良川父子倆關在書房中議事。胥閣老有些憂心，儲君之爭，向來都是陰招暗箭，你死我活。本以為當今陛下二子皆是由皇后所出，應該不會出現陛下在潛邸時的情景。

他以為事情許是二皇子弄出來的，沒想到兒子卻認定感光寺中死樹一事是太子所為。

「川哥兒，你為何會覺得是太子做的？太子無故弄死自己種的樹，意欲何為？」

胥良川神色平靜，立在父親面前。「父親，雉娘有一句話說得沒錯，受益之人往往就是幕後主使。此事乍看之下，是太子派的人沒有精心守護，往深一想，旁人都會覺得太子不可能自毀名聲，他派的人肯定會日夜守護樹苗，不可能會讓樹苗突然死掉。」

胥閣老撫著短鬚，思量半晌，點頭。「你媳婦這話雖然說得無憑無據，聽起來有些胡攪蠻纏，卻有一定的道理。那依你之見，樹是太子弄死的，但京中謠言總不會是太子自己散播出來的吧？」

「京中的流言，不過是有人將計就計，順勢而為。至於是誰，想必父親心中已有推斷。天家無父子，又怎麼會有兄弟？」

「你說得沒錯，川哥兒，我們胥家歷來只認正統。無論將來是哪位皇子登基，切記我們的忠心都是給天子的。」

「父親教誨，兒子銘記在心。」胥良川應下。

胥閣老臉上的擔憂之色並未褪去，反而更重。陛下還是祁王時，就是因為眾皇子儲君之爭，弄得朝中人心惶惶，大臣們各自為主，爭鬥不休。陛下登基後，許是不想再發生兄弟鬩牆之事，宮中除了皇后育有兩位嫡皇子，其餘妃嬪一無所出。

二皇子之前一直不顯山不露水，原來也不是真的無心之人。

胥閣老望著眼前的兒子。兒子自從去年開始，變得更加沈默，常讓他生出看不透的感覺，好比現在，雖然川哥兒沒說什麼，他就覺得川哥兒什麼都知道。

胥良川知道父親在打量自己，站得筆直。胥家永遠不參與儲君之爭，但他不得不捲入其中，他不願意胥家再和前世一樣，落到退隱的下場。

離開書房後，他先是回自己院子裡看過雉娘，再和許敢一起出門。

他們去的是一間茶樓，茶樓在街角處，是胥家的產業。二樓的房間裡已有人在等候。他推門進去，許敢守在門外。裡面等候之人，居然是平晁。

「不知平公子找我何事？」

平晁神色憔悴。「冒昧相邀，還望胥大人不要見怪。」

「你我都是太子的伴讀，何須如此客套？平公子有話直說，胥某洗耳恭聽。」

平晁手中的拳頭握緊又鬆開，如此反覆幾次，道：「我此次請胥大人來，是有事相求的。我也不怕說出來讓你笑話，實在是男人之恥，不報不快。」

胥良川臉色如常，眼睛直視著他，示意他說下去。

平晁灌了一大口涼茶水，苦笑道：「家門不幸，都是醜事，本來遮掩都來不及，但我心中有恨，思來想去，能一訴苦衷的只有你。」

胥良川默不作聲，看著他。

他嘆口氣。「胥大人，平某心裡苦。娶妻娶賢，古人誠不欺我。妻不賢不貞，我卻不能將她休棄，還得嚥下苦水，實在是愧為男人。胥大人看過《一品紅》嗎？這戲文裡唱的就和真的一樣。我的妻子段氏鳳娘，原以為她在段家守身是為了我平晁，卻不想她心中另有他人，把我當成傻子。那人身分尊貴，我無可奈何，妻不能休，苦不能說，我活得著實窩囊。」

平晁說完，又灌了一大口涼茶。他是喜歡鳳娘的，但鳳娘卻視他如敝屣，為了能為太子守身，竟用把柄威脅他。

太子自從皇后給他指婚後，就一直疏遠他，明明知道鳳娘是他的妻子，還起雜念，這樣的主子，他跟隨還有什麼意思？

他不能眼睜睜地看著事情發生。姑母說得對，天下女子何其多，不該為了一個心有所屬的女子耗費心血。鳳娘負他在先，他不過是為求自保，反擊而已。

胥良川眼眸微垂。平晁這是向他投誠，只是平晁如何確定自己會幫他？他們胥家從不參與諸皇子之爭，歷來如此。

「京中的傳言，想必胥大人已經聽說過，胥大人如何看？」

「胥某沒有什麼看法，謠言而已，不攻自破。」

「哈哈……胥大人要是知道那人曾經說過什麼，恐怕就不會如此雲淡風輕。胥大人可知文四爺？就是那位曾在你岳父手下做過師爺的文四爺，你可知那人曾許諾過文四爺什麼？你肯定猜不到，家中的嬌妻被別人覬覦。那人答應文四爺，若是助他成事，將來你妻子就是他人的禁臠。那樣一個無德的人，你們胥家還要輔佐嗎？」

胥良川站起來，目光冰冷如刀。「平公子，我不管你說的是真是假，若你和那人還是一派的，就請告訴他，他絕不會如願的。」

「好。」平晁也站起來。「我一直佩服胥大人，我是誠心和胥大人相交的。實不相瞞，京中流言是我放出去的，我這樣做就是要和那人勢不兩立。我如此坦誠，胥大人總該相信我的決心吧。」

胥良川看著他的眼，半晌道：「胥家只擁護正統，至於陛下屬意誰，我們不敢妄自揣測。」

「有胥大人這句話，平某心中就有底，告辭。」

平晁拱手離開，胥良川在房間靜默良久。平晁此舉，來得突然，難道是受高人指點？他的腦海裡反覆響起平晁說過的話，垂下眼眸，看到桌上的茶杯，伸手捏住一只，用力一握，杯子破碎，他的手心也滲出鮮血。

許敢敲門進來，看到他手中的碎片和血跡，連忙擦拭上藥，然後包紮。

他似半點也沒有感覺到痛，慢慢地走出茶樓，許敢緊步隨行。

一回到府中，他立即叫來許靂，如此吩咐幾句，許靂領命而去。

第一百零九章

平晁離開茶樓後，策馬直奔感光寺。

段鳳娘還在寺中，日夜抄寫經書。她心裡惱恨，明明是一招禍水東引，怎麼變成這樣？不就是死了一棵樹，怎麼就能扯上太子的龍氣？

太子若無龍氣，此生也僅能是太子而已。

她握著筆，狠狠地甩出去，墨汁濺在地上。她深吸幾口氣，命丫頭進來打掃屋子。

平晁到達後，並未進屋，而是命隨從去通傳。

段鳳娘臉色不耐。平晁此時來見她，不會又是要她回府吧？他難道還不明白，自己既然能用平寶珠丫頭的死來威脅他，就是對他沒有半點情義。

兩人約在寺中的後山相談，平晁滿臉痛苦，看著素衣的鳳娘。「鳳娘，我知妳心中無我，我也不強求。最近幾日，我想來想去，天下似妳這般癡心的女子不多。我覺得無論如何，都要成全妳的癡心。妳放心，以後妳想做什麼，我會幫妳遮掩，真到那一天，我會和段府公子一般，認妳為妹。」

段鳳娘一聽，先是驚訝，然後是感動。「鳳娘有愧，真有那一天，我必厚報。」

「我不求回報，就算是全了我們的緣分。」

平晁眼中有淚，低著頭，不敢再看她一眼，轉身離開。

段鳳娘站在原處，臉上悲喜難辨。

雉娘小睡後醒來，長長的睫毛抖幾下，慢慢地掀眼，就看到側坐在榻邊的男子。他幽暗深邃的眼看著她，目不轉睛。

她疑惑地眨了下眼。方才似乎看到他眼裡有種複雜難懂的情緒，只是轉瞬即逝，再看時，他神色已經如常，伸出長臂將她扶起靠坐。

她捂著嘴，秀氣地打了一個呵欠。

「還沒睡好嗎？」他關切地問道。

「老覺得睡不夠似的。」隨著肚子變大，她變得嗜睡，不光是行動覺得不便，渾身骨架也開始隱隱作痛，尤其是腰胯處，多走些路就痠軟不已。

她本就是纖瘦的女子，身嬌體軟，從身後看，倒還看不出什麼，站在面前瞧著，才能看到隆起的肚子。

肚子處動了幾下，隔著寢衣都能看到哪處凸起。他的手覆上去，感受著小人兒有力的腿腳伸展。

她的眼中水氣氤氳，朦朧中帶著暖色。絕美的小臉因為有孕，散發出不一樣的光彩。

他看著，想起平晁說過的話，眸底深處閃現殺意。

「夫君，過兩日公主府的小公子滿月，看這情形，應該不會大辦。」

太子沒有龍氣的傳言雖然壓下去，但大臣們都在心中猜測，莫非太子真的沒有龍氣護體？若真是如此，將來坐上龍椅的就不一定是太子。京中人心浮動，就連胡大學士都開始觀望，不急著送女進東宮，怕是都在心裡揣測陛下的想法。

「許是不會大辦。」他淡淡地道。

今日他已從修撰升為正六品的侍講，升遷之快，是同僚們所不能比的。大家心知肚明，若無意外，他將來會位至閣老。

雉娘根據他的表情就猜出，太子樹死之事影響很大。她輕聲問道：「陛下是不是有所懷疑？」

「帝王生性多疑，此事做得太過明目張膽，他難免會動怒。」

「也是，弄死太子的樹，又說他沒有龍氣，做得太明顯。陛下肯定會怪罪姨母，以為是她在背後指使人做的。」

「事實上，此事皇后並沒有動手。樹是段鳳娘弄死的，謠言是平晁派人傳的。」

雉娘詫異，這夫妻二人，什麼時候這般有默契，配合得如此好，正中皇后的下懷。

「他們倆不會是商量好的吧？看起來也不像，鳳娘不會害太子，難道是平晁看出什麼，開始報復？」

胥良川伸手揉她的眉心。他不想她操心其他事情，卻又覺得什麼事都不能對她隱瞞，以她的心智，也不可能會為這些事情傷到自己的心神。

「平晁今日約我出去，說他要報復太子和段鳳娘。」

竟真有此事？雉娘心道，這便是由愛生恨吧！

鳳娘真是生了魔障，怎麼就如此一意孤行？她難道不知道，就憑她嫁過兩次，也不可能光明正大地站在太子身邊，就算她身心清白，太子力排眾議，把她納在身邊，但歲月漫長，誰知道男人的心意什麼時候會變？等她年老，宮中美人一個接一個冒出來，身處高位的男人是否還會寵愛她？要是沒有帝王的寵愛，她身分的污點就會被別人翻出來，帝王顏面何存？

「鳳娘心魔已生，她現在只想和太子在一起，其他人在她的心裡，怕是如螻蟻草芥。」

胥良川不語。前世，段鳳娘聽聞太子身亡，就自盡追隨，可能在她的一生中，所求的就是和太子在一起。前世如此，今生亦然。

宮中的氣氛不好，皇后求見陛下無果，痛哭暈倒。待醒來之時，看著守在榻前的太子和二皇子，淚流滿面。

隔日，為了安撫太子，她把二皇子送到乾門寺清修。太子感念皇后的愛護之心，在皇后的榻前立誓以後要好好孝順她。

皇后欣慰不已，笑中有淚，直誇太子是孝順的孩子。

二皇子避在乾門寺，跟隨寺中僧人吃齋唸佛，與他同行的還有韓王世子祁宏。兩人半點怨言都沒有，連個太監都沒有帶，就住在寺中。同寺中僧人一起晨起誦經，白日挑水劈柴，晚上誦經。

過了半個月，皇后已能起身，祁帝先是去看她，然後召見乾門寺的覺悟大師。覺悟大師是得道高僧，祁帝猶豫再三，問是否真能看出皇子們有龍氣護體。

覺悟大師閉目，口中唸著阿彌陀佛，道天機不可洩漏，然天機已現，他不敢多言。

「天機已現？」祁帝低唸著這幾個字，默然不語。

覺悟大師乃方外之人，無論祁帝如何追問，不肯再吐一字。

常遠侯府內，侯爺面對上門求娶的文沐松，冷著臉。

平寶珠闖進來，說自己非文沐松不嫁，侯爺的臉色更黑。初嫁從父，再嫁從己，寶珠自己願意，他當父親的也不好再阻攔，何況文沐松話說得漂亮，就算寶珠不能生養，以後妾室生的子女都記在寶珠名下。

常遠侯思量再三，同意親事。

但出乎意料的是，平晁堅決反對。平寶珠動了氣，氣呼呼地衝葛氏嚷嚷，葛氏被她一氣，又病倒了。最後，常遠侯發話，寶珠二嫁，她屬意文家四爺，誰也不能阻攔。

正逢京中多事之秋，平寶珠再嫁之身，不宜大肆操辦，一切從簡。

平寶珠得償所願，嫁進文家。新婚之夜，文沐松紅光滿面，想著如今他也娶了京中貴女，姪子就算尚主，他們文家東山再起指日可待。

方才他碰到孫氏，孫氏如以往一般體恤他，送了一碗醒酒湯給他。他喝下湯，覺得腹中有熱氣，酒醒不少。

孫氏低眉順目，催他趕緊去新房，他想著貴妻賢妾，渾身燥熱，急不可耐地走進新房，屏退下人，擁著平寶珠一起顛鸞倒鳳，好不快活。

翌日，平寶珠摸著身邊男人，被冰涼的觸感驚醒。她慌忙地起身，看到文沐松仰面朝天，臉色鐵青，一片灰敗。

她尖叫出聲，外面的丫頭婆子湧進來，她連滾帶爬地從榻上下來。大膽的婆子上前一探鼻息，新姑爺已死去多時。

永蓮公主和文齊賢聞訊趕來，平寶珠一直叫著不關自己的事。文齊賢怎麼也不能相信，昨夜入洞房時還好好的，新房裡就夫妻二人，平寶珠不知情，那還有誰知道他四叔是怎麼死的？

文沐松可是在戶部領著差事，他的死亡瞞也瞞不住，文齊賢心有疑惑，自然要找人驗清楚。

永蓮公主請來御醫，御醫一看面色就斷定是馬下風。

馬下風是房事過後，男人猝死，猝死時辰往往發生在半夜；而馬上風則是行房之時，男人突然暴斃，兩者原由相同，僅死亡時辰不一樣。

馬上風和馬下風都是極不光彩的死法，永蓮公主面露鄙夷，斜一眼平寶珠。平寶珠臊得滿臉通紅，恨不得找個地縫鑽進去。她心裡一面恨永蓮公主目無尊長，一面又恨文沐松身子太差，什麼時候死不好，偏挑那種死法。

屋子外，跪著文沐松的兩個妾室。孫氏雙眼腫如核桃，傷心欲絕，不敢大聲痛哭，只敢隱忍壓抑地哭著。

她身邊的丫頭小聲道：「姨娘，奴婢曾聽人說過，說常遠侯府的世子夫人曾罵夫人是掃帚星，她在哪裡，哪裡就不得安生。聽說她之前的夫家，就是被她剋的。」

丫頭的聲音很小，跪在孫氏身邊的小玉紅一聽，立即大聲問道：「妳說的話可是真的，老爺真是被夫人剋死的？」

小玉紅的聲音極大，屋內的人都聽得一清二楚，文思晴一聽，立刻出來追問。孫氏的丫頭又把方才的話說了一遍。

「好哇，我就說一個侯府貴女，怎麼會死皮賴臉地巴著我四叔不放，原來如此！」文思晴咬牙切齒地望著平寶珠。

平寶珠用吃人的眼神狠狠地剮一眼說話的丫頭和孫氏，恨恨地道：「他天生短命，怎能怪我剋他？還有妳，一個未出閣的姑娘，書香世家出來的小姐，出言怎麼會如此粗鄙不堪，傳揚出去，京中的大戶人家哪個敢聘妳為媳？」

文思晴啞了火。她最在意的就是在京中謀個好親事，事關她的親事，她不忍也要忍，只能對平寶珠怒目相向。

平寶珠才不看她的臉色。自己可是出身侯府，文沐松是死得不光彩，可又不是她殺的，她何罪之有？

永蓮公主吩咐人準備後事，不管她們吵翻天。好好的喜事變喪事，下人們把院子裡的紅聯和燈籠卸下來，換上白綢和喪聯。

文思晴用一種極為不屑的眼神斜著平寶珠，看得平寶珠一肚子的火沒處撒。聽到兩個妾室哭哭啼啼的聲音，火上心頭，當下就讓自己身邊的婆子去找人牙子。

孫氏聽到自己要被發賣，臉色慘白，連哭都忘了，小玉紅掩著面，小聲啜泣著。

很快地，人牙子進府，小玉紅哭得傷心，可憐地任由平寶珠把她賣掉。孫氏則不肯，死活不願離開。

小玉紅剛進文家時，說自己並無和她爭寵之心，實在是賣藝生活艱難，想求個容身之所。果然，小玉紅從不主動往老爺跟前湊，老爺也不喜小玉紅，她這才把小玉紅當成姊妹，兩人無事時還可以說話作伴。

老爺昨日新婚，她痛苦傷心，是小玉紅勸她此時更要表現出賢慧的一面。小玉紅熬好醒酒湯，讓她送給老爺，老爺當真感動，再三誇她。

要不是夫人，老爺哪裡會死！孫氏心裡湧起恨意。老爺死得冤，都是夫人害的。她不能死，她要為老爺報仇！

「夫人……奴婢自十七歲起跟著老爺……若是夫人發賣奴婢，奴婢只能一死……夫人您心善……求您讓奴婢留下來侍候您吧。」

永蓮嫌棄地瞥平寶珠一眼，輕蔑地道：「我公主府還養得起一個奴才，她在文家十幾年，侍候四叔，沒有功勞也有苦勞。四叔才剛死，妳就把侍候他多年的老人發賣，傳揚出去也不怕人戳脊梁骨。依本宮看，孫氏就留下吧。」

她話一出，孫氏緊繃的心一鬆，暈死過去。

第一百一十章

最後，孫氏留下來，小玉紅發賣出去。

京中流言傳得快，文沐松死亡的消息迅速傳揚出去，平寶珠新婚第二天就成了寡婦，著實讓京中夫人們談論許多天。

文家遠在滄北，文沐松的靈柩要運回滄北，平寶珠是遺孀，按禮要扶棺回去。但她哪裡肯依，鬧著要和離。

文家人當然不同意。文齊賢認為平寶珠是害死他四叔的元凶，無論如何都不能放她和離歸家。文思晴逢人便說平寶珠剋死她四叔，就得為她四叔守節一輩子，想和離再嫁，門兒都沒有。

平寶珠大鬧，拿孫氏撒氣。孫氏不敢反抗平寶珠，偷偷找文思晴哭訴，說老爺死得冤，夫人若是再嫁，老爺必然死不瞑目。文思晴被她哭得火大，越想越氣，去找永蓮公主哭訴，永蓮公主命人把平寶珠請來。

「按禮本宮要喚妳一聲四嬸，四叔是怎麼死的，四嬸心知肚明。本宮別的不想說，只想問四嬸，就算妳想和離再嫁，試問天下男子，還有誰敢娶妳？哪個人會嫌自己命長，上趕著找死。」

平寶珠臉色一黑。「什麼命長命短的，命數那都是天注定，哪裡能怨旁人？」

永蓮公主嗤笑一聲。一個巴掌拍不響，她最看不上靠女人上位的男人，文沐松以為娶個世家貴女就能平步青雲，沒料到自己因此丟了性命，實在是可笑至極。

永蓮公主嘲諷地望著平寶珠。「好了，四嬸休要再鬧，給自己留點體面。妳想和離再嫁，莫說他們不同意，本宮也不同意。妳不要臉，本宮還要臉，文家還要臉！四叔靈柩要送到滄北，妳扶靈回去吧。」

平寶珠不願意，但她這事不占理。她去侯府求救，葛氏閉門不見，常遠侯嫌她丟臉，只能勸她好好替文沐松守孝，萬事等孝期後再說。

最後，文沐松的靈柩啟程，她只能扶靈去滄北。

孫氏是文沐松的通房，自然要跟去滄北。文沐松的靈柩還未到滄北，平寶珠就因水土不服染了痢疾，拖了一路，好不容易回到滄北，整個人瘦成皮包骨。

文家人覺得她的婆子丫頭侍候不經心，換成文家的僕人侍候。孫氏自薦照顧她，不到一個月，終是沒能好起來，撒手人寰。

文家人把她和文沐松合葬在一起，派人到京中報喪。

她的死訊傳到京中，常遠侯府半點動靜也沒有，除了常遠侯閉門關了兩天，府中的其他人該幹什麼幹什麼。

要不是怕別人說閒話，葛氏真想痛快地大笑幾聲。事實上，她也如此做了，不過是背著人在自己的房間裡。

猛然想起感光寺中清修的鳳娘，收起笑聲。

人？

兒子認死理，段鳳娘擺明是不想過日子的，莫非真是和戲文中唱的一樣，段鳳娘心有他

從前，她也聽過閒話，很多夫人都私下傳皇后看重段鳳娘，是想留給太子。難道段鳳娘和太子有私情？

葛氏越想越覺得沒錯。太子就是因為段鳳娘才對湘兒冷淡，兒子也因為段鳳娘，日漸消沈。真是冤孽！她的一對兒女，都栽在段鳳娘手中。

她打定主意，等段鳳娘回來，無論如何都要押著和晁哥兒圓房，斷了他們的念想。但太子那邊也要敲打，最好能和湘兒和好。

葛氏想著，遞了帖子進宮。

皇宮之中，皇后自從上次太子流言一事，就一直待在德昌宮。太子三天兩頭來探望，二皇子在乾門寺清修，祁帝忙於朝事。

收到葛氏的帖子，琴嬤嬤報給皇后。皇后平靜地道：「她要見本宮，就讓她來吧。總歸是本宮的娘家，哪能放著不管。」

隔天接見葛氏，葛氏眼眶紅紅的，想來是哭了一路。

「皇后娘娘，臣婦心裡難受，若不是真沒有法子，也不會來打攪娘娘。」

「有什麼話就說吧，本宮會為妳作主的。」皇后看起來病病殃殃的，臉色也不太好。

葛氏用帕子按眼角，收起帕子。「娘娘，實在家中事情太多。寶珠病死，臣婦心中悲痛，夜裡哭醒幾回。臣婦聽來人說，寶珠死時，身上只剩一層皮。滄北路遠，侯爺只派了管

事前去弔唁，想想都傷心。」

皇后輕嘆一聲，紅了眼眶。「誰說不是？寶珠自幼養得嬌貴，死前還不知遭了多大的罪。本宮也替她難過，但天災病禍，哪是人能料到的，妳也節哀吧。」

「娘娘說得對，寶珠生前最疼晁哥兒和湘姊兒。這兩個孩子如今過得……臣婦看著都難過。湘兒貴為太子妃，還有娘娘您在宮中照應，臣婦是放心的。但晁哥兒不一樣，他有妻子等於沒有妻子，成天還是一個人，連個噓寒問暖的貼心人都沒有。臣婦有心想讓鳳娘回來，可人倫孝道，鳳娘這孩子一片孝心，為母清修，臣婦於心不忍。」

葛氏說完，眼淚重新蓄滿眼眶。

「晁哥兒姻緣不順，本宮這個姑母也有錯，若不是本宮看他對鳳娘一片癡心，把鳳娘賜婚給他，就不會有如此多的波折。」

「娘娘，您千萬不能這麼說，哪裡能怪娘娘，都是他們有此一磨。等鳳娘守孝歸府，她和晁兒做了真正的夫妻，就好了。」

「也只好如此。」

皇后命人去東宮請平湘。平湘很快趕來，先是給皇后請安，然後便抱著葛氏，大哭起來。

「湘兒，妳怎麼哭成這樣？」葛氏心疼，連連追問。

平湘抹淚不答，皇后臉色沈下來，問：「湘兒，妳告訴姑母，可是太子還不去妳的屋子？」

「太子學業繁重，還要參議朝中大事，許是沒空……湘兒不怪他，是見到母親太高興，一時難以自禁。」

「妳莫要替太子遮掩，本宮心裡清楚。妳是正妃，他再如何忙也不能冷落妳。姑母在這裡應承妳，除非妳先誕下嫡子，否則本宮絕不允許東宮有其他孩子先出生。」

平湘心裡大喜，跪下謝恩。葛氏也放下心來，有皇后這句話，無論太子有什麼想法，誰都不能越過湘兒。

湘兒有嫡皇子在手，誰都不怕。

葛氏滿意地離宮，平湘也底氣十足地回到東宮。

皇后扶著琴嬤嬤的手，要她陪著去御花園走走。

賢妃的宮中傳出琴聲，悠揚悅耳。

「最近陛下常宿在賢妃處嗎？」

琴嬤嬤小聲回道：「賢妃娘娘自永蓮公主出嫁後，常夜裡哭醒，陛下得知後，多宿了幾日。」

「夜裡哭醒？」皇后冷然道：「她現在哭早了，以後有的是時日哭。」

御花園中奼紫嫣紅，所見之處，繁花綠葉，花香陣陣。

皇后扶著琴嬤嬤的手，遠遠地看著高高的宮牆，抬頭望了望高牆內的天空。碧藍的天，潔白的雲，表面上看起來風平浪靜，暗底則是漩渦急流。

萬樹俱寂百獸絕，烏雲壓城風不動。

盛夏來臨，京中酷熱難當。孕婦體溫本就偏高，更覺難熬。幸好胥府不差銀子，雉娘的屋子四角都擺放著冰盆，冰塊冒著冷氣，房間裡舒適宜人。

趙守和與蔡家大小姐已成親。成親時趙書才不得空，鞏氏要照顧丈夫，夫妻二人都不能離京。百城縣離渡古很近，山長夫人自請幫趙守和操持婚事，趙書才感激不盡，去信感謝。

梁纓也寫過信給雉娘，言談之間對閬山很滿意。渡古偏遠，沒有京中那麼多規矩，閬山清靜無是非，她正好可以隨興而為，三不五時去山中打獵，過得快意，胥家二房人少，一家人其樂融融。

雉娘替她高興，回信說了自己的近況，除了養胎，別無他事。

為了修身養性做胎教，她開始練字，有胥良川從旁指導，進步很快。至少他再誇她時，帶著幾分真心。

胥家人本就不愛湊熱鬧，最近更是哪裡的宴會也不參加，誰下帖子都被胥老夫人推掉。胥老夫人給雉娘吃定心丸，除了皇家，她可以推掉任何人的帖子。

永蓮公主下了兩次帖子，一個是賞荷，另一個是品蓮子，她指名道姓請雉娘，胥老夫人壓下帖子，讓胥夫人代媳赴約，以示賠罪。

鞏氏其間來胥府兩次，送一些小人兒的衣裳鞋帽。

隨著月分增大，雉娘的肚子也跟著長大。因為身子瘦弱，顯得肚子碩大，她自知此時中醫限制多，要想順利生下孩子，必須得靠自己。

她嚴格地控制自己的飲食，初時胥良川還不解，在她的解釋下，也跟著緊張起來，天天盯著她吃飯，觀察她的肚子，生怕腹中孩子長得太壯。

每天吃完飯後，她都得在園子裡走上半個時辰，只要他在家，雷打不動地跟著。夫妻二人閒慢地散步，看著晚霞流雲，看著胥家園子裡的花開了一叢又一叢，葉子綠了又黃。

秋風吹過，雉娘在半夜裡發動，痛了一天一夜，產下一子。

胥良川抱著初生的嬰兒，手都在抖。

他有兒子了！

小人兒的眼睛睜開一條縫，看得他眼睛酸澀，直想流淚。接生的婆子連連誇孩子長得好，一般人家的孩子出世幾天後才能睜眼。

胥閣老給孫子取名胥景儒，從景字輩，府中人喚大哥兒。

大哥兒洗三，胥府不想大辦，只請幾位親朋好友上門。

韓王妃、永安公主以及鞏氏都受邀前來，還有不請自來的永蓮公主。

胥老夫人眼冒精光，臉色不變，朝自己的婆子使眼色。

永蓮公主跟著永安公主去房間裡看雉娘。韓王妃先到，已看望過，之後去陪胥夫人說話。永安拉著永蓮的手，緊緊地帶在身邊。

房間內，雉娘靠坐在榻邊。她比之前豐腴一些，氣色不錯，皮膚嫩滑泛光，襯著水霧雙眸如曜石般，再添豔色。

鞏氏來得早，原本是坐在榻邊的，見她們進來，連忙起身行禮。永安公主一把托住她。

「秀姨，本宮是晚輩，哪能當妳如此大禮。」

永安都這麼說，永蓮自然不用她再行禮。

鞏氏喏喏，立在一邊。

永安打趣雉娘。「看看，生完孩子越發勾人，本宮剛才都看得發癡。」

永蓮的眼睛也盯著雉娘看一會兒，然後四處打量，問道：「胥小公子在哪裡，怎麼不抱過來看看？」

「他吃過奶後就睡著，我喚人去抱他過來。」

「那就讓他睡吧，等下洗三時也能看到。」永安公主忙制止她，不以為意地道，隨意問了雉娘幾句，就拉著永蓮出去。

房間內只剩鞏氏和雉娘，雉娘眼眸閃了幾下，喚來海婆子。「等下妳抱大哥兒出去時，注意些，莫讓一些不乾淨的人碰到大哥兒。」

海婆子立刻會意。

洗三開始，乳母把大哥兒抱出來，海婆子接過，緊摟在懷中，側著身子，偏向韓王妃這邊。

鞏氏是外祖母，她往水盆裡丟的是金元寶，韓王妃隨後丟的也是金元寶，個頭比鞏氏的小。鞏氏鬆口氣，感激地看韓王妃一眼。

輪到永安公主時，她從身後的嬤嬤手中接過兩張銀票，各自一百兩。她把銀票放在茶盤中，對永蓮道：「幸好我提前多備一份，正好替妳用上。」

「這怎麼行？怎能讓皇姊破費？」永蓮說著，她自己的嬤嬤有眼色地掏出一個荷包。她接過，解開荷包，裡面是一錠金元寶。她正要把金元寶倒進水盆時，永安公主一把將荷包搶過來。

「既然妳過意不去，不如這金元寶就歸本宮吧。」

永蓮公主的臉白了一下，海婆子不自覺地把懷中的大哥兒抱得更緊。

添盆完畢，海婆子親自抱著大哥兒，解開大哥兒的衣領，收生姥姥快速地灑幾滴水，就算禮成。

大哥兒的哭聲很大，收生姥姥歡喜地說著祝詞。海婆子合好襁褓，抱著大哥兒進內室，放在雉娘身邊，小聲地說著方才發生的事。

雉娘的臉慢慢冷下來。

第一百一十一章

吃過洗三麵後，永安來和她告辭。她拉著永安的手，真誠地道：「謝謝妳，表姊。」

永安反拍著她的手，什麼也沒有說。

那荷包被永安公主隨手丟給身邊嬤嬤。那嬤嬤是自小在宮裡陪她長大的，對於後宮陰私、女人間的那些伎倆，瞭如指掌。嬤嬤一捏荷包，就感覺到荷包裡層用的是羊皮。她心中明白，若不是金元寶有問題，為何要用羊皮荷包？

等回到公主府後，她把荷包口的帶子鬆開，身子離得遠遠的。荷包裡飄出似有若無的味道，她仔細聞嗅，眉頭慢慢緊皺。

永安公主知道有異，問道：「是什麼東西？」

「奴婢懷疑金錠是用毒水泡過的。此毒太過陰損，奴婢有生之年僅聽說過，還不敢確定。」嬤嬤把荷包鄭重用帕子包起來，小心地放在另一個荷包中。

永安公主眼底暗沈。嬤嬤如此慎重，可見此毒不僅陰損，還十分難得。永蓮竟然想用到雉娘所出的大哥兒身上，用心險惡，簡直其心可誅。

「妳懷疑是什麼毒？」

「公主可曾聽說過，前朝有一種秘毒，名喚骨肉分離。」

「什麼！」永安低聲驚呼。「妳是說，金元寶上沾染的可能就是此毒？」

嬤嬤神色凝重，點頭。此毒有一股淡香，如腐屍上盛開的花香，若是化在水裡，只消一、兩滴，就能讓人皮膚潰爛，無論何種靈丹妙藥都不能阻止皮肉腐爛；最後肉腐化膿，一塊塊脫落，可見白骨，故名骨肉分離。

永安公主冷著臉，寒光森森。

永蓮真是越來越不像話！早在聽說她和文駙馬沒有圓房時，她就知道永蓮沒有死心，萬萬沒有想到她如此喪心病狂，連新生孩子也不放過，居然如此陰毒。

嬤嬤用筷子把金元寶挾出來，放在一盆水中。宮女放進一條魚，片刻過後，魚就翻了白肚皮。約半個時辰後，用筷子戳魚，一戳就透，顯然是肉開始腐爛所致。

嬤嬤已十分肯定，此毒必是骨肉分離無疑。

永安望著那盆水，臉色凝重。

梁駙馬匆匆進來，後面跟著胥良川。胥良川是聽到洗三時的事，才急忙趕來的。他什麼也沒有跟梁駙馬說，只要求見永安公主。

他一進門，就看到水盆中的金元寶和死去的魚，眼眸一沈。「公主，這枚金元寶可是您從永蓮公主那裡拿到的？」

永安公主沈重地點頭。

他看著永安公主，眼裡的暴怒一覽無遺，又帶著壓抑的隱忍。「公主可否把此物給我？」

永安公主示意嬤嬤，嬤嬤用筷子把金元寶挾出來，放進原來的荷包中，遞給他。

他接過，道聲多謝，轉身離開。

梁駙馬和永安公主對視一眼，彷彿看到暴風雨欲來時的隱憂，立刻命在場的嬤嬤和宮女，今日的事情，半個字都不能透露出去。

胥良川離開公主府。秋日的涼風吹得他寬大的袖管鼓起來，長袍翻飛。他的心裡冰冷一片，如寒風肆虐，胸中的怒火像聳入雲霄的高峰，直達天際。

前世今生，他都沒有如此恐懼過，如此害怕事情成真。假使有個萬一，永蓮公主的詭計得逞，那麼他該怎麼辦，雉娘該怎麼辦？他從未這般恨過一個人，恨之欲死！

許靂跟在他身後，黑暗中，他散發出濃濃的殺意，那殺意太強，連許靂都驚得心驚肉跳。

臨到府門口，他把東西交給許靂，自己則理理衣袍，若無其事地朝自己的院子走去。

院子的偏房內，睡得香甜的大哥兒躺在搖籃中。他走進去，乳母起身行禮，他擺擺手，專注地看著搖籃中的小人兒。

小人兒的嘴巴一動一動的，眼睛閉著，臉蛋還有些紅，皮膚也有些皺。

他就站在旁邊看著，不敢用手去碰。

這是他的兒子，他兩輩子唯一的血脈，他不允許任何人傷害到他的兒子！

熟睡中的小人兒一無所覺，他盯久了，眼睛都有些酸。

正房內，雉娘在等著他。今日永蓮公主的舉動，讓她覺得不安。她想知道究竟發生何事，永蓮公主的東西有沒有問題？

她望著門簾處，門簾輕晃，他修長的手輕輕掀開，快速地合上，不讓一絲涼風進來。

「夫君，我有話要和你說。」

「是什麼事？」他神色如常地道，坐在榻邊。

雉娘舔舔唇。「今日大哥兒洗三，永蓮公主不請自來。我覺得有些不對勁，讓海嬤嬤留個心。在添盆時，永蓮公主原也是準備好添盆禮的，被永安公主截住，聽說她當時臉色不對，我一直想著，莫不是她的添盆禮有什麼不妥？」

他看著妻子。她的臉上帶著一絲不安，白嫩的膚色瑩潤滑膩，霧濛濛的眼眸透著堅毅。他知道她沒有尋常女子的脆弱，可她現在是他的妻子，他不想她有任何擔心。

「確實有些不妥，過幾日我再告訴妳。」

雉娘緊盯著他的眼。「好。」

他扶著她重新躺下，自己則睡在旁邊小榻上。她的屋裡一直沒有人值夜，生產後，夜裡侍候的人都是他。

乳母是早早就備下的，雉娘生產前和他商議過，大哥兒出生後，若是她能哺育，她會儘量自己餵。於是大哥兒都是吃她的，要是不夠，再交給乳母。小人兒一夜要起來餵幾回，他也跟著起身。

昏黃的燭火在室內照著，兩人久未入眠。雉娘腦子裡胡思亂想著，越想越覺得難以入睡，她睜著眼，看著帳頂的輕紗。「夫君，你睡著了嗎？」

「沒有，妳還在月子裡，莫要亂想，萬事都有我，我不會讓你們有事的。」

「我知道，要是最後查出，永蓮公主確實有不軌之心，你要怎麼做？」

小榻那邊傳來暗沈的聲音。「人刺我尖刃，我報以利箭。無論她是誰，我必誅殺！」

有他這句話，雉娘覺得內心才踏實起來。許是已為人母，一想到她歷盡千辛萬苦生下來的小人兒會受到傷害，她就恨不得想殺人。

之前她就一直在想，如果永蓮公主存了害她兒子的心思，她必然會以其人之道，還施其身。就算對方是天家公主，只要觸了她的逆鱗，她必殺之。而兒子，就是她的死穴。

她閉上眼，緩緩地睡去，呼吸慢慢地變得均勻綿長。

小榻上的男子輕輕地起身，悄悄開門出去。

院子裡陰暗的角落裡，許靂看到他的身影，快速現身跟上。

永蓮公主從胥府回去後，一路上都陰著臉。她沒有想到永安會壞她的事，她和永安是皇姊妹，難道還比不過趙雉娘那個表妹？

在她心裡，是不怕永安揭穿她的，一來永安和她是姊妹，揭穿她沒有半點好處；二來就算永安告訴別人那金元寶有問題，她也不會認。東西被永安拿走，她可以說是永安自己做的手腳，永安不會那麼蠢，連這點都想不到。

她下轎後，徑直朝自己的院子走去。文齊賢等在路邊的小亭，見她走來，手捧著書，誦讀起來。永蓮公主一直沒有召他侍寢，他心裡著急，總覺得不著不落的。

那戲文中唱得真真的，他不敢想，一想就覺得戲文中可憐的駙馬爺就是自己，而永蓮公主就是心裡有人的惡毒公主。

這般想著，心裡越發不好，索性去找交好的朋友喝酒。

那朋友是個知趣的，一直勸酒。兩人喝到亥時，來了一位相熟的汪公子。

三人又開始推杯勸飲，近子時，掌櫃都熬不住，礙於文齊賢的駙馬身分，不敢上前相勸。汪公子有眼色地扶起文齊賢，要送他回家。先來的那位朋友自行歸家。

文齊賢喝得有點多，汪公子小心地扶著他。「駙馬爺，您和公主新婚燕爾，哪能喝得如此大醉回府，說不定會引得公主不喜。」

「她有什麼好不喜的？她才不管我呢。」

「話不能這樣說，她是公主，是主子，咱們可不能使小性子。正好我家就在附近，不如您去我家裡喝碗醒酒湯再走。」

文齊賢並未醉得不醒人事，聞言覺得有理。要是他這個樣子回去，被人告訴公主，更惹得公主不快。

汪公子把他扶到自己家裡，讓自己的媳婦煮了醒酒湯，文齊賢喝過，酒醒了不少。

「駙馬爺，您這是心裡有事啊？」

文齊賢哼一聲。傻子都能看出他的不如意，娶了個公主媳婦，就跟供尊大佛似的，什麼都得按照宮裡規矩來。

四叔死了，他連個說話拿主意的人都沒有，就憑他一個人，如何振興文家？他滿肚子的憋屈，又不敢說出去。

汪公子看出門道，低聲道：「駙馬爺，我說一句話，您看是不是這個理？天下的女子，無論尊貴也好，卑賤也罷，但凡心向著誰，那就會死心塌地跟著誰。女人最易感動，越是在她有難的時候，您不離不棄，她就越掏心掏肺，矢志不渝。」

文齊賢推他一把。「說吧，有什麼好點子？」

他遲疑道：「女人最在意容貌，若是她容顏有損，您還一如既往地對她，她定然會感動不已。」

文齊賢瞇起眼，似乎覺得可行，但公主要是毀容，他看著也難受啊！

汪公子想了想，下決心般地道：「不瞞駙馬爺，我知道有種藥水，滴在人的皮膚上就會如起瘡般，但只要過上一個月，就會恢復得完好如初。」

「還有這種藥？」文齊賢半信半疑，覺得有些不妥。

汪公子察言觀色，不以為意地道：「駙馬爺，不過是灑在皮膚上的藥水，又不是從口中入的藥，還能有什麼大問題？皮膚起幾個疹子，一個月後自行痊癒，半點疤都看不到。」

文齊賢被他說動，想著不就是長些瘡，公主最多是受些苦。他到時候乘機體貼安慰，說不定公主會為他的真情感動。

汪公子起身，小心地從一個匣子裡拿出瓷瓶。

回家的一路上，文齊賢都在思索著如何把藥水灑在公主身上。自己不能近公主的身，公主也不召見他，倒是有些為難。

想了想，他找到自己的妹妹文思晴。文思晴一聽，覺得可行。公主嫂子不和哥哥圓房，她心裡也不踏實，不過是長些疹子，有什麼不能做的？

公主每日酉時都要沐浴，天天如此。

翌日，她自告奮勇和宮女們一起備水，乘機把瓶中的水倒進浴桶中。隔了一天，公主渾身起了紅疹，宮裡的御醫在府裡進進出出，她心裡竊喜不已。

文齊賢一聽事情大成，開始頻頻在公主的門口徘徊。

永蓮公主根本就沒搭理他，她身上的疹子兩天後開始灌膿水，散發著腥臭，每日洗三遍都洗不掉味道。

她脾氣越來越不好，坐在鏡子前，大發脾氣，惡狠狠地盯著鏡中的自己，一把拉開覆在臉上的薄紗。這滿臉疙瘩，哪裡能見人？御醫說是毒瘡，敷了藥也不見消退下去，反而越發厲害。「這該死的膿瘡，怎麼會長在本宮身上？」

她身後的嬤嬤不知想到什麼，癱軟在地。她怒斥：「本宮生病，妳暈什麼？」

嬤嬤抖不成聲。「公……主……骨肉……分……離……」

啪，永蓮公主手中的珠花落在地上。

她呆若木雞一般，臉上的血色盡褪，襯得紅紅的毒瘡更加猙獰恐怖。

她看著鏡子。鏡子中的女子眼睛瞪得很大，帶著不敢置信的恐懼。

第一百一十二章

「啊！」她忍不住發出尖利淒慘的叫聲，猛然一把掃掉妝檯上的東西，踉踉蹌蹌地起身。「更衣……本宮……要見……父皇……」

永蓮公主的手一直在抖，心裡盼望著自己中的不是骨肉分離。給金元寶浸毒，都是嬤嬤做的，她碰都沒有碰過，只是拿過裝有金元寶的荷包。那荷包嬤嬤也拿過，永安也碰過，她們都沒有事，自己也不會有事的……

她心裡不停安慰自己，身子抖得如風中落葉，搖搖欲墜。

一進宮中，嬤嬤立即找來軟輦，命太監們快速把公主抬到賢妃的宮殿。賢妃正在給祁帝做腰帶，望著手中明黃的布料，滿臉情意，抬頭看到闖進來的女兒，她大吃一驚。

永蓮撲上來，抓著她的手。「母妃，您快去請個御醫，要醫術高超的！」

「妳這是怎麼了？」賢妃看到她臉上的面紗，有不好的預感，心不自覺地往下沈。

永蓮身邊的嬤嬤對屋內的宮女太監使眼色，大家齊齊退出殿外。

永蓮這才一把扯下臉上的面紗，毒瘡遍布的臉暴露在賢妃面前。賢妃不由自主地往後退一步，心跌落到谷底。

「母妃，妳告訴蓮兒，這只是普通的生瘡，對嗎？」

賢妃拚命捂著胸口，緊咬牙關，半天憋出一個字。「對。」

她扶著桌子，腿腳軟如麵條，差點站不直。永蓮死死地望著她，突然大哭出聲。「母妃，妳騙蓮兒！」

「不，蓮兒，母妃沒有騙妳。」賢妃對殿外怒喝。「快去請御醫！」

永蓮哭倒在地，賢妃又喝令外面的嬤嬤宮女進來，命她們把永蓮扶上榻。

不一會兒，一位年邁的御醫提著醫箱前來。他先是被公主的情形駭一大跳，穩定心神後，先是診脈，再仔細查看臉上的疙瘩。慢慢地，他的臉色發白，撲通跪下。「娘娘，公主，微臣無能為力，請娘娘另請高明。」

「你滾出去！」永蓮高喊。「沒用的老東西，連個生瘡都看不好，太醫院裡白養了一群廢物！」

「蓮兒……」賢妃急呼，連忙扶起老御醫。「你跟本宮說實話，公主這瘡為何治不了？」

「多謝娘娘，微臣活了一輩子，都沒有見過公主這樣的病。恕微臣直言，公主不像是生瘡，反倒像是中毒，微臣無能為力，請娘娘責罰！」

賢妃身子一軟，揮手讓他出去。

永蓮的眼睛睜得大大的，空洞一片，頃刻間被人抽走所有力氣。

「母妃，妳說我是不是中了骨肉分離的毒？」

「妳這孩子，怎麼如此不小心？母妃早就告誡過妳，那東西碰不得，沾了一點都不行，妳怎麼還如此大意？」賢妃捂著嘴，淚水流不止。

「母妃，我沒有碰過，都是嬤嬤弄的，我也不知道怎麼會中毒，定然是有人害我！」永蓮掙扎著起身，眼露恨意。「母妃，肯定是有人害我！」

「那妳最近覺得有什麼不尋常之處？」賢妃問道。

永蓮空洞的眼盯著上方，突然尖叫。「是她，是皇姊！一定是皇姊！」

「永安？她怎麼會害妳？」

「母妃，那東西我本是想用到趙雉娘那賤人生的孩子身上，卻被皇姊拿走，定然是皇姊識破裡面的東西，所以才會報復我。」

賢妃又氣又恨，氣永蓮不夠小心謹慎，恨永安多管閒事。「妳皇姊就算驗出是毒，也不可能害妳啊！」

永蓮雙眼射出恨意。「不！母妃，妳不知道，在皇姊心中，趙雉娘那賤人比我重要得多！我要去告訴父皇，請父皇給我作主！」

她說著，就要下榻。賢妃扶著她，和她一起去求見陛下。

賢妃清楚，這毒是沒有解藥的，高家人千辛萬苦弄來的東西，她本是想用在皇后身上，無奈皇后一直防得嚴，她近不了身。

蓮兒是知道她有這東西，前次女兒相求，她一時心軟，就給了出去。早知會這樣，她還不如狠下心腸，不交給女兒。為今之計，只能去求陛下，他是天子，可以召集天下神醫給蓮兒治病，或許還有一線生機。

母女倆相扶著出門，連路都走不了，宮人們抬著軟輦，把她們抬去前殿。

祁帝正在批閱奏摺，聽聞她們求見，命太監召她們進來。

她們一進殿中，就跪在地上。永蓮哭得傷心欲絕，賢妃也是泣不成聲。祁帝大驚，走下殿來。「妳們這是怎麼回事？永蓮怎麼蒙著臉？」

賢妃哭著，替女兒摘下面紗。永蓮恐怖的臉就暴露在祁帝面前，祁帝的雙眼危險地瞇起。

「陛下，您可得為蓮兒作主啊！」賢妃伏下身，哭得雙肩顫抖。

祁帝額間青筋暴起。「妳說，這是怎麼回事？」

「妾身也不知是怎麼回事，御醫說蓮兒這是中毒。妾身想不明白，是誰會害蓮兒，給她下毒？陛下……您可千萬要為她討個公道啊！」

祁帝命人去請韓御醫。韓御醫是太醫院裡醫術最高超的御醫，是他的專用御醫。

很快地，韓御醫進來。祁帝讓他不要行禮，快給永蓮看病。韓御醫遵旨，替永蓮公主把脈。他查看她臉上的膿包，仔細嗅聞著，心裡有了底。

「公主是怎麼回事？」祁帝開口詢問。

韓太醫低著頭。「稟陛下，依微臣之見，公主這是中毒。」

「何毒？可有醫治之法？」

「回陛下，公主毒瘡中有一股腐屍之氣，微臣懷疑公主是中了骨肉分離之毒。此毒極為陰損，在前朝一直被禁，微臣不知如何解毒，請陛下恕罪！」

祁帝的瞳孔猛地縮起。骨肉分離？這毒他是聽過的，前朝的禁物，怎麼會出現在永蓮的身上，是誰給她下的毒？

賢妃捂著嘴，壓抑地哭著。「陛下……您要救蓮兒啊！我們母女二人一直恪守本分，不敢行差踏錯一步，妾身就這麼一個骨肉，恨不得以身替之，妾身寧願那人給自己下毒……陛下……」

韓御醫頭垂得很低。宮中陰私多，他一個臣子，只能裝作沒聽見。

祁帝揮退他，他鬆口氣，提著醫箱躬身出殿。

祁帝望著永蓮，永蓮的臉好像又腫了一些。他不忍地別過臉，永蓮往前爬一步。「父皇……蓮兒不想死！父皇，蓮兒知道是誰害的……父皇，您下旨召集天下神醫，肯定有人能治好蓮兒的……」

「父皇會替妳尋神醫的。」祁帝說完，命大太監貼皇榜昭告天下，許諾萬金，請人解永蓮公主的毒。

旨意下去，祁帝問永蓮。「妳方才說，妳知道是誰給妳下的毒？」

賢妃忙攔著永蓮。「蓮兒不得胡說，無憑無據，說了別人也不會認的。」

「母妃，難道就因為沒有證據，我們就要生嚥這口氣，任由別人作踐嗎？」

祁帝冷著臉，看著賢妃。「讓她講，朕倒要看看，是誰敢謀害天家公主？」

「父皇，是皇后！」

「蓮兒！」賢妃一把拉著她，驚恐地望著祁帝。「陛下，蓮兒是一時糊塗，沒有詆毀皇后娘娘的意思，求陛下念在她剛中毒，心緒波動、口不擇言的分上饒恕她。」

「母妃，您不敢說，您怕她，怕她報復您，可蓮兒不怕。兒臣都是一個快死的人，她都敢給兒臣下毒，兒臣還有什麼怕的？父皇……您可知道，皇后娘娘面甜心苦，一直想除掉母妃，若不是您護著，她早就得手。您看看這後宮，除了母妃生了兒臣，哪裡還有其他妃嬪生產過？父皇……她心如蛇蠍，母妃和兒臣就是她的眼中釘、肉中刺。她在宮中不好動手，兒臣一出嫁離宮，她就敢下毒，其心之惡毒，父皇您要明察啊！」

永蓮說完，伏地磕了幾個頭。賢妃似是驚呆了，半天都說不出一個字來。

等賢妃回過神來，連忙向祁帝請罪。祁帝的臉冷若寒冰，殿內氣氛低沈，如死寂一般。半晌，祁帝的聲音飄出來。「妳扶永蓮回去休息，朕會請人治好她的。今日的話，朕就當沒有聽過，妳們也不可再提。」

「父皇！」賢妃捂著永蓮的嘴，扶她起身出殿。

祁帝背著手，站在殿中。殿中空無一人，四面金碧輝煌。明明是秋日涼爽宜人，他卻覺得透骨心寒。他背著手出殿，殿外秋高氣爽，晴空萬里。他慢慢走著，沿著白玉青磚，不知不覺中，竟走到德昌宮的門口。

琴嬤嬤眼尖地瞧見他，連忙出來迎駕，皇后聽到動靜，也出來相迎。

皇后因為前段日子生病，臉色略顯蒼白，加上脂粉未施，未著鳳袍，僅穿著簡單的宮裙，髮髻鬆綰，水眸盈盈，如病芙蓉一般，嬌弱惹人憐。

祁帝目光沈沈，透著一股懷念，又帶著一絲心痛。

「陛下，您怎麼不派人通傳一聲，妾身儀容不整，讓陛下您見笑了。」

「朕不過是隨意走走，不想竟走到皇后這裡。」

「原來如此，陛下請。」皇后說著，立在一邊。

祁帝走進殿中，皇后看出他有話要說，屏退宮人，殿中只剩夫妻二人。

「永蓮中毒，朕心中煩悶。」

皇后驚呼。「永蓮中毒？是何毒，有沒有查出下毒之人？」

祁帝盯著她的眼。「皇后可曾聽說過骨肉分離？」

皇后的臉色變白，不可思議地望著他，然後眼裡的驚訝慢慢收起，漸漸轉為深沈。「妾身聽過，事實上，在兩天前，妾身才聽過這個名字，是從永安那裡知道的。」

「永安怎麼會和妳提此毒？」

皇后緩緩地起身，跪在祁帝面前。她抬起頭，面上光潔的皮膚白得透明，眼裡堅韌隱忍。

「陛下，永安是心裡恐慌，才會和妾身提起此事。陛下可還記得，胥家的少夫人產子，生下胥家的嫡長孫？胥家嫡長孫洗三，永安受邀前去，不想竟碰到永蓮，永蓮是不請自到。永安顧念姊妹之情，替永蓮備了洗三禮，但不想永蓮是有備而去，也備了洗三禮，是用荷包裝著的金元寶。永安怕永蓮過意不去，就把永蓮備的洗三禮收起，自己拿回府。」

皇后說到這裡，停頓一下，祁帝的眼深深地直視她，她再接著道：「誰承想到，永安身邊的嬤嬤看出荷包有異，裡層竟是用羊皮做的。嬤嬤是個小心謹慎的性子，想著一般人用羊皮包的東西，都不能以手觸之。她解開荷包，聞到一絲異味，心裡懷疑，請人查驗，誰知竟查出金元寶不對勁，像是被什麼藥水浸泡過。永安忙請御醫，御醫告訴永安，元寶所浸之毒是前朝禁物，名喚骨肉分離。」

祁帝的眼神變了。

皇后面露苦意。「永安大驚，此事非同小可。她不敢去質問永蓮，害怕問出什麼，傷了姊妹情誼，於是告訴妾身。妾身也拿不準主意，一直瞞著沒說。」

「妳說，永蓮準備的東西是給胥府嫡長孫添盆的？」

「沒錯，那骨肉分離之毒何其陰損，但凡沾上一滴，就能讓人送命。胥家嫡長孫不過是初生嬰孩，哪裡禁得住？妾身事後聽永安說，嚇得是心驚肉跳，又怕弄錯，誤怪永蓮，一直不敢說出口。方才您說永蓮也中了這毒，妾身想著，是不是永蓮自己不小心弄到的？」

她說完，望著祁帝，祁帝也看著她，兩人不再言語。

一刻鐘後，祁帝離座，一言不發地離開德昌宮。皇后一直跪著，直到琴嬤嬤進來扶她，她才起身。她的眼裡冰涼，死死地按著椅子。

她重新坐下，琴嬤嬤替她捏腿，方才跪得太久，腿腳發麻。

「舜兒在寺中可好？」

「娘娘放心，奴婢派人照應著。二皇子和韓王世子與寺中的僧人們一起，誦經吃齋。韓王世子可是當過幾年和尚，有他在，二皇子適應得很好。」

皇后點頭，神色緩和一些。

第一百一十三章

永蓮方才精神崩潰，大哭大鬧，喝過安神藥，已經睡下。

賢妃坐在榻邊抹眼淚，心裡氣恨交加，怪女兒做事不小心，在心裡祈盼陛下能請來神醫，治好女兒的毒。同時又偷偷寫了一封信，命自己的心腹送出宮，送到娘家手中，問那製毒之人可有解藥？

祁帝進來，賢妃的眼淚止不住，不停滑落。「陛下……蓮兒太遭罪了，您可一定要治好她，懲治凶手啊！」

「她確實遭罪，不過是咎由自取，自食惡果。」祁帝的聲音冷冷的，帶著寒意。

賢妃大驚失色。「陛下，您這是何意？」

「何意？」祁帝的手中拿著一封信，丟在地上。「妳說朕是何意？」

賢妃低著頭，看到地上的信，正是不久之前，自己派人悄悄送出宮的。

她身子一軟，跪下去。

「永蓮是公主，朕自會想法子救她。但妳私藏禁物，釀成大禍，等永蓮病好之後，妳就去冷宮養著吧。」

這是要廢她？賢妃伏在地上，身軟如泥。她一輩子的隱忍，換來的竟是打入冷宮。為什麼？她抬起頭，悲痛欲絕。

「陛下，妾身防著別人留一手，何錯之有？妾身敢發誓從未起過害人之心。若說害人之人，另有其人。陛下，您就從來沒有懷疑過，為何自皇后誕下二皇子後，宮中妃嬪無一所出，就連有身孕的都沒有見過一個？這分明是皇后的陰謀，她有二子在手，為確保宮中沒有其他皇子和她所出的太子相爭，所以才會殘害眾妃。皇后掌管六宮，妾身們防不勝防，連她何時下藥都不知道，活得冤枉啊！陛下……」

她滿面淚痕，眼裡的恨意毫不掩飾。祁帝彎下腰，大手捏著她的下巴，用凍死人的聲音道：「這不是皇后的錯，是朕的意思。」

她的心一寸寸地僵硬，宮中無其他皇子出生，竟是陛下的意思！

「哈哈……」她猛然笑起來，眼淚亂流。「陛下好癡情，妾身真是感動萬分。」

「癡情？朕是天子，何人配得上朕的癡情？朕不過是不想自己的皇子們重蹈覆轍。江山白骨，踏上金殿的路上要流多少鮮血，與其生出眾多皇子來鋪就那條通天路，還不如從一開始就不要讓他們出生。」

他的神情悲愴，抬頭仰望屋頂。

「陛下，您不想皇子們自相殘殺，以為皇子們都是皇后嫡出就能倖免嗎？您錯了……您看看太子，再看看二皇子。自古母親憐幼子，皇后分明是向著二皇子的，太子難道就沒有想法嗎？您不想他們明爭暗鬥，不過是一廂情願！」

祁帝不看她一眼，拂袖出宮。

賢妃在身後大笑，聲音淒涼，笑著笑著，痛哭起來。

一炷香後，祁帝身邊的大太監帶著宮人進來，賢妃看到宮人手中的托盤，盤中放著白綾、毒酒。

她不停往後退，撞倒了屋內的桌子，桌上的茶具摔碎在地，發出巨響。她拚命搖頭，陛下怎麼可能這麼對她？

榻上的永蓮被聲音吵醒，看到眼前的一幕，從榻上爬起來，撲到賢妃身上，怒瞪著宮人們。「你們這是要做什麼？」

大太監尖著嗓子。「公主，奴才們是奉旨行事，請公主移至偏殿。」

他對小太監們使眼色，馬上就有兩人上前把永蓮從賢妃的身上拉下來。

「你們奉的是誰的旨意，是不是皇后？你們等著，不准動本宮的母妃，本宮這就去見父皇，請父皇作主！」

永蓮說著，就往外面衝，大太監的聲音從後面傳來。「公主，奴才們正是奉陛下的旨意，請公主您行個方便——」

一刻鐘後，賢妃七竅流血而亡。

大太監領著宮人們魚貫而出，守在門外的殮屍宮人進去，把賢妃的屍身用白布裹著抬出來。

祁帝不見永蓮，無論永蓮如何跪在殿外哭喊都不見。她折回時，就看到宮人們抬著賢妃的屍體。她撲上去，一把扯開，賢妃七竅流血的臉就映入眼簾。

她呆住。

殮屍宮人們包好賢妃，快速地抬走。永蓮面目猙獰地立在外面，宮女太監們個個噤若寒蟬，沒有一人敢上前。

侍候永蓮的嬤嬤和宮女立在一邊，有個宮女不停地抓手，另一個宮女小聲地讓她站好。她低著頭，掀開自己的袖子，臉色大變。

她的手臂上起了幾個疹子，和公主身上的一模一樣。另一個宮女也看到了，覺得自己的手也癢起來。

兩人軟在地上，嬤嬤正要開口罵人，看到紅疹子，驚得面色慘白。她們都是侍候公主的，而且那毒她接觸得最多，若是別人都不能倖免，自己肯定也逃不掉。

她的身子開始發抖，不顧在外面，抖著手掀開衣袖察看自己的手臂，不出意外地找到兩個紅疹子，她身子一歪，也倒在地上。

永蓮聽到動靜，身子動了動，轉過頭，就看到倒在地上的三人。

嬤嬤抖著手，指著自己的手臂。永蓮看到她手臂上的紅疹，突然哈哈大笑起來。

照這樣看來，凡是接觸到那東西的人都會中毒，那麼永安肯定也不能倖免。她真想看看永安變得和她一樣，渾身是膿包，發著惡臭……

公主府內，文思晴看到宮中貼出的告示，才知道永蓮公主中毒。她惶恐不安，找文齊賢商議。

文齊賢穩住她，自己則去尋汪公子，但汪公子的家中人去樓空，連鄰居們都不知汪家人何時搬走的，也不知搬到何地。

他心裡覺得不對勁，回到府中後叮囑文思晴，那件事誰也不能說。文思晴六神無主，拚命地點頭同意。

兩天後，永蓮公主身邊的嬤嬤和宮女臉上身上的毒疹增多，被關到冷宮附近的廢宮。祁帝派了新的宮女侍候永蓮。永蓮全身都長滿膿包，那些膿包開始流膿，惡臭難聞，皮膚開始腐爛。她脾氣暴躁，對侍候的宮女們不是打就是罵。

要不是永安多事，現在受苦的就是趙雉娘生的那個賤種！

對，趙雉娘！最應該死的就是這個賤女人，自己不會放過她的！都是趙雉娘，要不是趙雉娘迷惑胥大公子，胥大公子一定會娶她的！

憑什麼她要受這些苦，而趙雉娘那個賤人卻有夫有子，過得逍遙自在。她就算是死，也要拉著趙雉娘一塊兒去死！

她大叫起來。「本宮要見趙雉娘，妳們去稟報父皇，就說本宮要見趙雉娘！」

外面的宮女聽到，飛快地去前殿稟報。

祁帝寒著臉。太醫院的御醫們對骨肉分離之毒束手無策，宮外也沒有動靜。他派人去過高家，高家人也沒有解藥。他怒急，下令抄了高家，處死了那製毒的人。

永蓮在這個時候要見胥少夫人，意欲何為？

他在殿中走動，半晌過後，命人去傳召雉娘。

雉娘自宮中傳出永蓮中毒之時，就知道永蓮那天是存了害大哥兒的心。

聽到宮中太監來宣旨，她沈默地接旨，在海婆子的侍候下更衣梳妝，默默地翻出簪子，使勁地插入髮髻中。

宮中傳旨之人還未離去，他們奉陛下的旨意，要親自帶她入宮。

胥良川匆忙從外面趕來，他一聽到許靂說永蓮公主要見雉娘，就丟下手中的事情，策馬飛奔入府。

府中，胥老夫人已穿好命婦誥命服。她雖年老，心眼卻明亮，永蓮公主在大哥兒洗三之日不請登門，她就一直防著。

永蓮公主中毒將死，竟想見孫媳，誰知道是憋著什麼壞？

看到大孫子，她欣慰地笑道：「雉娘要進宮，我是她的祖母，她月子還沒有出，我陪她進宮。論理，誰也挑不出我的錯。」

胥良川頷首，抬腳往自己的院子走去。

雉娘望著他掀簾進來，笑了一下，摸了摸自己髮髻上的簪子。

海婆子識趣地出去，她站起來，立在他面前。「陛下的旨意，我不能違抗。你放心，我做了防備。」

她抬起腳，看著自己的花頭鞋，把花朵一拔，一把小巧的匕首就出現在手中。自從前次進宮遇險，她就知道永蓮公主除她的心不會絕，對方會再動手的。

命婦進宮，是要驗身的，根本不可能帶凶險的器具進入宮中。上次永蓮已經見識過她的簪子，同樣的招數，不可能在同樣的人面前用兩次。

胥良川一把抱住她。「萬事小心，進宮先去找皇后。」

雉娘明白，輕聲道：「我知道，你不用擔心。是陛下的旨意，永蓮應該不敢亂來。」

她嘴上勸慰丈夫，心裡卻暗道，窮途末路，永蓮醫治無望，肯定會破釜沈舟，臨死也要拉她墊背。

胥良川眼眸裡的暴怒堆積到極點。他牽著她的手出門，胥老夫人等在外面。看到胥老夫人穿著誥命服，她心下感動。

宮內傳旨的太監不敢攔著胥老夫人，胥良川望著她們坐上馬車，策馬趕到永安公主府。

永安公主一聽，連忙進宮。

雉娘進了宮，祁帝派人把她和胥老夫人直接帶到永蓮的宮中。

她扶著胥老夫人，觀察著周圍。

她方才和引路的太監說想先去拜見皇后，太監說陛下的意思是讓她直接去公主的宮殿。她和胥老夫人眼神交換，沒有再說話。

太監把她們領到永蓮的宮中，宮門馬上就被關上，雉娘和胥老夫人對視一眼，兩人全身戒備起來。

永蓮正在屋裡發脾氣，高聲地叫喚人。「妳們快去看看，趙雉娘那賤人來了沒有？」

雉娘在殿外聽得真真的，整個人馬上提起來，處於防備狀態。

「祖母，永蓮要見的是我，您在外面等我吧。」
「怕什麼，祖母我活了一輩子，還沒有怵過誰。我跟妳進去，我就不信，白日昭昭，還有人敢殺人不成？」
胥老夫人的聲音很大，永蓮公主聽到聲音，一把打開門，睨視著她們。「趙雉娘，妳怕什麼？莫不是做了虧心事，連來見本宮都帶個幫手。」
她沒有戴面紗，雉娘被她的臉駭住，心裡湧起的是無比痛恨。這麼陰損的毒，永蓮當時竟想用在自己孩子身上。要是她的大哥兒……她不敢想！她和永蓮，不是妳死就是我亡！
「做虧心事的怕是公主殿下吧？您要不是作過孽遭了報應，如何會滿身長毒瘡？」
永蓮冷笑。「牙尖嘴利，果然是個妾生女，半點教養都沒有！」
「公主您難道不是妾生女，皇妃的身分是尊貴，但再尊貴也是個妾，不過是名頭好聽些罷了。」
「妳……」永蓮指著雉娘，狠毒一笑，臉上的毒瘡更加恐怖，膿水滲出，散發惡臭。
「出口羞辱皇家，論罪當誅！」
她慢慢地走下臺階，雉娘迎著她的眼神。胥老夫人將雉娘一把拉到身後，自己面對永蓮公主。
「胥老夫人莫要被趙雉娘給騙了，她裝得柔弱，其實心眼比誰都要多。要不是她迷惑大公子，大公子怎麼會娶她為妻？」
「敢問公主，方才臣婦孫媳的話，哪句是假的？既然說的都是真話，何罪之有？」

雉娘反握著胥老夫人的手，想自己站到前面。胥老夫人側著身子，緊緊地把她護在身後。

永蓮冷笑，憐憫地看著胥老夫人。「看來胥老夫人也被這賤人迷住，看不清她的真面目。既然如此，本宮就替天行道，除了這禍害！」

她朝宮女太監們喝道：「趙雉娘對本宮不敬，妳們替本宮把她抓起來！」

宮人們出動，想上前來抓雉娘，雉娘高聲大喊：「妳們公主身中奇毒，人已瘋癲。她自知死期不遠，想臨死前拉人陪葬，我們祖孫二人要是有個不測，她是天家公主，自然無罪，可妳們就要承受陛下的雷霆之怒，替公主頂罪！」

她的話把宮人們震住。其實宮人們心裡明白，公主此舉是有恃無恐。

「妳們上啊，要是不上，本宮現在就處死你們！」

宮人們又開始靠近，雉娘和胥老夫人連連後退。永蓮公主大笑起來，張狂得意。「趙雉娘，妳猜得沒錯，本宮就是想拉妳一塊兒去死。可妳知道又怎麼樣？本宮是公主，本宮想讓妳生就生，想讓妳死就死。就算本宮光明正大地殺死妳，誰能把本宮怎麼樣？本宮恨，恨自己太過心慈手軟，早知今日，就該早早弄死妳！」

她從袖子裡摸出一個瓶子，用手撫摸著。「妳看，這就是本宮中的毒。今日本宮就把它灑在妳臉上。妳不是愛用這張臉迷惑男人嗎？本宮就讓大公子好好看看，看看妳這張嬌豔的臉是如何一塊塊地腐爛掉。到那時候，大公子還會喜歡妳嗎？」

她的臉扭曲，滿目瘋狂。

雉娘大急。永蓮公主此時已經陷入瘋狂，今日的事情怕是不會善了。她把胥老夫人往旁邊推。「祖母，您快走，她瘋了！」

宮人們心裡也在害怕，怕毒會沾到自己身上。他們只想快快抓住雉娘，交給公主。

永蓮瞧見雉娘頭上的簪子，指著大笑。「妳還想來這招？快，你們把她頭上的簪子取下來！」

宮人們伸手想拉雉娘，雉娘自己拔下簪子，丟在地上。她護著胥老夫人左閃右躲，宮人們也沒有盡心抓她們，繞了半天，還沒有把她們抓住。

永蓮等不及了，打開瓶塞，獰笑著朝她們走來。

第一百一十四章

門外，寂靜無聲地站著一群人。

為首的是祁帝，他冷著臉，沈如暗夜。

他的身邊是焦急萬分的皇后。皇后聽到裡面的動靜，永蓮瘋狂的聲音清晰地傳出來，她幾次想衝進去，都被祁帝派人攔住。

「陛下，您為何攔著妾身？永蓮已經瘋魔，要是真傷了胥老夫人和胥少夫人，皇家如何向胥家人交代？」

「永蓮傷不到她們。」

「妾身知道，侍候永蓮的都是您的人。可您不知道那骨肉分離之毒有多厲害，萬一沾上一滴，就會釀成悲劇。」

祁帝面無表情地看她一眼。「妳既然知道侍候永蓮的是朕的人，就應該明白，永蓮手中怎麼可能還會有骨肉分離的毒。」

永安忙扶著皇后。「母后，您是急得亂了方寸，怎麼能不相信父皇？父皇怎麼會由著永蓮亂來，必是有萬全的把握，胥老夫人和胥少夫人都不會有事的。」

皇后緩口氣。「陛下恕罪，方才妾身失態了。」

祁帝沒有說話，面向著緊閉的門。

門內，永蓮步步進逼。雉娘明白她的意圖，她一旦動手，藥水四灑，在場所有人都逃不掉。

胥老夫人想把雉娘往後扯，雉娘搖頭。「祖母，沒用的，她的目標是我，她不會放過我的。」

永蓮笑得瘋狂。「妳倒是看得明白。沒錯，本宮要妳死，怎麼會讓妳躲過去？今日在這裡，誰也護不住妳，妳要是個聰明的，就趕緊上前受死！」

雉娘的身子慢慢彎下。她才產後不到十天，身子還虛著，所幸孕期身體養得好，產後虛汗也排得差不多，身體還能挺住。

她快速地拔掉鞋頭，頭花帶出匕首，她緊緊地握在手中。

永蓮一愣，隨後嘲諷大笑。「妳這個賤人果然心眼多，胥老夫人妳看清楚，她是個什麼樣的女子？如此一個心機深沈的女人，你們胥家還要留著嗎？」

「心計多怕什麼，只要身正不起歪心思，再多心眼也無妨。」胥老夫人堅定地道。

雉娘一手握匕首，一手護著胥老夫人。只要永蓮敢把藥水灑出來，她就和對方同歸於盡。

永蓮已經走得很近，宮人們竟閃到雉娘她們的後面，裝模作樣地抓人，卻始終沒有抓住她們。

雉娘緊緊地盯著永蓮手中的瓶子，永蓮笑著，揚起手，突然間，手垂下去，抱著手臂哀叫不已。

一枝箭赫然射在永蓮的手上，她手上的藥水灑了自己一身。

門被撞開，雉娘抬頭望去，就看到急匆匆趕來的皇后。牆頭上，立著兩個御衛軍，他們的手中握著弓箭。

皇后的身邊是永安公主，她們的身後是陰沈著臉的祁帝。

永蓮顧不得手上的痛，拚命衝過來，撲向雉娘。宮人們眼疾手快，把她制住，她瘋狂地大喊：「父皇，趙雉娘這個賤人想害兒臣，您快把她賜死！」

祁帝望著她，目光沈痛。她猶不自覺，不停喊著要他賜死雉娘。

雉娘飛快地把匕首插回去。

皇后看雉娘她們無事，提著的心放下，小聲地對胥老夫人致歉。「老夫人受驚了，永蓮已瘋，本宮失察，累妳們遭罪。」

「皇后娘娘言重，臣婦和孫媳無事，倒是永蓮公主，看起來瘋得不輕。」

「確實如此，本宮會命人好好看著的。」

永蓮看到永安，眼裡的癲狂越盛。「妳怎麼會沒有事？那東西妳也碰過，妳不是應該要和我一樣，受這骨肉分離之痛，妳為什麼會沒事？」

她最後那句是吼出來的，憤怒不甘。

祁帝閉眼，胸口悶疼。什麼姊妹相親、兄友弟恭，果然是他的一廂情願！

永蓮公主還在喊叫著，宮人們緊緊抓著她。祁帝轉身，眼睛望著雉娘，似是不經意地掃一眼她的鞋子，什麼話也沒有說。

雉娘和胥老夫人連忙行禮。

「妳們平身吧，胥少夫人身子還未好，朕派人送妳們出宮。」

祖孫倆忙謝恩，太監走出來，要領著出宮。

永蓮突然大叫。「趙雉娘，妳不能走！都是妳害本宮，本宮要妳陪葬！」

她看到地上的銅簪子，甩開宮人的手，飛快地撿起簪子，朝雉娘這邊撲奔過來。

雉娘聽到喊聲回頭，就看到永蓮公主握著簪子，面目猙獰地朝自己撲來。她還未近身，御衛軍就把她攔下。

她手上的簪子不停往御衛軍們的手臂扎著，嘴裡叫嚷著要雉娘去死。她髮髻已散，落在臉上，和膿水黏在一起，令人作嘔。

「把公主拉下去，好生看管。」

「父皇……」永蓮拚命掙扎，卻抵不過御衛軍的力氣，被御衛軍送回殿中。

祁帝沒有看皇后，也沒有看永安，慢慢地走出去。他身邊的大太監上前詢問是否要用龍輦。他擺手，一步一步地朝前殿走去。

皇后立著，望著他的背影。

胥老夫人和雉娘一出宮就看到胥良川高瘦的身影。他站在宮外，一身青色衣袍，寬袖窄腰，神情肅穆，眼睛死死地盯著宮門口。一看到她們的身影，急忙上前相扶。

胥老夫人笑道：「川哥兒是來接祖母，還是來接大哥兒他娘的？」

胥良川見祖母還有心情玩笑，提著的心放下。雉娘朝他微笑，他扶她們上馬車，自己則騎馬跟在馬車後面。

一回到府中，雉娘就被胥良川抱下馬車。她滿臉羞赧，小聲地道：「你快放我下來，祖母還看著呢。」

「川哥兒快把雉娘抱進去，她還沒出月子，快回去養著。」後面的胥老夫人催促胥良川。

胥良川邁開大步，疾行把雉娘抱進房間，放在榻上，蓋好錦被。雉娘喚來烏朵，擦拭身子然後換衣。換過衣後，胥良川抱著大哥兒進來。

她半天沒見兒子，想得緊。大哥兒已經醒來，嘴巴動著想找吃的。她解開衣襟，把兒子抱進懷中，大哥兒聞到奶香味，立即吸吮起來。

胥良川就那麼看著母子倆，眼睛都沒有錯開一下。

日子一天一天過去，宮外的皇榜遲遲不見有人去揭。祁帝的臉色越來越難看，御醫們個個戰戰兢兢，天天不敢合眼，不眠不休地查閱藥典，配比新藥。可是書中沒有此毒的記載，配出的新藥也沒能阻止公主身上的肉日漸腐爛。

他們個個熬紅了眼，鬍碴叢生，衣餿體臭，卻不敢停留一會兒，生怕天子一怒，他們就會人頭落地。

「公主的毒，半點法子都沒了嗎？」

御醫們不敢回答，齊齊望著韓御醫。韓御醫深吸口氣，低聲回道：「回陛下，微臣們無能為力。」

永蓮公主還在叫著要見胥良川，祁帝轉過身來。「召胥大人進宮。」

太監馬上去傳旨。

胥良川正在翰林院當值，聽到傳召，理理衣袍，隨太監進宮。

太監把他帶到，他對祁帝行禮。

祁帝沒有叫他起身。屋內的永蓮聽到他的聲音，欣喜地叫起來。「父皇，是胥大公子來了嗎？您讓他進來，兒臣有話和他說。」

她從地上爬起來，坐在鏡子前，鏡中映出血肉模糊的臉。她捂著，慌亂地找出面紗，戴在臉上。

「朕召你來，是想問你，公主對你一片癡心，你可知曉？」祁帝問胥良川。

「微臣不想知道。在臣心中，僅有臣妻一人。其他女子，是否有情，臣不知曉，也不想知曉。」

「哼！你如此蔑視皇家，就不怕朕降你的罪！」

「陛下千古明君，怎麼會無緣無故治臣的罪。」

「父皇……」永蓮的聲音在屋裡響起。「您快讓胥公子進來，或是放兒臣出去，兒臣有話要問他。」

祁帝沒有應她，又問胥良川。「你可知公主想問你什麼話？」

「微臣不知。微臣已有妻室，為了避嫌，不敢和公主單獨相處。如若公主有話要問臣，就請公主現在問吧。」

永蓮在屋裡聽到他的話，大怒。

「好你個胥良川，本宮如此真情相待，你竟百般推脫！本宮問你，你可知那趙雉娘的真面目，她可不是個嬌弱無依的女子，她心機之深，進宮都隨身帶著利器，分明是個手段極狠的女人！本宮只想告訴你，你被她騙了！」

胥良川聲音平靜。「回公主的話，臣妻性子剛柔相濟，臣在初識時就已知曉。」

「你知道?!」永蓮不敢相信，他知道趙雉娘的真面目，為何還會娶她。「為什麼？你為什麼還會娶她？」

胥良川的背挺得筆直。「因為臣喜歡她，這輩子只會心悅她一人。」

祁帝眼神露出不一樣的情緒，望著他。

跪在地上的御醫們死死地低著頭，沒有人敢抬頭看一眼此刻的胥良川。

「為何？」祁帝問道。

「回陛下，臣與妻初識時，她正處於困境中，雖然不敵，卻拚死相抗。如此堅毅的女子，臣平生第一次見到，深感震撼。世間男女之情，都是一個緣字，礫石珍珠，各人心頭所好。臣的眼中僅能看見她一人，今生今世永不相離。」

他的語氣平淡，卻字字千金，砸在永蓮的心頭，砸在祁帝的心上。

「你下去吧。」祁帝深深地看他一眼，命他退下去。

胥良川伏地叩首，起身告退。

屋內永蓮的喊叫一聲慘過一聲，祁帝轉過頭。「備一碗安樂湯，送進去吧。」

韓太醫低頭允諾。

第一百一十五章

秋高氣爽，葉黃果紅之時，雉娘出了月子。

因月子裡有進宮那一齣，胥老夫人非讓她在屋子裡多悶了十天，才放她出來透氣。

永蓮公主已經去世，祁帝把她葬入皇陵。文駙馬依例為亡妻守孝三年，不得離京。三年孝期後，是去是留，遵循己願。

文思晴嚇得不輕，滅了在京中嫁人的心思，悄悄地離京回了滄北。

祁帝自公主去世後，身子就有些不好。皇后日夜侍疾，宮中氣氛壓抑。

胥良川日日上值，臉色平靜。雉娘卻知道，朝中必將有大事發生，陛下一旦病倒，勢必就是太子監國。

太子監國後把持朝政，就算陛下將來還朝，他也在群臣之間豎立起威信。如果陛下一病不起，龍御歸天，他就會順理成章地登基為帝。這是她不願意看到，也是不想看到的。

大哥兒養得好，眉眼雖未完全長開，卻依稀能看出長得像父親。他黑寶石般的眼睛看著她，也不知道能不能看得清，嘴裡吐著泡泡。

雉娘抱著他，在院子裡曬太陽，手裡拿著梁纓的信。梁纓離京時曾說，等她生產時要來的。她生產之時，梁纓沒有來，原來是有了身子。她心裡替對方高興，晃著手中的信，對不知事的兒子道：「大哥兒要當哥哥了，高不高興啊？」

大哥兒吐了一個泡泡，雉娘大笑。「大哥兒是吹泡泡表達喜歡，對不對？」

「我們大哥兒真聰明，都能聽懂你娘說的話了。」胥夫人進來，伸手從雉娘手中把大哥兒抱過去。「來，讓祖母抱抱。」

胥夫人抱著大哥兒，看著小人兒和兒子差不多的眉眼，滿臉慈愛。「祖母的大哥兒，就要當哥哥了，讓你娘也趕緊給你添個妹妹。」

雉娘輕笑，婆婆想要孫女，這心思她早就看出來。

胥夫人自顧自地逗弄著大孫子，說著梁纓的事情。梁纓一診出有孕，山長夫婦二人喜得心頭樂開了花，才成婚不久就有身子，還說都是沾了雉娘的福氣。

「佛祖保佑，我就盼著妳和岳哥兒媳婦能多生幾個，別像我和妳二嬸一樣，都只生了一個獨苗。」

雉娘還是笑，帶著羞意。要是梁纓在，今年就能一起去秋獵，可惜啊。

大哥兒突然哭起來，胥夫人忙問：「大哥兒是不是餓了？」

雉娘接過兒子，一聞就知道，這小子是拉在身上，不舒服才哭的。胥夫人和她一起將大哥兒抱進屋，看著雉娘自己動手給兒子擦拭洗換。

「滿京城中都找不出妳這樣親自養孩子的官家夫人了。」她打趣雉娘。

雉娘失笑。她做得真的不算多，有乳母，有丫頭婆子，真正讓她動手的地方其實很少，就這樣，婆母還說她是京中難得一見的母親。不過，她不打算多說，只是笑了笑。

大哥兒換過衣服，嗯哼幾聲，好像餓了。雉娘對胥夫人示意，抱著兒子到屏風後。

胥夫人更加感慨，大哥兒他娘在養育孩子這份用心上，真是讓人挑不出錯來。京中的夫人們，哪有幾個親自餵養孩子的，更別提給孩子換尿布。看雉娘的動作熟練麻利，自大哥兒出生起，能親為的事情她從不假手於人。

雉娘抱大哥兒出來時，胥夫人已經離開房間。

坐在椅子上的，是下職回來的胥良川。胥良川要伸手去接大哥兒，雉娘沒給，輕聲道：「人都說抱孫不抱子，胥大人倒是不循古例。」

胥良川的手停在半空中，他何必講究那些虛禮。大哥兒於他，可是兩輩子第一個孩子，他多抱多疼都來不及，哪裡願意等到多年後抱孫？

雉娘不把兒子給他，是因為大哥兒吃飽後已入睡，怕驚動兒子，她就沒讓丈夫接手。她輕輕地在房間裡走動，等大哥兒睡熟，才把他放在榻上。

「陛下今日強撐病體上朝，當朝宣佈太子明日起開始監國，命父親和韓王為輔佐大臣。父親已領旨，韓王府那邊也派人去宣旨。」胥良川重新坐下，端著杯子，冒出一句話。

雉娘回頭。「這麼快？」

難道陛下的身子已經不妥了嗎？為何急著要太子監國？要父親輔佐能理解，可是另一個為什麼會是韓王？韓王極少現於人前，她沒有聽人說過韓王，似乎韓王一直是待在王府中不出門的，陛下怎麼會讓他輔佐太子？

胥良川卻明白祁帝苦心。韓王是他的皇兄，地位非同一般，加上韓王身殘後不太過問朝事，由他來輔佐最易服人，同時又不用擔心韓王有什麼異心。

現在要擔心的是，太子一旦掌握朝堂，以後想要扳倒他就沒那麼容易。再說太子是一國儲君，名正言順，沒有滔天罪行，不可能會動搖他的地位。

要是陛下一病不起，突然駕崩，那太子順勢登基後，首先對付的就是胥家。文家沒有文沐松，光文齊賢一個領著閒差的駙馬爺，難成氣候，就不知太子弄倒胥家後，想扶持哪一個清流世家？

「二皇子還在乾門寺嗎？」雉娘問道。

「二皇子已經回宮。陛下生病，皇后召他回來侍疾。」

雉娘安頓好兒子，坐到丈夫身邊。「皇后會動手嗎？」

胥良川看著妻子。皇后是一定會動手的，前世她沒有手軟，今生更不可能心軟。只是今生事情發展得太快，誰也沒有料到陛下會病得這麼快。

前世裡，他對永蓮公主印象十分模糊，只知道宮中有位病弱的公主，不常見人。永蓮公主一生未曾嫁人，是病死宮中的，卻不是這個時候，而是在二皇子登基以後。

雉娘沒等他回答，又問：「太子最近可有去過感光寺？鳳娘還在那裡吧。」

他垂眸。太子最近見了段鳳娘幾次，都有平晁陪同。

「鳳娘還在那裡，他們有見過。」

雉娘點頭，皇后不會漏掉太子這個把柄的。

胥良川陪她說了會兒話，換身衣裳，又要出門。

「這麼晚還要出去？」

「是。」

雉娘起身，找出一件披風，幫他披上。「現在天寒露重，晚上風涼，多穿些總是好的。」

他反握著她的手，深深凝視她。

她幫他繫好帶子，撫平衣袖。「去吧，我在家裡等你。」

他轉身，消失在夜色中。

出了院子，看到前面有個人影。他走近，認出是父親。

胥閣老轉過身，看著他的打扮。「這麼晚還要出去？」

「是的，父親。」

「為父從小就教導過你，不知你是不是銘記在心。我們胥家，只忠心天子，其他的與我們無關。」

胥良川望著自己的父親，眼神堅定。「父親，兒子明白。太子無龍氣護體，是乾門寺的覺悟大師親口所證，兒子做的事情不會違背先祖們的訓誡。」

前世，登上皇位的就是二皇子，二皇子才是真命天子。他和太子作對，並不違反祖宗們的意思。

胥閣老和他對視一會兒，低頭嘆氣。「為父已老，胥家以後就靠你。你既認準，就去做吧。不過切記，你如今也為人父，萬事多想想大哥兒。」

「是，父親。」

胥良川辭別父親，轉身朝門外走去。涼風吹起他的披風，如展翼的黑鷹。胥閣老抬頭望著星空，月明星稀，風吹雲動，飄過來遮蓋住明月。

風漸大，許是要變天了。

離府出門的胥良川乘馬車前往京中的一處茶樓。與前次一樣，二樓的雅間內，平晁已等候多時。

「胥大人。」

「平公子。」

兩人見過，各自入座。

平晁先開口。「胥大人應該知道，平某請大人前來所為何事。」

胥良川抬眸。「平公子可是為太子監國一事而來？」

「沒錯，陛下病倒，太子監國，要是有個萬一……」平晁的臉黯下來。「太子順利上位，我們要如何是好？」

「平公子請我來，想必是心有決斷，不知平公子如何打算？」

「打算？」平晁苦笑一聲。「我還能有何打算？太子要是入主成功，等待我平家的，就只有天下人的恥笑和他的無盡猜忌。」

胥良川不語，看著他。

他眼裡隱有恨意。前段時日，太子去過感光寺幾次，美其名曰替陛下照料幼樹，實則是掩人耳目，和鳳娘相會。他恨，他的一腔真情，竟被人如此踐踏。

「胥大人，不瞞你說，平某已經無路可走。我想，前次我與你已經開誠布公，你應該會相信我。你們胥家應該也不想太子成事吧？我聽說，太子處處對你們使暗招，要是他真的坐上皇位，那你們胥家肯定是要遭殃的。」

「平公子說的話，我自是相信的。我且問平公子，接下來有什麼計劃？」

「不能讓他監國！」平晁眼裡的憤恨毫不掩飾。「我有他的把柄，但這事總得有個先揭開的人。胥大人覺得誰去合適？」

「什麼把柄？」

「他和段鳳娘已有苟且！」

「此話當真？」

平晁似哭似笑。「自然是真的，就是我一手促成的。」

段鳳娘是個聰明的女人，又在孝期，除了給太子一些甜頭，當然不可能真的失身。有誰能知道他的痛苦，他在外面聽到裡面的靡靡之聲，心裡罵了千萬句狗男女。

她不是想欲迎還拒，不是一邊偷情一邊又端著身分嗎？他偏不讓她如願。

她和太子已經信任他，他動手腳容易得多。

果然被藥勁驅使，他們沒有忍住，越了雷池。他在窗外聽到事成，只想仰天大笑。佛門淨地，堂堂一國太子竟與他人之妻在行苟且之事，傳揚出去，會受盡天下人唾罵。他倒是想看看，他們能不能如願以償，作著江山美人的春秋大夢！

那藥他下得巧妙，太子只當自己是情動，而段鳳娘則以為是太子用強，自己半推半就。

事後，鳳娘偷偷叫自己的丫頭抓了帖避子湯，這湯也被他換了。要是老天有眼，事情想必會更精采。

「所以，胥大人放心，此事千真萬確，太子抵賴不了。」

胥良川相信他的話，卻想到另一層。「就憑你一面之辭，何以服眾？」

段鳳娘是他的妻子，如何證明曾與別人有染？要是太子反咬一口，就單單他說的話，不足以讓別人信服。

「胥大人對女人還是不夠了解，段鳳娘算是嫁過兩回，在段府也好，在侯府也好，都一直堅定地保持清白之身。她絕不可能會在最後關頭，說是我真正的妻子，那樣的話，她所有的努力全部白費。」

所以，段鳳娘會默認自己委身太子。本就是清白女子，在她看來，太子和她是兩情相悅，哪裡算什麼苟且？況且他允諾過她，會認她為妹，她是有備無患。

平晁冷笑起來。他倒是想看看，自己要是反悔，段鳳娘會怎麼做呢？他就是想看到她百般謀劃、千般算計，到頭來都是一場空。

胥良川站起身。「平公子的意思我已明白，就此告辭。」

「胥大人好走。」

胥良川離開茶樓，並未回府，而是朝另一個方向去。

那個方向，正朝著韓王府。

第一百一十六章

翌日，太子上朝監國。

大臣們早就等候在殿外，隊伍最前面的，是久未露過面的韓王。眾臣心中明瞭，昨日陛下宣佈太子監國，任命韓王為輔佐大臣。韓王遵旨前來，是為了太子。

韓王腿腳不好，面色比一般人都要白，許是長年不外出的緣故，白中透著青色。他站直了與常人無異，但走起路來身子往一邊斜，腿腳看來十分不索利。

除非朝中有大事，否則他不輕易出門。

韓王世子祁宏扶著他，等殿門一開，父子倆先入殿。

太子看到韓王，起身行了一個晚輩禮。韓王以君臣之禮還之。

太子的座位設在龍椅右側，他坐在上面，俯視眾臣。金光威嚴的龍椅離他僅一步之遙，他心潮澎湃。總有一天，他會坐在那裡，享受著朝臣的跪拜。

他前段時日和父皇一起處理過一些朝中大事，突然任命監國，卻不至於手忙腳亂。

韓王首先參摺，太監呈上給太子，太子一看，驟然色變。

「皇叔，您這是何意？」

「太子殿下，臣的意思很清楚。失德之人，不配為儲君。臣參的就是太子殿下您自己！」

眾臣驚呼，誰也不明白韓王來這一齣是怎麼回事？大臣們交頭接耳，竊竊私語起來。

太子的手死捏著摺子，緩了幾口氣。「皇叔此話從何講起，孤哪裡失德？」

「淫玩臣妻，不顧綱常，就是失德！」

常遠侯則瞇著眼，思索著什麼。

「皇叔！」太子震怒，站起來。「您可知道自己在講些什麼？」

「臣當然知道。臣敢問太子，近半年之中，太子可曾幾次去感光寺？」

太子緊張的面色鬆了一些。「沒錯，天下皆知。父皇和孤以及皇弟都曾在感光寺種下幼樹。雖然孤所種之樹沒有成活，但父皇和皇弟的樹卻生機勃勃。父皇朝務繁忙，孤一有空便替父皇去寺中照料幼樹。」

「恐怕太子是藉照料幼樹為名，行苟且之事吧？那段氏鳳娘在感光寺一住就是半年，太子難道不是去尋她私會的嗎？」

這話驚得常遠侯抬起頭來，其他大臣們的頭埋得更低。太子和段鳳娘的事情，在早幾年他們是有所聽聞的，那時，段鳳娘常出入宮中，深得皇后寵愛。他們聽家裡的夫人提過，說皇后怕是有意把段鳳娘配給太子。

後來，皇后把段鳳娘賜婚給平家，陛下又把平家小姐指給太子，所以才沒有人再議論太子和鳳娘的事。

韓王此時提到段鳳娘，大臣們的心中是懷疑的，他們不敢妄議，只能低頭。

「皇叔！您怎能如此不分是非？段氏鳳娘是平晁的妻子，平晁是孤的伴讀，每回去感光寺，平晁都陪同在側。孤體諒他們夫妻久別，允許平晁去看望自己的妻子，怎麼就變成孤和段鳳娘私會？」

「太子殿下所言並不屬實，平晁跟去不假，但他是您的伴讀，一言一行都受您指使。他是臣，您是君，您要他的妻子，他不敢多言半句。若不是忍無可忍，天下哪個男人會承認自己是個窩囊的？」

太子瞇起眼，慢慢地坐下。他聽出韓王的意思，難道平晁在別人面前說過什麼？不，不會的。

平晁不會不知道，自己才是他的主子。而且他和鳳娘見面，平晁都守在不遠處，要真是有人問起，大可以說是平晁和鳳娘一起。

他穩穩心神，想著自己曾經對平晁的許諾，平晁應該不會背叛他。

就算平晁出來指證他和鳳娘，空口無憑，誰會相信？鳳娘一個已婚婦人，失貞是再正常不過的事，誰會知道鳳娘的第一個男人是他？

他這般想著，直迎著韓王的眼神。他身後的一個小太監快速離開，去宮裡稟報祁帝。

韓王直視著太子，兩人對視一會兒，太子不自在地閃了閃神，道：「皇叔，這是從哪裡聽來的閒話？孤自問和平少夫人清清白白，不怕他人詬病。皇叔不妨告訴孤，是從何人那裡聽說的？」

「太子殿下，若要人不知，除非己莫為。臣既然敢當殿說出此事，就不可能憑空捏造，臣要去見陛下，臣告退。」

韓王說完，讓祁宏扶他退朝。太子盯著他的背影，眼裡生寒。

殿中眾臣不敢抬頭，個個恨不得裝死，不敢面對太子怒髮衝冠的臉。

太子深吸幾口氣。若是有一天他登基為帝，頭一個治的就是韓王。

他命朝中大臣有事上奏，無事退朝。大臣們一個個都不吭聲，太監高唱退朝，太子拂袖離去。

祁帝聽聞前朝傳來的消息，捂著胸口，悶痛不已。他望著皇后，皇后也看著他。他的眼底深沈探究，皇后則是憂心忡忡。

「陛下，堯兒不會做出有悖綱常之事。定然是韓王聽到什麼風聲，怕堯兒丟了皇祖宗們的顏面，才出口質問的，妾身相信堯兒。」

祁帝依然望著她，皇后垂著頭，沒有抬起。他慢慢地閉上眼睛。

外面的太監高聲說韓王求見，祁帝睜開眼，示意皇后退到屏風後面。

祁宏扶韓王進來，然後退出去。韓王先是行禮，然後請安。

「皇兄……」

「陛下，您保重龍體。」

大太監扶祁帝坐起，祁帝問道：「皇兄方才在殿中之事，朕已知悉。皇兄的為人，朕是相信的。請問皇兄是從何得知太子失德之事？」

「陛下，若不是證據確鑿，臣不敢胡言。祁朝江山社稷，不能交到無德之人的手中。太子淫玩臣妻，此乃其一；他褻瀆佛祖，在佛門清淨之地行苟且之事，此乃其二；他為一己私慾，迫害朝臣，此乃其三。如此失德之人，如何堪為儲君？」韓王語畢，撩袍跪下。「陛下，臣懇請陛下廢儲！」

「此事事關重大，容朕查實後再議。」

「陛下英明，臣告退！」

韓王走出去。他走得很慢，出殿後扶著門，祁宏趕緊上前攙扶。

太子站在臺階下，注視著他。

「皇叔，孤方才一直在想，這麼多年，是否有得罪皇叔的地方？」

韓王被祁宏扶下來。

太子又問：「孤想來想去，也想不出什麼時候得罪過皇叔，心中萬分不解。皇叔為何會針對孤，看到宏弟，孤才明白。」

「太子不必多加猜測，臣只為大祁江山。」

「江山？容孤冒昧問一句，江山與皇叔有何干係？」

「臣是祁氏子孫，不忍看江山落入無德之人的手中，令皇祖們英靈蒙羞。」

太子欺前一步。「皇叔言之鑿鑿，義正詞嚴，不過是為了掩飾自己的內心。宏弟自小與舜弟交好，皇叔真是下的一步好棋，但孤自問沒做過什麼失德之事，不怕皇叔質問，待父皇查明真相，還請皇叔您莫要失望。」

「若是臣的錯，那臣甘願認錯。只要祁朝江山能萬代昌盛，永世留傳，臣枉做小人又何妨？」

韓王說聲告退，扶著兒子的手，父子倆出宮。

太子看著他們，面露殺機。

殿內，皇后從屏風後面出來，跪在祁帝面前。「陛下，您一定要查得清清楚楚，還堯兒一個清白。」

祁帝垂著眸子，重新躺下，似是在閉目養神。

太子站在外面，遲遲不敢進去。不一會兒，平晁匆匆趕來，一臉焦急。

「你怎麼會來這裡？」太子問道。

「太子殿下，臣是來請罪的。」

「請罪？」太子自語。「你請什麼罪？」

平晁不說，太子的心往下一沈。要是平晁說自己和鳳娘有染，天下人十之八九都會相信，畢竟沒有任何一個男人，會把如此憋屈的事情往自己身上攬。

「是韓王質問孤一事嗎？」

平晁立即跪下。「殿下，您放心，要是陛下問臣，臣什麼都不會說的。」

「你起來吧，你和孤自小一起長大，孤明白你的忠心。」太子伸手扶他起來。「韓王造謠生事，意圖毀孤的名聲，到時候你可一定要給孤證明，證明給天下人看，孤和鳳娘毫無瓜葛。」

「是，臣明白。」

太子欣慰地拍著他的肩，自己往祁帝的寢殿走去。

祁帝發紅的眼望著他，他立即跪下。「父皇，兒臣不知皇叔從哪裡聽來的閒話，竟然當殿質問兒臣。兒臣和那段鳳娘真的沒有瓜葛，兒臣去感光寺數次，是為父皇您種的幼樹而去，與段鳳娘無關哪。」

「堯兒，你快起來說話。你父皇也是氣著了，你說你這孩子做事怎不避諱些，許是被人瞧見你和鳳娘說話，才會惹來是非。」皇后心疼地上前，就要扶太子。

「不許扶他！」

皇后聽到祁帝的話，把手縮回，無奈地看著太子。

「父皇，您千萬不能聽信謠言，那都是有心人惡意中傷兒臣的。」

「朕對你很失望，朕身子欠安，委你重任，你竟如此不爭氣，頭一天監國就惹出這種事……咳……」

皇后忙輕拍他的背。「陛下，妾身知道您想磨練堯兒，可堯兒畢竟年紀還輕，您有些操之過急了。」

祁帝何嘗不知道自己心急了些。他想藉自己生病的時機幫太子在朝中立威，誰知太子這麼不爭氣。

「父皇，您要相信兒臣哪，兒臣與段鳳娘真的沒什麼，平晁可以作證。」

「他敢說嗎？」

「父皇……他就在外面，您不妨叫他進來一問。」

「你下去吧，把他叫進來，監國一事暫緩，明日朕去早朝。」

「父皇……」

「堯兒，你先出去吧。」皇后給太子使眼色，太子無法，退到殿外，喚平晁進去，叮囑他要記得什麼是不該說的，平晁低頭稱是。

外面傳來平晁的聲音。「陛下，娘娘……臣來請罪！」

「讓他滾進來！」祁帝怒喝。

太監把平晁引進來，平晁撲通跪下。

皇后大急。「晁兒，這是怎麼回事？你快和姑母說說。」

「陛下，娘娘……臣有罪啊！」平晁伏在地上，磕了三個響頭。「臣不該酒後失言，都是臣的錯，連累了太子殿下……臣有罪啊！」

平晁眼眶是紅的，額頭磕得青紅一片。

「你這孩子，話也不說清楚，你哪裡來的罪啊？」皇后起身，要扶他起來，他不肯起，伏身貼地。

祁帝看著他，強撐著從榻上坐起。

「你說，你罪從何來？」

「臣……心中苦悶，多飲了幾杯，說了一些不該說的話，不知怎的傳到韓王耳中，臣聽說韓王當殿質問太子殿下……是否……和臣妻有染……」

「你這孩子，怎麼這麼糊塗？多喝幾杯，就什麼話都敢往外面說。」皇后一臉怒其不爭，對祁帝道：「定然是晁哥兒說鳳娘在寺中住著不回，他和堯兒去過幾次，別人聽岔了。堯兒是個穩重的孩子，不可能不知道事情的輕重。」

「姑母……」平晁哽咽。「姪兒窩囊啊！姪兒對不起平家的列祖列宗，給祖宗們蒙羞了！」

「太子和段鳳娘私下見過嗎？」祁帝冷聲發問。

平晁不敢答，不停磕頭。

祁帝又問：「他們是發乎情、止乎禮的嗎？」

平晁的身子僵住，然後又磕頭。

祁帝的臉上呈痛苦之色，閉著眼，靠在榻上。皇后連忙斥責平晁。「晁哥兒，你快下去吧。」

平晁彎腰退出去，太子還未離去。

「殿下，臣什麼也沒有說。您放心，別人再如何問起，臣都不會亂說的。」

太子拍拍他的肩。「孤自是信得過你的，你趕緊去寺中把鳳娘接回府。她一個獨身女子，一直待在寺中不安全。」

平晁低頭應下，急忙出宮。

殿內，皇后替祁帝倒了一杯水，祁帝閉目，對她道：「妳也回去休息吧，朕想睡一覺。」

「妾身不放心您。」

「朕無事，養幾日就好了。妳莫要熬壞身子，快去休息吧。」

「妾身不打緊的，只要陛下您龍體安康，妾身做什麼都願意。昨日舜兒守在這裡，妾身睡了個囫圇覺，精神氣足著呢。」

祁帝望著她。「回去吧，朕想獨處一會兒。」

皇后垂頭起身，行禮退出。

殿外，太子還在那裡，看到她出來，臉色複雜。

「母后，父皇的身子怎麼樣了？」

「你父皇沒什麼事。你和母后說說，你和鳳娘究竟是怎麼回事？」

「母后，妳莫聽皇叔亂說。兒臣和鳳娘不可能會糾纏不清。她是平晁的妻子，兒臣再不知事，也知道事情輕重。」

「你知道就好。這件事說起來，是母后做得不好。當初要是母后看出你對鳳娘的意思，哪裡會不成全你？萬般皆是命數，也許是你和鳳娘無緣。」

「母后……」

「罷了，事情都已成這樣，再多說無益。你回去吧，好好想想怎麼把這事圓過去，要真是傳出你和鳳娘有染的事，恐怕……」皇后嘆口氣，扶著琴嬷嬷的手，慢慢往自己的宮殿走去。

她的身影走遠，太子才動身離開。

榻上的祁帝猛然睜開眼。「你派人去感光寺一趟，送那段鳳娘一程。」

不知從哪裡冒出一個黑衣人，領命離去。一會兒後，兩個黑衣人如鬼魅般飄出皇宮，朝城外而去。

等他們到達感光寺香客院後，段鳳娘住的院子已經人去樓空。他們對視一眼，回宮覆命。

除了陛下派去的人，今日還有兩批人來尋鳳娘。平晁來過，另一批人則是皇后派出去的。

他們都沒有見到鳳娘，寺中的僧人說鳳娘一早就離開寺中，不知去向。

第一百一十七章

段鳳娘到底去哪裡了呢？

雉娘躺在榻上，問身邊的男人。

胥良川看她一眼。段鳳娘是皇后教養出來的人，心計方面肯定是不差的。可能從陛下傳出生病那日起，段鳳娘就已想到會有今日。

鳳娘現在躲起來，等太子登基後才露面，到時候平家再認她為女，她就能名正言順地進宮。至於她嫁過兩回的事，因為兩任婆家都認她為女，別人想詆毀她，也無從下手，最多是傳些閒話。

她以為自己的事情能夠瞞天過海，無人會注意到她一介婦人，根本就沒有想到，太子還未承繼大統，他們的事情就被曝出來，這下她想坐觀其成的計劃失敗，端看太子會如何處置。

「你說，她會躲到哪裡？」

「段家。」

雉娘猛然翻起身，問道：「段家？她怎麼會想到回段府？」

「趙氏已死，她又曾嫁過段鴻漸，別人不會想到她會回段府。」

「沒錯。」雉娘重新躺下。「段鴻漸能同意她成為妹妹，兩人肯定有某種約定。段鴻漸不能科舉，想要再往上走，只能另闢蹊徑。」

如果能助鳳娘一臂之力，將來鳳娘得寵，他身為鳳娘的兄長，說不定會封爵受勛，哪裡不比當官強？

胥良川說得沒錯，段鳳娘果真就在段府內，段鴻漸收留了她。

她在知道祁帝生病時，就想到或許要早做準備。侯府她不能再回去，趙家也不是她的容身之所，唯有段府。段鴻漸這人斷了仕途，他想要往上爬，除了自己這條路，別無選擇。只待太子登基，她認平晁為兄，就有資格站在高位。平家人不傻，平湘被太子所棄，她這個名義上的侯府姑娘總比外面的女子要強。

她如此想著，志在必得。

段鴻漸幫她打探外面的消息，得知韓王當殿指責太子和她有染，她大驚失色。事情怎麼會這樣？究竟是誰傳的消息，她和太子相會，平晁都守在外面，她名義是上平晁的妻子，外人怎麼會猜忌的？

「太子怎麼說，其他大臣怎麼說，陛下怎麼說？」

「妳一次問這麼多，我怎麼回答？再說朝堂上的事情，我哪裡會清清楚楚？」段鴻漸斜睨她一眼。

鳳娘重新坐下。「你再出去打探打探，有什麼消息就來告訴我。」

段鴻漸看她一眼，正要開門出去。府裡下人來報，平姑爺要來接姑奶奶回府。她面有異色，望著段鴻漸。

「不是我說的，我沒有對人說過妳在這裡。」

鳳娘蹙眉。平晁來得如此快，肯定自己在段府，難道自己的一舉一動都在別人的監視中，是誰呢？

會不會是太子？太子派平晁這時候來接自己回府，意欲何為？韓王那一問，天下人皆知自己和太子才是兩情相悅，要是跟平晁回去，那等同默認自己是平晁的妻子，她千般謀算豈不是要落空？

「你去告訴他，我不在段府。」

「他既然尋來，當是肯定妳在府中。」段鴻漸回道。

「見不到人，他接什麼回去。」段鳳娘說著，帶著自己的丫頭去另一間屋子。平晁就算進來，也找不到她，總不能搜查段府吧！

段鴻漸出去見平晁。「妹夫，你怎麼這個時候上門，不知所為何事？」

「我來接鳳娘回去。」平晁面色不佳，看不出喜怒。

「鳳娘？」段鴻漸露出吃驚的表情。「鳳娘不是一直在感光寺為母親誦經嗎？什麼時候回娘家的，我怎麼不知道。」

「大舅哥，我知道鳳娘在這裡。如今外面傳得沸沸揚揚，為了她的名聲著想，你也不該攔著我接她回去。」

「她確實沒有來過，外面的風聲我也聽到一些，不知真假。」段鴻漸說著，對平晁做一個相請的動作。

平晁跟著他入府，直接到鳳娘原來的閨房，裡面空無一人。

「我說過，鳳娘不在這裡。」段鴻漸道：「既然她沒回娘家，那我請問妹夫，她去了哪裡？」

平晁望著他，不說話。

方靜怡從院子外面過來，帶著笑意。「夫君你也真是的，無論有什麼事，也得讓他們夫妻二人親自當面說清楚，我們當哥嫂的哪能攔著。平妹夫，不瞞你說，鳳娘確實在府裡。我也不知道你們之間發生什麼事情，外面傳得那麼難聽，鳳娘怕是沒臉見你。」

「妳胡說些什麼，什麼叫沒臉見人？」段鴻漸低喝，對平晁陪笑臉。「鳳娘真不在這裡，她是回來過，但被我們勸說後，已經離開。」

平晁不看段鴻漸，對方靜怡道：「嫂子不愧是書香大家出來的，深明大義又通情達理。鳳娘躲著不見我，我知道她心中有愧，但我是她的丈夫，無論真相如何，她也得出來和我說清楚。」

「可不是這個理，鳳娘做得確實不妥。」方靜怡看著院子另一處的小屋子，眼神閃了閃。

平晁會意，直接朝那裡走去。

他的身後，段鴻漸怒瞪著方靜怡。「是妳去平家告密？」

「什麼告密？說得那麼難聽，出嫁女不聲不響地回娘家，作為娘家嫂子，我去侯府知會一聲，何錯之有？你們做什麼勾當，還怕別人知道？」

「妳……成事不足，敗事有餘！妳可知道這樣會亂了鳳娘的計劃，我們段府的前程都要斷送在妳手中。」

方靜怡冷著臉。「你還在作飛黃騰達的美夢，孰不知就憑鳳娘如今的處境，我勸你趁早打消念頭。你沒聽到外面怎麼傳的，說句不該說的，陛下真是惱了，暗地裡弄死她都是輕的。就怕定她一個蠱惑太子的罪名，到時候我們段府都要跟著受牽連。」

段鴻漸似是不信，哼了一聲。

屋內，段鳳娘和平晁相對而立。

「鳳娘，妳跟我回去吧。」

「是他的意思嗎？」

平晁搖頭。「殿下如今自顧不暇，哪裡還會想到妳？韓王力主廢儲，太子被陛下免了監國之職，他自己焦頭爛額，不知如何應對。只要妳跟我回去，安安分分當我的妻子，外面的那些流言就不攻自破，太子的地位也能保住。」

「如果我跟你回去，那……」

「保住太子的名聲要緊。」

「不，我們的事情，你最清楚。要是現在我和你回去，以後根本不可能在一起，對你也不公平。」

「我無所謂，你們情深義重，以後等事情平息，殿下心願達成，你們還會在一起的。」

鳳娘苦笑。說得輕巧，她要是現在跟他走，以後可就什麼都說不清。就算太子相信他們之間是清白的，也難擋天下悠悠眾口。到時候，太子已是天子，他後宮妃嬪眾多，日子一長，情分漸淡，難保他不會猜忌。她會相信太子，卻不相信一個帝王。

宮中鬥爭你死我活，如此一個天大的把柄，會淪為其他女人踩她上位的踏腳石。她不能留下這個隱患，何況，她現在還有另一個籌碼。她的手不自覺地放在腹部，平晁的眼神留意到，黯了黯。

「既然妳心意已決，那其他的話我就不多說了，妳萬事小心。」平晁說完，離開屋子。方靜怡看到他出來。「平妹夫，鳳娘不跟你回去嗎？」

「嫂子，就讓她在娘家多住兩日吧，過段時日我再來接她。」

平晁朝後面的段鴻漸微點頭，然後大步地走出段府，沒有回侯府，而是直接進宮，面見太子。

「殿下，鳳娘在娘家。臣方才去接她回侯府，被她斷然拒絕。她心意決絕，殿下您要有所準備。」

太子背著手，站在窗前。

今日早朝，父皇拖著病體上朝，他不僅被奪監國之職，連上朝參政的權利都被父皇罷免。韓王又上摺，請廢太子，摺子被父皇留中不發。

往日還覺得她懂事知禮，想不到也和平湘等尋常女子一般，短視心窄。要是坐實他們之前有私情，他這個太子之位恐怕不保，哪來的以後？

「殿下，臣有一事不知當不當講？」

「你說。」

「臣覺得鳳娘不像是這麼不知輕重的，定然有其他原因。於是臣私下問過她的丫頭，丫頭說……鳳娘似乎是有喜了。」

「什麼！」太子心頭大震，轉過身來。「此話當真？」

「臣不知真假，但她的丫頭那般說，想必錯不了。鳳娘肯定是為腹中的孩子打算，不想孩子不明不白的，所以才不肯跟臣回去。」

「不行，這個時候她千萬不能有身子。」太子在屋裡走來走去。不就是一次，怎麼就能懷上？這個孩子的到來根本不是喜事，而是天大的禍事。

「這個消息不能走漏出去，她在孝期，而且之前都住在寺中，所以……」太子看著平晁，面目陰冷。

「臣知輕重，可是她不肯回侯府，臣也是無法。」

「她喜歡住在段府就讓她住，但那孩子，留不得。」

「是，臣知道。」平晁退出去。

他又折回段府，見到鳳娘，第一句話就是：「鳳娘，我剛從東宮出來。殿下要我帶一句話給妳，他說妳如果想住在段府就住吧。只是有一點切記，莫要再橫生事端，要是萬一……有身子，孩子不能留。」

段鳳娘不自覺地護住腹部，退後一步，臉色大變。

「難道……」平晁望著她。「妳不會是……」

鳳娘不說話，警戒地看著他。

「鳳娘，殿下膝下空虛，哪裡會不想要孩子？告訴他反而是好事，至少他知情後，會為你們打算，總好過妳一個人受苦。」

「那就麻煩你轉告他吧。」

這事告訴太子比不告訴的好，雖是孝期有子，但以後事情真若揭開，她成為侯府女，趙氏不過是她的姑姑，世上萬萬沒有替姑姑守孝的姪女。

平晁疾奔入東宮，對太子說鳳娘確實有孕，卻不肯打掉孩子。

太子的臉陰沈著，半天不說話。

入夜，鳳娘躺在榻上輾轉反側，突然聽到窗戶傳來動靜，她坐起來，伸腳下地，踢醒睡在腳榻的丫頭。

這時，窗戶被人從外面撬開，一把寒光森森的劍伸進來。丫頭尖叫一聲，大聲呼著救命，外面的人快速打開窗戶，跳進來兩個蒙面黑衣人。

「你們是誰？」

鳳娘擁著被子，躲到榻裡面。

黑衣人不說話，舉劍就朝她們刺過來。丫頭淒厲地叫起來，連滾帶爬地躲著。黑衣人的目標是鳳娘，也不理她，直攻向段鳳娘。

段鳳娘大聲呼救，驚動府中眾人。

黑衣人想快速解決她，她拉下紗帳，順勢從榻的另一頭跳下去。黑衣人被紗帳擋住，半天才扯開。

她赤腳飛奔出去，碰到迎面趕來的段寺丞和段鴻漸夫婦倆。

屋內的黑衣人見勢不妙，跳窗翻牆而去。

「妳這個掃帚星！怎麼會在這裡？」段寺丞指著她，看到兩條人影翻牆離開，氣得手都在抖。

段鴻漸收留鳳娘，並未知會段寺丞。

「鳳娘，這些賊人怎麼會出現在府裡，他們來幹什麼的？」方靜怡心有餘悸地追問著。

「我也不知道。」鳳娘緩緩心神。「讓父親、大哥、大嫂擔心了。」

「哼，別叫我父親，妳不是我們段府的姑娘，我已經把妳從族譜上除名。妳明日趕緊走，別再讓我看到妳！」

段鳳娘已平復情緒，她並不在意段寺丞的話。她還有侯府，平晁答應認她為妹，要真有用得著的時候，平家才是她的娘家。

她現在滿腦子都在猜，今日的刺客是誰派來的，是誰會想殺她滅口，她礙了誰的事？

難道是……

不會的，他不會這麼做的。

她不停安慰自己，心卻不由自主地往下沈。

段鳳娘一夜未眠，天一亮就讓方靜怡去請平晁，她要見太子。
平晁急忙趕來。「鳳娘，妳可是想清楚，要跟我回去了？」
段鳳娘冷著臉，坐在桌邊。她一夜沒有睡好，臉色憔悴，眼圈發黑，眸光晦暗。
「我要見殿下，你幫我安排一下。」
平晁低下頭，點了點。
段鳳娘扮成平晁隨從的裝扮，進了東宮。她低著頭，跟著平晁進到太子的書房。
平晁領她進去後，就退出門外。太子轉身，看到的就是她。
「鳳娘見過殿下。」她盈盈行禮。
太子看著她，眼神帶著淡淡惱怒。「聽說妳有了身子？」
「殿下，鳳娘正是為此事而來。」鳳娘撫著腹部。「鳳娘知道這孩子來得不是時候，他能趕在此時到來，說不定是想看到自己的父親登上高位的樣子。」
太子眯著眼。「妳在說什麼？」
「殿下，鳳娘想著，要是陛下一病不起，那麼他不就能看到殿下您……」
「妳胡說什麼？父皇身子不過是微恙，定會萬壽無疆的。」
「殿下莫惱，您聽鳳娘說來。鳳娘也希望陛下能千秋萬代，但天有不測風雲……」
「這話不可再說，妳且說說想怎麼辦。妳腹中的孩子留不得，難道妳不知道孤如今的處境嗎？」太子臉有薄怒，制止她說下去。

鳳娘輕嘆一聲。「鳳娘知道殿下您如今處境艱難，但殿下您有沒有想過，您為何會處境艱難？若是宮中僅有您一位皇子，那您還會有如此多的顧忌嗎？陛下還會如此瞻前顧後嗎？」

太子的眼瞪大，看著她。

她繼續道：「至於這個孩子，更好辦。平晁答應認鳳娘為妹，那麼段夫人就不再是母親，而是姑姑，天底下可沒有給姑姑守孝的姪女。」

太子一言不發，定定地看著她，心裡思量她的話。鳳娘輕輕走過去，依偎進他的懷中。

他的手先是垂著，慢慢地抬起，摟著她的肩。

外面響起平晁的聲音。「太子妃娘娘，妳不可以進去！」

「本宮為何不能進去？那賤人都不要臉地進了東宮，還怕別人不知道！」

平湘帶著一群宮女太監，正在書房門口。

「妳聽誰胡說的，殿下在裡面和人商議要事，妳快些走吧。」平晁苦心地勸著妹妹。

「哥，你讓開，你願意當個窩囊的男人，本宮卻不想忍這口氣！」

平湘推平晁，平晁死死地攔住。

突然，他瞥見門口處一個明黃的身影，嚇得立刻跪下來。

殿外的人全部跪下，高呼著萬歲。

第一百一十八章

屋內的太子和鳳娘齊齊變臉。太子一把推開鳳娘，鳳娘差點沒站穩，扶著桌子才勉強穩住身子。

她眼裡浮起失望的神色，瞬間又恢復如初。

太子先是慌亂，而後心神略定，示意鳳娘躲起來。鳳娘環顧書房，似乎並無什麼躲藏之處。

門被人從外面一腳踢開，祁帝冷著臉進來，後面跟著皇后。

皇后想伸手扶祁帝，被祁帝拒絕。他病未痊癒，臉色蒼白，因為怒氣，胸口起伏不停。

段鳳娘一進東宮，他就得了信，正巧皇后也在，夫妻二人直奔過來。

平晁和平湘兄妹二人也跟進來。皇后回頭，似是埋怨地看平晁一眼。平晁面有愧色地低下頭去。平湘滿臉委屈，雙眼狠狠地瞪著段鳳娘。

太子撲通跪下，鳳娘也趕緊下跪。

「你們行事也太不像話，風口浪尖上，鳳娘還敢進宮？」皇后一臉怒其不爭。

「皇后娘娘，不關太子的事情，是臣女求著進宮的。」

「臣女？」祁帝低諷。「妳已是平家的少夫人，怎麼還敢自稱臣女？」

「稟陛下，臣女雖已嫁人，和平公子一直是兄妹相稱，並無夫妻之實。」

「大膽！」祁帝大怒。「先是段家，然後是平家，妳以為自己是誰？把別人耍得團團轉。那段家認妳為女，平家也認妳為女，朕倒是小瞧妳，一個女子竟有如此心計，實在可怕。」

「陛下息怒，您不妨聽聽他們是怎麼說的，萬一有隱情，我們豈不是冤枉她和堯兒？」皇后對太子使眼色。

太子心念電轉。「父皇，您誤會兒臣和平少夫人。平少夫人此次進宮，是和平晁一起來探望太子妃的。」

平湘聽到太子的話，氣憤地張大嘴。

「既是來見本宮的，為何會出現在太子的書房？而且嫂子這打扮，倒不像是來作客。堂堂侯府少夫人，打扮成小廝的模樣，分明是要做丟人的勾當。」

太子暗罵一聲蠢婦，把目光投向平晁。平晁低著頭，並未收到他的暗示。

「妳來說，妳穿成這般模樣，要做什麼？」祁帝喝一聲，問鳳娘。

鳳娘看太子一眼，太子微不可見地搖頭。她定定心神，想著成敗在此一舉，狠下心來。

「陛下明察，臣女和平公子確實兄妹相稱，臣女和太子才是兩情相悅，求陛下成全臣女的一片癡心。」

太子沒想到她會挑明，慌了心神，不敢直視祁帝的怒目。

太子滿腦子都想摘清此事，韓王就是以他和鳳娘有私情，請父皇廢儲。眼下要是承認他和鳳娘的事情，不就證實韓王的言論，到時候父皇真的廢他怎麼辦？

「父皇，您莫聽她胡說，兒臣和段氏什麼事情也沒有！她是平晁的妻子，是平晁帶她進宮。她說有話對兒臣講，兒臣這才見她的。父皇……您要相信兒臣哪！」

段鳳娘痛心地望著太子，咬著唇，重重地磕頭。

祁帝的臉色都是陰沈的，沒想到太子會如此沒有擔當。男人好色，本不是壞事，如果敢做不敢當，那就是德行有虧。

「朕再問你一遍，你和段氏真的沒有私情？」

「沒有，父皇，兒臣與她絕無私情。」太子的回答斬釘截鐵。

段鳳娘閉了一下眼，傷心欲絕地看著他，突然無力地倒下。

皇后忙命人去請御醫。太子突然想到鳳娘有身孕一事，示意平晁出來說話。平晁沒有看他，低著頭，看不清臉上的表情。

御醫的動作很快，匆匆趕來，鳳娘有身孕一事自然瞞不住。

聽到鳳娘有喜，平晁抬起頭，茫然地看著鳳娘，又看太子一眼，重新低下頭去。

祁帝的臉色更陰沈，原本的蒼白變成青白。皇后先是一愣，繼而歡喜道：「好了，看來真是一場誤會，鳳娘都有身子，平家要添曾孫，真是喜事一樁。」

太子鬆口氣。

平晁似是掙扎許久，走到祁帝的面前，跪下。

「陛下，臣自接鳳娘回府後，因臣有傷在身，一直未能圓房。後來岳母病重，鳳娘侍疾。待岳母西去，鳳娘以守孝為由，去寺中清修。所以臣和鳳娘雖有夫妻之名，卻無夫妻之實。」

「平晁……」太子驚呼出聲。「你可知道自己在說什麼？」

「太子殿下……平晁雖是臣子，卻也是男人。鳳娘身在侯府，心在外面，臣想著……總有一天，她會接受臣……做臣的妻子。她說見太子，是想問一些事情，臣想著說清楚也好……許是說清楚，她就會願意和臣踏實過日子。」他哽咽出聲，朝向皇后。「姑母，晁兒給平家丟臉了，給姑母丟人了……晁兒對不起平家的列祖列宗……姪兒大不孝啊……」

「晁兒，苦命的晁兒！」皇后抽出帕子，按了下眼角。「說起來，都是本宮的錯。當初本宮要是知道鳳娘心有所屬，怎麼也不會把她賜婚給你……孩子……你受委屈了。」

她伸手去扶平晁，平晁順勢起來。

鳳娘根本就是假暈，她聽完平晁的話，心裡打了一個突。她原本以為平晁會說他們有兄妹之情，願意認她為妹，哪知平晁句句都在訴苦，似乎偏離本來的說詞。

「這孩子是你的嗎？」祁帝問太子。

太子面色發白，咬咬牙。「父皇，平少夫人的孩子不是兒臣的。她嫁過兩回人家，縱使沒有和平晁圓房，也不能證明和段府公子是清白的。當初也是她一面之詞，誰知她和段府公子是怎麼回事？」

鳳娘不能再裝暈，她睜開眼，淚流滿面。

「殿下，鳳娘是否清白，別人不知，殿下還不知嗎？」

「孤怎麼會知？妳是他人之妻，清不清白與孤何干，孤又怎麼可能清楚？」太子不敢看她的眼睛，硬著頭皮道。

鳳娘淚水漣漣，幾欲暈厥。

她的手放在腹部，似哭似笑。「陛下……臣女敢對天發誓，腹中孩子是太子的骨血。若有半句虛言，願五雷轟頂，死後墜入阿鼻地獄，永世不得超生！」

眾人震驚，她眼裡的狠絕，臉上的孤注一擲，不像是裝的。

太子頭皮發麻，不敢抬頭。他惱恨鳳娘不懂事，埋怨平晁不知趣。心裡想著，臉色便帶出來，散發著戾氣。

祁帝痛苦地閉了一下眼，滿目失望。

皇后看看這個，望望那個，沈重地嘆口氣。

祁帝一直看著太子，太子被他看得頭越來越低，身子不可自抑地抖起來。

最後祁帝擺手，示意他們出去。

皇后遵命，對平晁使眼色，平晁扶著鳳娘，跟著她出去。

背後傳來祁帝冰冷的聲音。「這個孩子不能留。」

鳳娘身子一震，抖了抖。平晁扶著她，退出門外。

平湘狠狠地瞪著她，吐出兩個字。「賤貨。」

「湘兒，妳可是太子妃，不能如此粗鄙。」皇后訓斥平湘，命她先離開，再讓平晁和鳳娘也出宮。

書房內，祁帝一言不發，太子冷汗直流，跪在地上，不敢起身。

「朝中除了韓王，又有幾位大臣聯名上奏，請朕廢儲。」

「父皇……」

「朕一直留中不發，想著事情定有蹊蹺。今日一見，你真讓朕失望。看來朕得好好考慮此事，你好自為之吧。」

祁帝背著手，離開書房。

「父皇……」

太子喚著，委頓在地。

他的腦子嗡嗡作響，反覆地回想鳳娘之前說過的話。要是父皇……他就能馬上登基為帝！

不，他不能弒父。

父皇是怎麼得到帝位的，還不是因為皇祖父的幾個兒子死的死、殘的殘，所以皇位才落到父皇頭上。

鳳娘還說過，如果宮中僅他一位皇子，那麼無論如何，這皇位都是他的。對！只要沒有舜弟，母后就不會存著別的心思，父皇也不會考慮廢掉他。

沒錯！

那樣一來，所有的問題都不是問題。

他盯著地板，凶光畢現。

二皇子祁舜正在德昌宮。皇后從東宮回來後，一臉疲憊，他唸著經書，試圖用佛音化解皇后的煩惱。琴嬤嬤站在身後，替皇后輕揉額頭。

「娘娘，您現在可有好些？」琴嬤嬤小聲問道。

皇后眼睛未睜開，嘆口氣。「好多了，妳的手法就是好。還有舜兒孝順，本宮現在心情好多了。」

「母后，若是您以後還想聽，兒臣天天來唸給您聽。」

「母后知道你孝順，但你是皇子，怎能天天來唸經書？」皇后的面上浮起欣慰，睜開眼來。「你去忙自己的吧，母后無事。」

皇后催他去太傅那裡。祁舜告退，走出德昌宮。

路邊斜走來一位小太監，弓著身子，對他行禮。「二皇子，太子殿下有請。」

祁舜略皺眉，朝東宮走去。

書房中，太子恢復以往穩重的模樣，半點也看不出之前的風雨。

祁舜進去，他請祁舜坐下。

「不知皇兄有什麼事情要吩咐？」

「也不是什麼大事，是關於感光寺中父皇所種的樹一事。」太子說著，略有惆悵。「你也知道，最近朝中風聲多，孤行事多有不便。但孤曾應諾過，會不時去寺中照料幼樹，而今皇兄就把此事託付給你，你意下如何？」

「皇兄所託，不敢相負。就算皇兄不說，臣弟也有此意。」

「好。」太子拍一下他的肩，背著他的臉色卻陰下來，殺機盡現。

祁舜一無所知。離開東宮時，他聽到太子妃的罵聲，還有一些器皿摔碎的聲音。他望著東宮高高的琉璃角簷，嘴角泛起冷意，似譏似諷。

二皇子出宮，輕裝簡從，只帶了四個御衛軍。他們騎馬出城，一路上並未出示皇子令牌，而是御衛軍令。

感光寺依舊香火鼎盛，千年古柏的旁邊，樹苗綠意盎然，不遠處的小樹也生機勃勃。那原本太子所種之樹的地方，被人又續種上一棵，也活下來。

祁舜舀水，依次澆著。

水桶的水見底，又有兩個僧人抬水過來。祁舜也沒有抬頭，水瓢往水桶裡伸，突然一道寒光襲來，他忙閃開，那長長利劍劃破他的衣袍。

還未等他反應過來，又一劍刺來，從他手臂劃過，血立即噴出來。

御衛軍們已經衝過來，兩名僧人見行刺未成功，對視一眼，雙雙服毒自盡。

祁舜捂著手臂，其中兩個御衛軍上前攙扶他，還有聞訊趕來的方丈。方丈一邊給他上藥，一邊命監寺給兩名僧人驗明正身。

監寺一口咬定兩人不是寺中僧人，御衛軍們翻看屍體，對二皇子道：「殿下，是死士。」

方丈不停告罪，有僧人來報，說在井邊發現死掉的兩位僧人，衣服被人剝掉。方丈垂目，口中唸著阿彌陀佛。
二皇子的傷口不算深，上藥包紮後，血很快止住。
他看著自己的傷處，四名御衛軍立在前面，請示他是否要封寺嚴查。
「不用勞師動眾，本宮傷勢無礙。寺中必是不知情。你方才說那兩人是死士，身上可有何信物？」
「沒有，他們虎口繭厚，必是習武之人。齒中藏毒，一旦事敗便咬毒自盡，這是死士慣用的法子。」
「好，你們聽本宮的，去寺中尋一家香客，本宮隨香客下山。你們找一輛空馬車，按原路返回，不必管本宮，本宮自有去處。」
「是，殿下。」
四名御衛軍前去尋人，很快尋來一位香客，香客聽聞對方是二皇子，哪有不應的道理。
二皇子坐上香客的馬車，尋常百姓的馬車進不了次衛門，二皇子命他們送他去胥府。
另外四名御衛軍則護送空馬車回城，路上果然遇到劫殺，對方見馬車中空無一人，很快撤退。
香客的馬車停在胥府門外，香客敲開胥府的門，小聲地說貴客到來，欲尋胥大公子。門房忙派人通知胥良川。
胥良川匆匆趕來，瞧見外頭的馬車，馬車內的二皇子輕咳一聲。胥良川聽出聲音，忙掀簾，待看到他受傷，一個字也沒多問，就把人扶進府中。

香客一家得了胥府的厚禮，快速離開。
胥良川把祁舜扶到自己的院子，雉娘剛把大哥兒哄睡，穿戴齊整出來。
祁舜被安置在西廂房，見雉娘進來，歉意一笑。「叨擾表姊。」
「殿下說哪裡話，你怎麼會受傷的？」
「寺中遇刺。」
雉娘的眼神閃了閃，看了自己的丈夫一眼，夫妻倆沒再多問，忙命人準備吃食熱水。
胥良川深深地看他一眼，道：「殿下，可否要臣告知皇后娘娘？」
「那就麻煩胥大人了。」
胥良川出去，雉娘命人把飯菜端進來。「殿下一路奔波，想必十分疲乏，臣婦叫人進來侍候。」
二皇子又道謝，雉娘正要出去，聽到外面似有打鬥聲。
她一驚，二皇子也站起來。

第一百一十九章

二皇子心知闖入者分明是衝著自己來的，想不到對方欲置他於死地，竟是如此迫不及待，連胥府都敢闖。

雉娘讓二皇子躲進櫃子，好歹能擋些時間。

二皇子不肯。「本宮絕不願躲在婦人身後，胥家之禍因本宮而起，本宮絕不做縮頭烏龜。」

他一隻手受傷，另一隻手按在自己的腰上，使勁一抽，把腰帶裡的軟劍拉出來。雉娘示意屋裡的兩個下人關門，並搬起屋子裡的東西擋在門口。

她自己左看右看，也沒看到什麼能用的東西，為了照看孩子，她頭上連根簪子都沒有。

外面，許靂和許敢還有府中的家丁，正和四名黑衣人纏鬥在一起。

其中兩名黑衣人看到西廂房中的燈光，甩開他們，直奔過來。

與此同時，胥良川也趕過來，連忙召來府中其他下人，一面派人護住主屋的兒子，一面趕去西廂房。

兩名黑衣人衝到西廂房，踹開房門，被擋在那裡的東西絆倒。他們趔趄幾下，二皇子乘機揮劍上前。

兩個下人舉著板凳，被黑衣人兩下刺倒在地。

二皇子身上有傷，很快落了下風。雉娘心急，二皇子不能在胥府出事，不然胥府如何對帝后交代？

一個黑衣人的劍朝二皇子刺去，她想也沒想，急撲過去，擋在二皇子身前，那劍直穿過她的肩胛，血噴出來。

趕過來的胥良川目眥盡裂，奪過下人手中的刀砍向黑衣人。黑衣人用手一擋，刀砍在手臂上，欲刺雉娘第二劍的手垂下來。

雉娘得到喘息，也顧不得疼，指指床榻。二皇子會意，拖著她，兩人躲到後面。

黑衣人想追過去，被胥良川和下人們纏住。

院子外的黑衣人也衝進來，許靂和許敢追著進來，雙方纏鬥在一起。黑衣人不想戀戰，劍劍都是死手，胥良川帶著兩個家丁擋在床榻前，府中早有下人奔呼求救，很快地，所有人都趕過來。

黑衣人們大急，拖得越久，他們的任務就越完成不了。目標在床榻後面，只要取了二皇子性命，他們就大功告成。

胥良川繞到床榻後面，雉娘靠在二皇子身上，肩胛處鮮紅一片，她面上因失血變得白到透明，看到他，眼睛眨了眨。

他一把扶住她，從衣服內衫上撕下布條，幫她把傷口包上。

許敢擋在床前，許靂帶著家丁們擋在後面，兩面夾擊，黑衣人們身上中了幾劍，但他們似不知疼一般。

屋內湧進的家丁護衛越來越多，黑衣人被緊緊圍住。胥家的下人都已經知道二皇子在府上，黑衣人是衝著二皇子來的，要是二皇子在胥府遭遇不測，別說是他們，就是胥府的主子們，都要被問罪，哪裡敢退縮，一個個往前衝。

黑衣人們身上本就受傷，屋子外面火把通明，屋內還有許靂和許敢這樣的高手，他們自知今日難以逃脫，一咬牙，口吐黑血，中毒身亡。

胥良川忙把雉娘抱出來。二皇子經過方才一番折騰，原本的傷口處也滲出鮮血。胥老夫人、胥閣老和胥夫人很快趕來，顧不得向二皇子行禮，忙命人請大夫。

下人們將四名黑衣人的屍體拖出去，清洗地面。

大夫被人提著飛跑過來，二皇子說自己不打緊，讓大夫先給雉娘看傷。胥良川屏退眾人，親手割開她肩頭的衣服，大夫遞上金瘡藥，他撒在上面，然後小心地用布條包紮。

雉娘一聲未吭，連痛都沒有喊一聲，他眼有淚光，還有殺氣。

二皇子避開寺中的人，乘坐香客的馬車來胥府，按理說，那些死士不可能這麼快知道消息，除非城中還有眼線盯著入城的馬車。能這麼快發現馬車到了胥府，城中的眼線人數肯定不少，能做到這點的，除了暗衛們，還有京中的京兆府。

他想起前次在碼頭遇刺時，京兆府尹就十分可疑。這次刺殺二皇子的事，京兆府尹肯定是知情的。

東廂房內，大哥兒睡得香甜，不知府中的變故。海婆子、烏朵和青杏還有幾個下人死死地守著。

雉娘的傷口處理完後，胥良川出去。大夫已給二皇子重新換過藥。二皇子站起來，一直道歉。

「殿下無須自責，保護殿下是臣和家人該做的事。臣請問殿下，殿下從感光寺中乘香客的馬車進城，可有暴露過行蹤？」

「沒有，本宮一直坐在馬車中，城門口的守衛不過是略一盤查就放行，應該沒有露出馬腳。」

二皇子說完，突然覺得有些不對勁。按理說他如此小心謹慎，御衛軍們已把刺客引開，那為何他們還能如此快速地找上胥府？

「胥大人在懷疑什麼？」

「臣是想到一件事。前幾個月時，臣的二叔一家返鄉，在碼頭，臣與家人一起為二叔送行，也曾遭遇歹人。那歹人身藏長劍，被江大人押走後竟能掙脫衙役，且手中還多出一把短刃。那一次也是凶險萬分，幸虧府中下人機靈，才化險為夷。」

二皇子喃喃道：「京兆府的江大人？」

江大人為人圓滑，這兩件事情，一般人懷疑不到他頭上。

「多謝胥大人提醒。」

胥良川連說不敢，垂首低眸。

皇后在宮中聽到胥良川送進來的口信，驚得從椅子上站起來，忙命宮中御衛軍去胥府，隨行帶著御醫。

德昌宮的動靜太大，驚動祁帝，祁帝聞聲前來。

「妳調動那麼多御衛軍，發生什麼事？」

皇后眼眶發紅。「妾身也不知詳情，良川派人送信，說舜兒在感光寺遇刺。妾身這心還狂跳著，也不知傷得重不重？」

「他怎麼想到去感光寺？」

「他孝順，說堯兒不便出宮……他去寺中替你們種的樹澆水。」

祁帝僵住。猶記得他還是皇子時，上頭的三位皇兄是如何你爭我奪，互相殘殺的，難道他的皇子們也在重複歷朝歷代的慘劇？

祁帝胸口起伏，怒氣沖沖地去東宮。

太子正坐在書房裡，像是在等什麼消息。

外面的太監迎駕，太子聽到聲音，起身相迎。祁帝進去，命大太監關上門。書房裡，只有他們二人。

「跪下！」祁帝怒喝一聲，隨即咳嗽起來。

「父皇……」

「朕問你，舜兒去感光寺，你可知情？」

「父皇……」

「朕還問你，他在寺中遇刺，歹人從寺中追到京中，你可知情？」

「父皇……舜弟遇刺？是誰如此膽大包天？」

祁帝盯著他的眼，自嘲一笑。「朕也曾是皇子，皇子之間相殘的事朕一清二楚。朕以為，你們一母同胞，朕的皇子們一定不會像皇兄們一樣自相殘殺，你們一定會相互扶持。」

「父皇……兒臣沒有……」

「不用否認……舜兒去感光寺，是你提議的，對嗎？如果沒有他，你就是祁朝唯一的皇子，縱使德行有虧，為了祁氏正統，朕也會扶你上位，你就是這麼想的，朕說得對否？所以你有恃無恐，一心想置舜兒於死地，在寺中刺殺不成，追到胥府，勢必要取他性命，對否？」

「兒臣不知……舜弟傷勢如何？」

「這才是你關心的。」祁帝痛苦地合上眼，復又睜開。「你放心，他是朕的兒子，有龍氣護體，怎麼可能有事？」

「父皇……」

太子驚恐地搖頭，心不停地往下墜。那些死士竟沒能成功？父皇說舜弟有龍氣，是什麼意思？

「堯兒，你德行有虧，大祁江山不能交到你手中。你放心，就算不能為帝，朕也會封你一個王位，保你終身富貴。」

「不……父皇……」

太子抓住祁帝的龍袍下襬。「父皇，兒臣冤枉……您莫要放棄兒臣……」

祁帝扯了幾下袍子，沒有扯開他，反被他絆得差點倒地，頭磕在桌角上。

太子慌了神，要去扶他。祁帝頭暈目眩，掙扎著起身，這時太子的腦海閃過鳳娘的那句話——要是父皇現在駕崩，那他這個太子就是名正言順的繼承者。

他露出自己都不知道的可怕表情，祁帝看到他的表情，心涼了一截。

趁太子沈浸在自己的思緒中，他踉蹌著走到門口拍門，大太監立刻開門扶他。太子反應過來，懊悔不已。

祁帝扶著大太監的手，頭也不回地離開東宮。臨走前，命人守好東宮，不許太子外出。

太子聽到，又氣又悔。

祁帝返回德昌宮，和皇后一起等著。御衛軍們動作很快，不到半個時辰就把二皇子接回宮。

看到他精神還行，傷勢也不太重，帝后同時鬆口氣。二皇子被宮人們抬到錦榻上，御醫在胥府時就驗過傷，說好在沒傷到筋骨，養個十天半個月，也就能痊癒。

「父皇，母后，兒臣讓你們掛心了。此次凶險，在寺中遇刺，兒臣想著怕被人攔路堵截，於是乘香客的馬車先到胥府。誰知那些死士追到胥府，胥少夫人為了給兒子擋劍，被人刺傷。」

「什麼？雉娘傷到了？」皇后驚呼，她身後的琴嬤嬤托住她差點昏倒的身體。

「胥少夫人傷得重嗎？」祁帝發問。

二皇子點頭，臉有愧色。

「父皇，那些人是不死不休，意在兒臣的性命，從寺中追到城裡，連胥府都敢闖。要不是胥少夫人擋那一劍，恐怕兒臣就見不到你們了。」

祁帝退後一步，臉上的表情忽暗忽明。

皇后坐在榻邊，垂淚不已。「陛下，這些賊人真是無法無天，在寺中刺殺舜兒還不夠，竟敢追到胥府，連雉娘也被刺傷。妾身聽得心驚肉跳，說句大不韙的話，這簡直是要謀反！」

「母后，兒臣實在猜不出，誰會這麼做？」

皇后看著祁帝，祁帝不語。二皇子像是明白些什麼，神色黯然。

「陛下，許是居心不良之人所為，為的就是挑撥離間，離間皇室的關係。」皇后小心斟酌著，輕聲說道。

祁帝還是不語。

「陛下……」

「妳莫要再說，朕會查清楚的。舜兒好好歇著，父皇過兩日再來看你。」

祁帝離開。皇后望著他的背影，臉上的憂色散去，責備地轉頭望向二皇子。「你這孩子，主意越發正。」

「母后，遲早會有這一天的，皇兄不容兒臣。」

「他確實比想像中心狠，還好雉娘替你擋了劍，要不然母后可怎麼辦？你要記得你表姊的好。」

「母后放心，兒臣記在心裡呢。」

「好。」皇后伸出手，輕輕地撫摸他的髮。自從他七歲後，他們母子就不曾有這般親密的時候。

這個兒子是她抄了九九八十一天的經書保住的，乾門寺的覺悟大師在她有身孕時就說過，她的肚子有紫氣騰升，必是龍子。

為了這個龍子，她捨棄太多。

舜兒聰慧，自己從不曾對他透露過什麼，他卻像是什麼都知道一般。許是他生在帝王家，骨子裡有與生俱來的敏銳。

「你好好歇著吧，母后陪著你。」皇后的聲音很輕柔，像是在哄稚子入睡。

二皇子乖巧地閉上眼睛，嘴角泛起微笑。

前殿一夜燈火通明，祁帝拖著病體，支手撐頭落在御案上。大太監勸過幾回，他都不願意回寢殿休息。

他的腦海中，一會兒是太子的臉，一會兒又是二皇子的臉。太子今日在書房中露出的眼神不停在眼前浮現，他知道，那一刻，他的兒子起了殺心。

何其可悲，為了避免兄弟間互相殘害，他自己服藥，無法再生育。宮中只有兩位皇子，明面上還是一母同胞，他以為，他倆一定會相互扶持。

誰會知道，最後他們還是開始你爭我鬥。堯兒心狠，居然能下死手去刺殺舜兒，若是百年後，繼位的是堯兒，舜兒還能活嗎？

他重重地咳嗽幾聲，心痛如絞。

是時候該做個了斷，他不允許僅有的兩個兒子鬥得你死我活，就算他們心不和，也要想個法子讓他們相安無事。

翌日，祁帝下旨廢除太子的儲君之位，封為滄北王，即日起十日之內啟程去滄北，有生之年，非召不能進京。

太子接到聖旨，大喊：「父皇……兒臣冤枉啊！」

他不肯接旨，平湘也跟著哭喊不願意去滄北。誰不知滄北苦寒，她一點也不想去。「本宮不要去滄北，本宮要去見父皇！」

「王爺，王妃，陛下口諭，王爺王妃離京不用辭行，直接啟程。」太監尖利的嗓音響起。

祁堯呆愣著，突然笑起來。「父皇……您竟如此狠心……有生之年……非召不能回……哈哈……」

第一百二十章

平湘不肯接受事實，起身急急地去德昌宮，求見皇后。皇后不肯見她。二皇子正在養傷，皇后親自照料兒子的傷，誰也不想見。

她無法，轉身去前殿，祁帝同樣不肯見她。她心裡咒罵段鳳娘，要不是她禍害太子，太子怎麼可能會被廢？

那個女人還占在她的娘家，做著平家少夫人，這口氣她如何能忍？她管不了許多，當即要回侯府，宮中守衛並沒有攔她。

她一路憋著氣，殺回侯府。

侯府中，段鳳娘腹中的孩子已經落下，陛下的旨意，誰敢不從。段鳳娘不肯，是世子夫人葛氏命人押著她，才把落胎藥灌到她嘴裡。

她不管段鳳娘如何鬧，孩子是堅決不能留。要不是平晁求著，葛氏當天就會把段鳳娘丟出府外，免得讓侯府沾了晦氣。

段鳳娘落了胎，憶起太子在書房時對陛下說的話，萬念俱灰。她躺在榻上了無生氣，若不是還有氣息，就如同死人一般。

平湘命人踹門進來時，看到的就是她生無可戀的臉。

「妳個賤人，還有臉躺在侯府，來人哪！把她給我丟出去！」

侯府的下人不敢違背公子的意思，平湘帶來的宮人們可就不管，直接上前把段鳳娘拖下來。鳳娘原本眼睛是閉著的，猛然睜開，恨毒的目光射向平湘，驚得宮人們停手。

平湘被她的眼神刺得眼皮直跳，色厲內荏地喝令宮人。「妳們還不快把她丟出去！」

宮人們又開始動作，平晁一腳跨進來。「妳們誰敢！」

「哥，你怎麼還護著她？如此不貞不潔的女子，究竟給你灌了什麼迷魂湯，讓你矇昧執迷的。」

「這是侯府的家事，妳不在東宮陪太子，這時候出宮做什麼？」

「太子？」平湘冷笑。「哪裡還有什麼太子？都是因為這個女人，太子才會被廢。陛下封他一個滄北王，命我們即日啟程去滄北，非召不能回！」

「什麼？」平晁大驚。「何時的事情？」

他自從書房一事後，就再也沒有去東宮，陛下也默許，沒有說什麼。

平湘沒好氣地道：「剛剛。」

段鳳娘的眼睛恢復一些神采，愣愣地盯著平湘。「妳剛才說什麼，太子被廢？」

葛氏聞訊趕來，聽到平湘的話，大驚失色。「湘兒，妳說什麼，太子成了王爺？」

平湘看到母親，憋著的委屈全部釋放出來。她抱著葛氏哭訴。「陛下下旨，封太子為滄北王，娘……湘兒不要離京，不要去滄北……」

「陛下的旨意，妳敢違抗？」平晁不贊同平湘的說法。再如何不願，也不能抗旨。

平湘哭得更大聲。

段鳳娘雙眼木然，被宮人丟在地上，望著頭頂的屋梁，不知心裡在想什麼。

平晁堅持送平湘回宮，葛氏雖不捨，也不敢攔著。

送完平湘，他折回屋內，看鳳娘還躺在地上，旁邊的下人們都不動。

他彎腰抱起鳳娘，放回到榻上，憶起曾經溫婉從容的女子，悵然嘆氣，心裡莫名有些酸澀。

就這樣吧，她若是願意留在侯府，他便養她一輩子，其他的事情以後再說。

平湘氣呼呼地回宮，宮人們來報，說王爺把自己關在書房裡，已經有兩個時辰沒有出來。

她心裡有氣，親自上前，把門拍得大響，饒是如此，裡面還是沒有動靜。她開始覺得有些不對勁，命宮人們撞開門，門轟然倒地，裡面的書桌前，祁堯趴在那裡一動不動。

他的手垂下來，地上有一把匕首，沾滿鮮血。

她驚叫一聲，嚇得往後退一步。

宮人們上前，大著膽子觸碰他的身體，一點反應也沒有。有個太監抖著手把他扶起，就見他胸前一個血窟窿，血已凝住，一探鼻息，生氣全無。

太監嚇得連忙跪下，所有宮人都跟著跪下。

平湘抖著聲。「快……快去……報陛下……」

她說完，兩眼一翻，暈死過去，腦中最後一個念頭竟是：她終於可以不用去滄北了。

祁堯在東宮自盡，祁帝一夜之間病重。他從未想過自己的皇子會先自己離世。他封長子為滄北王，實則是在保護長子。

兩個都是他的兒子，對於他們的性子，他是看得清清楚楚。

堯兒心性不夠寬闊，至少不如舜兒良善，要是舜兒登基，堯兒又遠在滄北，兩兄弟還能相安無事。若是堯兒繼位，說不定，舜兒就活不成。

他一心想要兒子們兄友弟恭，既然做不到，就離得遠遠各自安好，也是可以的。萬萬沒有想到，堯兒會想不開自盡。

宮中發喪，滄北王暴病身亡。侯府的段鳳娘木然地躺在榻上，聽著葛氏的罵聲，罵她是個喪門星，剋盡身邊所有人。要不是她，滄北王還是太子，也不會年紀輕輕就早逝。

她聽著那罵聲，像是從遙遠的地方傳來，目光幽遠，彷彿穿透時光，看盡她的一生。

她親耳聽到，那個男人說自己腹中的孩子來歷不明，自己的身子不乾不淨，世上沒有任何一個人的話，能傷她如此深。

現在，那個男子死了，她還有什麼希望可言？就算是恨，也沒有該恨的人。她望著屋頂的房梁，掙扎著爬起身，找出一條長腰帶，搬來凳子懸掛上去。

她灰敗的眼中有一絲不甘，她想，如果不是陰差陽錯，自己的一生肯定不是這個樣子。

她眼前浮現出自己期望的樣子——她鳳冠霞帔，手被明黃龍袍的帝王牽著，他們慢慢走上金殿，受天下萬民的跪拜，他們的口中高呼著陛下萬歲，皇后千歲。

那才是她本該過的日子。

她的眼角滑落一滴淚，慢慢地把頭伸到套環中，蹬開凳子……

等下人們發現時，她已死去多時。

但平府少夫人的死訊無人注意，京中人都沈浸在滄北王的逝世中。

平晁看著段鳳娘的屍體，惆悵滿腹。

趙書才聽聞鳳娘死訊，垂著頭，半天不吭聲。

前段日子，京中的傳言鬧得沸沸揚揚。他就是不想聽也得聽，別人都說太子和鳳娘有染，現在太子一死，鳳娘就跟隨而去，似乎印證外面的傳言。

「老爺，無論怎麼說，她也是你的骨肉，我們還是派個人去看看吧。」鞏氏低聲勸著。

趙書才嘆口氣。他和鳳娘相處的時日不多，後來又發生太多事，眼下她雖不是趙家女，但父女一場，他總要去送送。

他換上素服，去了一趟侯府。

平晁以少夫人之禮葬了鳳娘。無論生前多少事，死後也算是得其所。

太子自盡，段鳳娘追隨而去。

胥良川默然地望著園子裡的樹葉飄落，前世今生，雖境遇不同，太子和段鳳娘卻是殊途同歸。

祁帝這次是真的病重，連番打擊，先是永蓮中毒身死，現在長子也自盡死了，偌大的皇宮，變得空曠無比。

深秋的風吹得人寒意陣陣，宮中的銀杏樹開始落葉，金黃色的一片片飄灑在空中。往年他是多麼愛看此葉紛飛，覺得它有帝王都鍾愛的顏色。

他的身子有些佝僂，披著厚厚的大氅，雖未入冬，卻受不住這寒意。

大太監緊緊地跟在他身後。他不用人攙扶，不知不覺中走到東宮。

東宮的大門緊閉著，掛著白幡。

他離開東宮，腳步不由自主地把他帶到賢妃原來的宮殿。他推門進去，宮殿中除了兩、三個打掃的宮女，再無人聲。

賢妃和永蓮在地下，應該在一起吧！

他退出去，朝德昌宮走去，停在一丈開外，望著德昌宮的宮門。

朱漆銅鎖，宮殿深深。

皇后把舜兒留在宮裡養傷，連太子去世都沒有出來看一眼。到底不是親母子，現在連樣子都不願再裝了嗎？

當年她換子，自己怎麼可能不知情？可那時的她確實需要有子伴身，且女兒也安排好了去處，索性由著她。

可是他忘了，不是親生的終不是親生的。舜兒出世後，他早就該料到會有今日……也是，堯兒刺殺舜兒，皇后哪裡還顧念那微薄的母子之情。

他自嘲一笑。許多年前，父皇把皇位傳給他時就曾說過，若是皇兄們還在，這皇位怎麼也不可能落到他頭上，因為他太天真，沒有皇家人的果決。

父皇說得沒錯，是他想得太岔，以為尋常人家的兄友弟恭，在皇家也會存在。

他慢慢地往回走。

皇后倚在宮門後，聽著他的腳步聲離開，神色愴然。

翌日，天子抱病臨朝，當朝下旨冊立二皇子為太子，開始上朝監國，輔佐大臣依舊是閣老和韓王。這次，沒有一位大臣有異議。

陛下膝下僅剩此一子，縱使有千般不好，也無一人敢提，何況二皇子比起前太子來，更加謙和得人心。

二皇子監國之期，以怠忽職守革了江大人的職，江大人心中有鬼，半個字也不敢說，乖乖離京去偏遠小縣上任。

入冬後，雉娘身上的傷養得差不多，大哥兒也能咿咿呀呀地出聲。

在她養傷期間，宮中的賞賜一直不斷。古人常說，傷筋動骨一百天，她養傷百天後，宮中傳召。

要見她的是祁帝，祁帝病了許久，人瘦了不少，但仍難掩帝王之氣。

殿內無人，連隨侍的大太監都守在後面。雉娘進去後，跪在地上。

「妳傷勢才好，起身回話。」

「謝陛下。」

她頭微垂，祁帝的目光望著她，帶著懷念。

「朕知道妳前次替太子擋劍，功不可沒。妳和朕說說，想要什麼封賞？」

「臣婦慚愧，承蒙太子看得起，喚臣婦一聲表姊。臣婦說句託大的話，既是表弟，臣婦代之受傷，如何能以功居之。」

「表姊？他如此喚妳？」

「正是。」

半晌，祁帝的聲音傳來。「妳既當太子一聲表姊，就是封個郡主也不為過，妳意下如何？」

「不敢當如此厚愛，臣婦出身低微，能嫁入胥府，蒙婆家人看重，已是福氣萬分。若是多求，怕承受不起，請陛下收回成命。」

「妳若是郡主之身，胥府豈不更加看重，為何拒之？妳可知，皇家郡主是何等榮耀，非祁氏女不能授之。」

雉娘頭再低一分，儘量克制語氣。「回陛下，臣婦以為月滿則虧。胥家人看重臣婦，聘之為媳，不計出身。如今臣婦有夫有子，不敢再奢求更多。郡主名分太過高貴，臣婦不能勝之，請陛下恕罪。」

她竟然拒絕自己的恩賜，祁帝的眼瞇起。她不像她……長得像，心性卻不像。

殿內空寂，雖已燒起地龍，雉娘卻覺得冷意陣陣。

祁帝停了半天不再說話，她不敢抬頭。

良久，才聽到一聲嘆息，祁帝命人送她出宮。

她走出殿門，皇后正在等她，詢問陛下召她進宮何事？她一一答之。

「妳為何拒絕陛下的恩封，一個郡主的名分會給妳帶來怎麼樣的榮耀，妳不會不知道。」

「姨母，雉娘一生所求不過是歲月靜好，這一切，今已有之，何必再要郡主的名頭，來壞了眼下的安穩？」

「妳真是這麼想的？」

「不敢欺瞞您和陛下，這是雉娘的肺腑之言。」

皇后感慨道：「這點，妳比姨母強。快出宮吧，這身子要再好好養養。」

雉娘稱是，恭敬告退。

皇后望著前殿的方向，目光沈遠，思忖著是不是她此生要求得太多？

不，如果重來一回，她依舊是相同的選擇！

第一百二十一章

太子雖年少，卻聰敏過人，朝中之事有條不紊地處理著，胥閣老和韓王則盡力輔佐。

沒有人再談起滄北王，他已葬在皇陵。他的遺孀自是不用再去滄北，太子未遷入東宮，並言明這東宮前太子妃可以一直住著。滄北王已死，又無子嗣，倒是不用另賜王府。

前太子妃無子無女，日子富貴，衣食無憂，僅此而已。

祁帝的病一天天加重，御醫說陛下是鬱結於心，除了原本身子有恙，還有心病。皇后終日侍疾，整個人瘦了一圈，她脂粉未施，卻顯得比以前溫婉許多，如普通人家的夫人。

他偶爾有次醒來，眼前恍惚，就像他們初遇時的情景。

那時候，他是王爺，她不過是侯府庶女，受盡欺辱，孤苦無依。

就算出門，她也不過是嫡妹的陪襯。他們初識是在一個宴會上，他無意中驚動了躲在暗中流淚的佳人，她濕漉漉的眼睛是那麼美麗，如受驚的小鹿般望著自己，然後抹乾眼淚，和他行禮後才告退。

她的柔弱、故作堅強，立即就入了他的心。他派人打聽，才知她是侯府的庶女。彼時，他正妃已逝，要是她身分夠的話，可娶為續妃。他暗道可惜，只能以側妃之位許之。

他是喜歡她的，要不然也不會對她的所作所為聽之任之。他原是王爺，後又是帝王，不可能只獨寵她一人，卻給了她最多寵愛。

眼前的女子，似乎是他認識的姑娘，又似乎陌生得像另一個人。

「陛下，您醒了？」皇后發覺他在看自己，抬頭驚喜地問道。

他不說話，就那麼看著她。

若是他從一開始不顧她的庶女出身，堅持娶她為妃，是不是今日的一切都會不一樣？

「嵐兒……」

「陛下，妾身在。」

他握著她的手，和少女時一般的滑嫩。「要是當初朕娶妳為妃，是不是妳就不會變？」

皇后的臉色淡下去。「陛下何出此言？妾身一直是這般模樣，從不曾改變過。」

「不，妳變了許多。」

「陛下覺得妾身變了，那是因為妾身年歲漸大，哪裡還會和以前一樣不諳世事？」

「要是……」祁帝說了兩個字，把口中的話嚥下去，沒有再說。

皇后垂著頭，祁帝望著她的頭頂，兩人相顧無語。

寢殿內藥味瀰漫，太監宮女們都守在外面。一個太監送藥進來，她接過湯藥碗，用玉匙一下一下地攪著，吹散熱氣，待藥至溫熱，把他扶起來餵藥。

他靠坐在明黃錦榻上，眼皮覆下，吞嚥著湯藥。

一碗下去，她抽出絲帕，替他擦拭嘴角。他按著她的手，復又鬆開。

世間哪有如果，發生即是事實，再多假設，不過是徒添遺憾。他們是天下最尊貴的夫妻，豈能如民間夫婦一般過得純粹？

祁帝緩緩閉眼，皇后扶他重新躺下，替他掖好被角，就那麼看著他的睡顏，輕輕地嘆口氣。

日子一天天過去，祁帝的病情加重，漸漸地醒來的時候少，昏睡的時候多，就連咳嗽都開始帶血。有時，夢中喊著永蓮公主和滄北王的名字，醒後目光呆滯。

御醫私下告訴皇后，陛下鬱氣鬱結於心，身子衰敗，怕是藥石罔效。

皇后聽後沈默，命他們盡力醫治。

太子在朝中的地位日益穩固，因陛下病重，今年宮中未舉行宮宴，僅是永安夫婦倆進宮，陪帝后和太子共用團圓宴。

和去年一般，祁帝也給胥府賜了御膳。

胥府中的雉娘因前段時日養傷，斷了大哥兒的糧，由乳母餵養他。年關一過，雉娘被診出再次有孕。

大夫還透露，此次依舊是男胎之相。胥夫人略有些失望，胥老夫人則很高興。老人都愛兒孫滿堂，她不停暗誇自己好眼光，早就看出孫媳是個好生養的，這不剛嫁進來不到兩年，就生下曾長孫，肚子還揣上另一個。

因為陛下的病情，京中最近極少有人大辦喜事，嫁女娶媳都簡單完成。眾人心照不宣，若是有個萬一，那是要服國喪的，趁陛下還在，把該辦的趕緊辦一辦，要不然得等上三年。

在這樣的情況下，雉娘有孕的事情只有府裡人知道，派人去趙家報個喜訊，也就完事。

不久，閬山來信，梁纓已順利產下一子。

為了商議送禮去閬山，永安公主來了一趟胥府，胥府上下相迎，永安公主連說不用多禮。

閬山路遠，永安公主是想著兩家人合在一起，送禮過去，省些事情。

她這一提議，胥府人自然從之。

雉娘坐在永安身邊，氣色紅潤，嬌豔欲滴，調養得十分好。公主仔細打量著她，半點也看不出去年受過傷的樣子。

她拉著雉娘的手。「其實本宮早該來這一趟，要不是宮中事多，本宮早該來謝妳護住皇弟。」

「表姊這麼說，折煞雉娘。姨母的賞賜都快填滿府中庫房，您還說如此客氣的話，讓雉娘的臉往哪裡擱。」

永安笑起來。「那本宮就不說，免得妳沒處擱臉，胥大人跟本宮沒完。」

她笑完，臉上罩起一層憂色。雉娘心知她在憂心祁帝的病，也不說破。

海婆子端來一碗湯藥，擱在雉娘手邊，藥散著溫氣。永安訝然。「妳這傷還沒有好？怎麼還用吃藥？」

雉娘臉一紅，海婆子抿嘴笑。

「哦？」永安公主把聲調拉得老長。「妳莫不是肚子又有了動靜？」

雉娘點頭，帶著羞意。她也沒想到這麼快再懷上，因為身子曾經受傷，祖母怕她元氣不夠，非要她喝安胎藥。

「妳倒是個好福氣的，這下胥府再也不是人丁單薄了。」永安真誠地恭喜她，還問她懷這胎胃口如何，可還如前次一般吃什麼吐什麼。

說來也怪，雉娘懷這胎與前一次懷大哥兒時完全不一樣，胃口很好，除了乾嘔過幾次，其他的事半點沒有，胃口也沒有受太大影響。

永安公主聽後十分羨慕。「依本宮看，如此疼娘又乖巧的孩子，必是個貼心的姑娘。要真是個姑娘，本宮可要為理哥兒定下來，誰也不許和本宮搶！」

雉娘失笑。「公主恐怕要失望了，大夫說應該還是個男孩。」

「還是男孩？」永安公主露出失望的神色，馬上恢復。「本宮不管，這胎不是，下胎總是，總之胥府的大姑娘，本宮已定下。」

下人們都捂著嘴，一副想笑不敢笑的樣子。雉娘臉帶無奈，要是她生不出女兒，難道公主府的理哥兒還不娶妻不成？

永安公主離開時，還拉著雉娘的手，久久不願鬆開。雉娘目送公主府的馬車離去，半天沒有收回視線。

宮中的氣氛一直壓抑著，祁帝的病一天重過一天。皇后堅守著，餵飯餵藥絕不假手他人。

某日，他醒過來，精神瞧著還不錯。一睜開眼，就看到守在旁邊的皇后。「辛苦妳了。」

「陛下，妾身不苦。」

「朕自知時日無多……最近常常昏睡……夢中神遊之處如仙山靈界，佛音繞耳，頓感世間之事理應順其自然，不必太過強求。每每回顧生平，常覺得對不住妳……佛祖有云，若是有緣……當綿延幾世。朕夢中想著，雖今生不能和妳到老……但願來生能與妳白頭。」

「陛下……」

皇后搖頭，流下淚來。她皎白如月的臉動容不已，咬著唇，抑住自己的哭意。

「怎麼？妳不願意？」祁帝問道，聲音氣力有所不足。

皇后哽咽。「妾身此生覺得十分乏累……若有來生，願不再為人，便是做鳥做獸也好，都好過為人一生。」

「妳竟是如此想的？」他悵然。她活得竟是如此累嗎？許是真的，背負著那麼多，無人能訴，縱使心志再堅，也會覺得累吧。

「陛下……請饒恕妾身……」

祁帝的眼神黯淡下去，喃喃道：「妳竟不願再和朕做夫妻……」

「陛下……今生妾身能侍候您，與您成為夫妻……已經心滿意足……不敢祈求來生……」皇后跪下，止不住哭泣。

「嵐兒，妳莫哭……朕第一次見妳……妳就在哭……」

「陛下……」

祁帝的手亂揮著，似乎想找什麼，皇后伸出自己的手，被他緊緊握住。「嵐兒，妳莫怕……莫哭……朕什麼都給妳……」

「陛下……」皇后淚如泉湧，哭得悲慟。

她反握著祁帝的手，兩人的手牢牢地握在一起。

隔日，陛下駕崩，舉國服喪。

太子在輔佐大臣的扶持下，匆忙登基，頭件事情就是先帝的葬禮，先帝的陵寢早就建好，按禮制，帝后要合葬。

新帝請示太后，太后哀色重重。「原祝王妃在先帝時已被冊封為孝賢皇后，她原是葬在妃陵，不如將她遷去和先帝合葬。」

她望著自己的兒子，一身明黃龍袍，臉上還略帶著稚氣，眼神裡的霸氣卻不容小覷。他是天生的帝王，在她的腹中就有龍氣。

一生之中所有的付出都是值得的，又何必爭那死後的名分？

「母后，那您百年之後？」

「哀家百年之後，懇請陛下在皇陵中擇一處新地，獨立陵碑，哀家在那裡守護你們就好。」

「母后……」

「去吧，這是哀家的意思。」

新帝告退，將先帝和先皇后合葬。

太后獨自坐在殿中，想著先帝臨終前一天的話。

要是有來生……他們還能做夫妻嗎？

不，她不願意。今生孽緣了，不盼來生路。

她感謝先帝，要不是先帝，或許她就會被梅郡主送出去幫平寶珠鋪路，也許會嫁給行將就木的老人，也許會是殘暴不仁的男子。

嫁給先帝之後，無論宮中添了多少新人，至少先帝是寵愛她的。

她不願意自己的子女還是庶出，側妃雖是主子，卻還是妾。她步步算計，只為能名正言順，先帝應是什麼都看在眼裡，卻什麼也沒有說。

事過境遷，先帝駕崩後，她常在想，這一生是有些對不住先帝，他們還是不要再有來生吧！

她願意用後半生替他守護大祁江山，守護著他們的兒女。

至於來生，何必再有？

她凝望著宮殿，富麗堂皇依舊，不見故人。後宮那些妃嬪都無子女，先帝遺言交代，不用任何人殉葬。韶華之齡入深宮，無子可依已是可憐，何必再讓可憐之人枉死。

新帝把她們遷出原來的宮殿，另在皇宮西角劃出一片地方安置，稱為太妃所。

天子一逝，太妃們再無爭寵之心，能免於殉葬已是萬幸，還能有富貴的日子，更是感謝新帝的隆恩。之前鬥得再狠，現在也都是相伴終老的姊妹。

太后起身，她身後的琴嬤嬤彎腰托著她的手，主僕二人走出宮殿。

寒冬過，春來臨，萬物隱有復甦之氣，草木生芽，淡綠點綴。

「春分了吧。」她感嘆。

「前日剛過，太后您看那枝條，都開始發芽了。」

「日子過得可真快，哀家吩咐的賞賜送到胥府了嗎？」

「回太后，奴婢已派人送去。胥少夫人再次有孕，國喪之期胥府不願聲張，託奴婢給太后您帶話，說他們胥家感恩您的恩典。」

太后臉上浮起淡淡的欣慰。「雉娘是個有福氣的。」

「可不是嘛，胥少夫人的福澤深厚，以後還有更大的福氣。」琴嬤嬤話裡帶著喜悅，她就沒見過比胥少夫人更有福氣的女子。

人人都想當人上人，可誰知人上人的苦楚？便是尊貴如太后，過得也不是很如意。倒不如胥少夫人，婆家看重，後宅清靜，嫁進去後先是誕下長孫，緊接著又懷上。胥大人長相出眾，才情超凡，還潔身自好，胥家又有不納妾的祖訓，放眼京中，都難找到她這般有福氣的人。

「妳說得沒錯，她以後還有大福氣。」

太后輕語，望著新發的綠芽，默然靜立。

第一百二十二章

舜帝十年，胥閣老上摺告老。舜帝幾番挽留，可胥閣老心意已決，舜帝無奈准奏。

胥閣老致仕後，時任翰林院大學士的胥良川接任閣老一職。

胥家再次完美傳承，子承父業。

聖旨下時，新任的閣老夫人雉娘正追著小兒子滿院子跑。剛會走路的六哥兒把院子裡弄得雞飛狗跳，丫頭婆子們圍著他，跟得緊緊的，以防他摔倒。

胥老夫人現在被人喚作老祖宗，她老了許多，滿頭銀絲，精神卻是極佳。她坐在椅子上，含笑地看著跑來跑去的小曾孫。

小小的人兒養得白白胖胖的，身上套著護衫外褂，前胸處繡著一個虎頭，看起來威風凜凜。如此這般是雉娘吩咐的，就怕他把自己的衣服弄得渾身是土，累得府中下人洗個沒完。

他咯咯地笑著，臉蛋肥嘟嘟的，露出還未長齊的乳牙，嘴角笑得流下透明的口水。婆子趕緊拿出帕子，他看到婆子手上的帕子，把自己的小臉湊過去，由著婆子給他擦乾淨，小模樣似大人一般，看得老祖宗稀罕不已，口中不停叫著心肝寶貝。

六哥兒尚小，不能和哥哥們一起進學，只能在後院陪著曾祖母、祖母和母親，玩耍嬉戲。至於十歲的大哥兒和九歲的三哥兒，還有五歲的五哥兒都跟著他們的祖父，由祖父親自給他們開蒙，教導他們讀書。

老閣老帶著三個孫子，整日不得閒，比在朝為官時還要用心。老人喜歡兒孫滿堂，他膝下雖僅一子，卻有四個孫子，每每看到一天天長大的孫子們，覺得自己還能活上許多年，悉心教導他們成材。三個哥兒全部遺傳胥家的風骨，都是讀書的好苗子。

過幾日就是老祖宗的七十九歲壽誕，古人講究做壽做九不做十，七十九也就是八十的壽誕。閬山的老二一家來信說這兩日就要抵京，老祖宗也想那邊的兩個曾孫，二哥兒和四哥兒。川哥兒這一輩，確實給胥府爭氣，兩個孫媳，分別給胥府添了四個和兩個曾孫。

算日子，這兩天二房一家就要到了，大兒媳婦已把院子收拾好，就等著二房來人。

老祖宗想著，到時候，六個曾孫子圍繞在膝下，爭著叫她老祖宗，那才是真正的天倫之樂。在她有生之年，能看到胥家人丁興旺，縱使到了地下，跟死去的丈夫也能有個圓滿的交代。就算面對胥家列祖列宗，她也能問心無愧地說自己當好了胥家的主母。

雉娘一直盼著梁纓回京，年年說來，年年都未成行，愣是拖了十年，二房才算是動身。她和梁纓十年未見，不知彼此的模樣，是否還一如當初？

二房到達那天，胥家人舉家去碼頭迎接。

江風徐徐，望著來往的船隻，還有陸續上下船的行人，雉娘感慨不已。憶起她從渡古來京，恍若昨日，那時候，她完全不知道自己將來的命運。時光荏苒，斗轉星移，她轉眼間從少女變成四個孩子的母親。

而那個原本如天上浮雲的男子，竟成為自己的丈夫。她微微側頭看一眼身邊立著的男子，眉眼含情。

胥良川一身青衫，比年輕時更加內斂深沈。他似有所感，在寬大的衣袖下面牽著妻子的手，雉娘低頭，羞赧一笑。前面站著的老祖宗和公婆都沒有注意到他們，她大著膽子，反手相握，用食指撓了一下他的手心。

遠遠看到駛來的船頭上立著一行人，胥府的下人跑到碼頭邊，手抬涼棚遙望著，突然高喊起來。

雉娘望去，雖看不真切，卻依舊能分辨出二房人的身影，還有他們身邊的兩個男孩，必是二房一家人無疑。

老祖宗很心急，拄著枴杖、伸著脖子張望。

船上的人開始招手，隨著船慢慢靠岸，所有人的面容都在對方眼中清晰起來。

梁纓先跳下船，見過老祖宗和伯父伯母後，就拉著雉娘的手，左右瞧著，嘴裡嘖嘖出聲。「我說表姊，十年沒見，妳怎麼還和以前一樣貌美如花，弄得我都不好意思叫妳表姊，不知情的人定然以為我比妳大。」

她佯裝生氣地翹起嘴，惹得眾人大笑。

「妳還說我，我看妳也沒穩重多少。都是孩子他娘，看妳方才跳下船的樣子，跟做姑娘時也沒有分別。」雉娘嗔道，親熱地朝後面喊著二叔、二嬸。

山長和山長夫人上前，見過老祖宗。

老祖宗動容，十年了，二兒子也老了許多，更別提自己。山長任由老母親拉著，眼眶泛紅。

兩家人相互見禮，不用大人們介紹，六個孩子們就開始相互稱兄道弟。

大哥兒是兄長，自是有長兄的派頭。他長得本就像胥良川，板起臉的樣子更像，大房的幾個哥兒都怵他。不出意外，二房的兩個哥兒在他面前也乖覺不少。聽梁纓的說法，二哥兒和四哥兒在閬山可是能上山打虎下河摸魚的料，是閬山的兩個小霸王，小霸王們不到幾個回合就被長兄收服，在大哥兒面前立即變慫，乖巧無比。

雉娘投給大兒子一個讚許的笑容。長房長孫，大哥兒自是不能和底下的弟弟們一樣。他肩負著胥家百年傳承，不僅老閣老，便是胥良川都對他要求甚嚴。

他從不喊苦，也從不質問父母，為何弟弟們不用像他那樣每天都是讀不完的書，寫不完的字？

雉娘是心疼的，但夫君說過，他幼年時也是那般過來。子承父業，大哥兒注定不能和弟弟們一樣，還可以不時放鬆，在父母面前撒嬌。

很快地，包括二房的兩個哥兒在內，都被大哥兒的長兄風範折服。五個弟弟都跟在大哥兒後面，學著他的樣子，恭敬有禮。

老祖宗望著曾孫個個生得俊秀，尤以曾長孫最為出色，她老懷大慰，笑得見牙不見眼。一家人團聚，最開心的就數老祖宗。人老多情，於她而言，日子是過一天少一天，兒孫齊聚，若是相處的時日再多些，別無他憾。

雉娘偷偷問梁纓，二房這次打算住多久。梁纓轉達山長的意思，這次全家人來給老祖宗賀壽，等賀壽後，山長和山長夫人先回閬山，她和胥良岳帶著孩子們就住在京中。

老祖宗年歲已高，不知還能活幾年，他們做兒孫的能陪就陪著，等老人家百年後，他們再回閬山。

果然，得知二房的曾孫們要留在京中，老祖宗高興得晚飯都吃了一整碗，還是兒孫們怕她積食，不敢讓她再多吃。

雉娘和梁纓十年未見，自是有說不完的話。胥良川和胥良岳兄弟二人也關在書房，談了許久。

胥良川已是閣老，深得舜帝信任。老閣老致仕後，韓王也請辭，舜帝勵精圖治，勤政愛民，他們無須再輔佐。自舜帝登基後，韓王被封為和親王，他退出朝堂後，現在替他參朝的是和親王世子祁宏。

太后看重閣老夫人，在京中夫人圈子裡不是秘密。

反倒是從前的京中第一府，常遠侯府漸漸沒落。新帝登基後，常遠侯把爵位越過兒子，傳給孫子平晁。平晁接手侯府後，深居簡出，過著閒散的日子，除非大朝之日，否則很少出現在朝堂上。

常遠侯府雖是太后娘家，卻不再常被人提起。

太后自舜帝登基後就在宮中修了佛堂，日日清修，只在重大日子召見命婦，其餘時日都抄經唸經。

雉娘是宮中常客。太后看起來比從前平和許多，許是不再妝點容顏的緣故，每天不施脂粉，身著素裙，整個人平靜透澈。

太后疼愛她所出的四個兒子，尤其是三哥兒。三哥兒五分像陛下，眼睛像了十成。外甥似舅，陛下雖是表舅，卻十分愛護幾個表外甥。

她娘是太后親妹，陛下下旨破例封了二品誥命夫人，便宜父親早幾年也升為編修，他只管著修訂史書，其他事情一概不參與，也無人敢欺他。他沒有再高升的心思，安分守己地做著分內差事，日子過得倒也自在。

雉娘閒下來就會去趙家看看，陪娘說說話。娘也常進宮，和太后一起參佛。

大哥趙守和幾番升遷，不願內調回京，現在已做到臨洲府的同知。至於段鳳娘，早已隨著滄北王的死，被當成一個禁忌，京中沒有人再提起。

梁纓回京，永安長公主在府中設宴，邀請京中世家夫人和貴女們前去赴宴。梁纓離京十年，長公主想給小姑子在京中重新立威。

雉娘收拾妥當，和梁纓撇下兒子們，去了公主府。

自舜帝登基以來，永安公主就封為長公主。公主府中除了長公子理哥兒，這十年間，長公主替梁家添了兩個女兒。梁纓看到姪子姪女們，高興萬分。

尤其是姪女們，女孩子稀罕，胥家一個都沒有。

姪女們雖不像她期望的那樣，像太后外祖母和她們的表姨，倒也長得清麗可愛。

長公主幽怨地看著雉娘。這些年，她是半點沒變，和從前一樣嬌美動人。自己日夜苦想著娶個胥府的姑娘，眼看胥府的兒子一個接一個地生，半個姑娘也沒看到，她的兒媳婦看來是沒指望了。

倒是她自己生了兩個姑娘，胥家兩妯娌稀罕姑娘的模樣，讓她有些得意。尤其是梁纓，拉著姪女的手就沒鬆開。但她得意的心情還沒能維持半個時辰，就慢慢變得複雜酸澀，開始擔心自家姑娘被人盯上，看小姑子那緊拉著不放的模樣，搞不好就是替胥家二房養的。

開席後，雉娘貴為閣老夫人，自是和長公主同席，梁纓則和其他夫人們坐一桌。

席散後，梁纓用怪怪的眼神打量著雉娘，雉娘嗔怪。「妳如此看著我做什麼？」

「表姊，妳知道方才我在席間聽到別人如何議論妳嗎？」

「能如何議論，無非是我命好之類的。」雉娘哼哼，滿不在乎地答著。那樣的話，京中說的人不少，早就傳進她耳中。

京中的夫人們私下都在說她，出身低，在嫁給閣老之前就是個鄉野之地出來的女子；嫁進胥家後，也沒有傳出什麼賢慧有才情的話，就是命好，除了會生兒子，一無是處。

「嘖嘖，表姊知道啊！要我說，她們那是嫉妒，嫉妒妳會生兒子。妳看鍾山伯家的那個兒媳婦，嫁進去十年，別說是兒子，就是姑娘都沒見她生一個，她有本事，下個蛋出來看看。依我看，她和她那表姊有得一比，方才隔壁那桌就數她的聲音最大。」

雉娘冷笑。鍾山伯的兒媳婦是原胡大學士的孫女，至於她的表姊，就是段家的方靜怡。

要不是鍾山伯夫人帶她進來，她根本就參加不了長公主的宴會，還敢大放厥詞。不過看來也就這一回，鍾山伯的夫人是被她磨得沒辦法，才同意她來的。她進門十年沒生下一兒半女的，伯夫人早就不滿，還敢在長公主府裡說閣老夫人的閒話，伯夫人已下定決心，再也不會帶她出門作客。

至於她的表姊婆家段家，早就沒落。段寺丞一直被貶，直至奉禮郎，一個九品的小官，在京中不過是小門小戶。自前太子一死，胥府就把段鴻漸辭退，段鴻漸不齒從商，又拉不下面子去當個坐堂夫子，只能遊手好閒，終日無所事事地混日子，不求上進。

段家無義，從段鳳娘一事上就能看出，段家為人令人齒冷，尋常人家都不願和他們相交。那方靜怡管著段家，常因一些小事天天吵吵鬧鬧，哪裡還有才女的樣子？胡家倒臺後，方家人失了依靠，五年前，方老夫人去世，方大儒立下家規，不許家中子孫再踏進京城一步。方靜怡就算再嫁也不可能嫁進大戶人家，索性將就著段家，自己生不出孩子，還要防著府裡的妾室懷上庶子，日子過得頗為糟心。

段家在京中無所倚仗，等段大人歸老，段家會徹底淪為尋常百姓。

雉娘隨意地瞥一眼不遠處的夫人們，不知道她們在說些什麼，似乎還有人裝作不經意地看她。她嘴角微揚。「嘴長在她們身上，任她們說去吧。我就是會生兒子，我就是一無是處，可我有福氣，不僅有四子傍身，還得婆家看重，她們能奈我何？」

「哈哈……表姊說得真好。」梁纓飛一個眉眼。「我們就是會生兒子，氣死她們。」

雉娘莞爾，縱是為人母，梁纓也和當姑娘時一般爽朗。也許是她自嫁人後就去了閬山，沒有京中規矩的束縛，很容易就保留住自己的真性情。

如此甚好。

宴會散後，長公主身邊的嬤嬤親自送雉娘妯娌倆出門。

公主府門外的側邊上，胥良川正在那裡候著。長身玉立，神色淡漠深沈。

梁纓不敢打趣當朝的閣老大人，用揶揄的眼光調皮地看著雉娘。雉娘裝作平靜的樣子，坐上夫君的馬車，和她分開乘坐。

兩輛馬車一前一後地回府，一到府中，梁纓馬上識趣地閃人，主動和他們錯開。

夫婦二人朝自己的院子走去，遠遠地還能聽到兒子們的讀書聲。

雉娘不小心絆了一下，眼見就要磕到石頭上，胥良川一把拉住她，她驚魂未定地拍了下胸口，不知不覺腦海中浮現起他們初遇時的情景，學著那時的姿態，調皮地道：「多謝恩公出手相救，大恩大德無以為報，小女子願來生結草銜環，以報恩公大恩。」

「那就一言為定，來生妳再以身相許。」

雉娘微愣，見他面色認真，動情道：「無論是今生還是來世，小女子都願意以身相許，替恩公生兒育女，白首相伴。」

「不可以食言，如今妳只生兒，還未育女，望夫人今後兌現諾言。」

雉娘俏臉一紅，輕捶他一下。

他立刻捉住她的手，清瘦的大手包裹著她的柔荑，緊緊地握住，彷彿連在一起，再也無人能把他們分開。

她面上浮起嬌羞，如二八少女一般，妍豔姝麗。

回顧此生，她何其幸運。別人說得沒錯，她一無是處，就是命好。

若有來生，她還願意嫁給他，執手相依，死生不離！

——全書完

2018年4月出版

妞啊，給我飯

文創風 625～627

她愛吃、懂吃，做菜功夫更是一把罩，
只有別人喊不出來的食材名，沒有她做不出來的菜，
什麼松鼠魚、五彩麵條，那就是隨便做做即成的，
說句不客氣的，只要吃過她燒的飯菜後，就回不去啦！
唔……這樣一來，她會不會太受人喜愛與歡迎啊？

竹外桃花三兩枝　春江水暖鴨先知／負笈及學

杜三妞長得冰雪聰明、精緻可人，實在不像個農家女，
因此雖說她娘沒能給她爹生個兒子，但她爹可是打心裡疼她，
不論她想做什麼，便是她娘攔著，她爹卻是連眉頭都不皺一下的，
也之所以，她打小就是個很能折騰的人，
但她折騰的不是人，而是食物——各式各樣的美食佳餚，
就連對面剛從京城搬回來的衛家人自吃過她煮的飯菜後，便纏上她了，
照理說，他們兩家雖然是鄰居，但實在是沒有往來的可能性，
畢竟人家的背景擺在那兒，兩家那就是天與地、雲和泥的差別啊！
擱在別人心裡，衛家人是只可遠觀、不敢親近的高門大戶，
但在她眼中，衛家上下老小，那就是一家子餵不飽的吃貨啊！
然而這衛家小哥衛若懷竟是從第一眼看到她時就把她給惦記上了，
雖然他是姑娘們眼中的天菜，但她真沒啥特別的想法，
且她這個人很有自知之明的，也深深認同「門當戶對」這句話，
不料他心思藏得極深，為了娶她居然佈下天羅地網，徐徐圖之多年，
若不是他堂弟透露，她這個人妻恐怕還傻傻被他蒙在鼓裡呢！

不離不棄 相伴一生／果九

2018年3月出版

將軍別鬧

不過是答應和他一起「過日子」，
她說的願意不是那個願意好吧！
難道男人都是用下半身思考的生物嗎？

文創風 619 **1**

才剛穿越來，麥穗就發現自己被「賣」了！
這賊頭賊腦的大伯，竟要她嫁給那惡名昭彰的土匪蕭景田，
我嘞個乖乖，要是她不嫁，那土匪該不會提刀來逼吧？
為了活下去，她認慫，管他當過土匪還是強盜，嫁、都嫁！
後來才發現，原來他也是被親娘給算計了，壓根兒不想娶她，
既然這樁婚事你不情、我不願的，她至少不用擔心自身清白了。
但她似乎高估了他的定力，居然一個翻身就把她壓在身下……
嚶嚶嚶，古代的男人太兇狠，她好想回現代去啊！

文創風 620 **2**

那個當初對她高冷高出一片天的蕭景田，
如今一朝情動，還真是熱情到讓麥穗有些招架不住。
她對他也確實有那麼一丁點兒好感，但更多的卻是好奇，
他的過去就像個謎，顯然的，他並不打算告訴她謎底。
就在她好不容易一層一層扒開了他的偽裝、卸下他的心防，
才發現他過去居然是個護國大將軍，還有過不少紅顏知己……
前有個等了他十年的表姊，現在又來個千里追愛的郡主，
他要不要這麼受歡迎啊，古代是沒好男人了嗎？

文創風 621 **3**

不管過去的蕭景田，在戰場上是如何叱吒風雲，
他們現在就是一對平凡的小夫妻，每天踏踏實實過日子。
為了分擔家計，她便開始做起了獨門的魚罐頭生意。
偏偏有人眼紅她賺得多，硬要說她身後有金主當靠山，
婆婆更是腦洞大開，懷疑她紅杏出牆，險些沒拉她去浸豬籠。
而他嘴裡說著相信她，一邊又急攘攘的要跟她「生孩子」，
從這反應看起來，分明就是吃醋了，還打算乘機揩油！
冤枉啊大人，那是原主的老相好，不是她的啊……

文創風 622 **4** 完

為了護她周全，蕭景田在一場海亂之後失蹤了，
等到他再次歸來，看似完好如初，卻唯獨忘了麥穗是誰……
就算如此，她也堅決要守在他身邊，以免他的追求者乘虛而入。
瞧著他熟悉又結實的身影，她突然好想念他溫暖的懷抱，
要是現在撲上去親他一下，他會不會把她一腳踹下炕去？
想起蕭大叔的身手，她身子一抖，瞬間打消了這個念頭，
若是被他給踢成重傷，那她不就等於是「未戰先降」了嗎？
不行，她得擬定一個完美的作戰計畫，才能再次攻佔他的心！

文創風 639

閣老的糟糠妻 4 完

國家圖書館出版品預行編目資料

閣老的糟糠妻 / 香拂月著. --
初版. -- 臺北市 : 狗屋, 2018.05
冊 ; 公分. --（文創風）
ISBN 978-986-328-868-8（第4冊 : 平裝）. --

857.7　　　　107004038

著作者　香拂月
編輯　張蕙芸
校對　黃薇霓　周貝桂
發行所　狗屋出版社有限公司
地址　台北市104中山區龍江路71巷15號1樓
電話　02-2776-5889～0
發行字號　局版台業字845號
法律顧問　蕭雄淋律師
總經銷　知遠文化事業有限公司
電話　02-2664-8800
初版　2018年5月
國際書碼　ISBN-13　978-986-328-868-8

本著作物由北京磨鐵數盟信息技術有限公司授權出版

定價250元
狗屋劃撥帳號：19001626
網址：love.doghouse.com.tw　E-mail：love@doghouse.com.tw